致青春 086

是心跳說謊

（上）

唧唧的貓　著

高寶書版集團

目錄
CONTENTS

第一章　你好？

今天是假期最後一天。三月剛過，最近兩天的氣溫卻讓人有即將入夏的錯覺。

座無虛席的場館裡有些熱，余諾背後出了一身薄汗。

付以冬正在刻薄地吐槽前男友，余諾耐心地聽。現場爆發出一陣尖叫，她們的談話戛然而止。抬頭一看，六點五十，比賽即將開始。

付以冬煩躁地嘖了聲：「算了，不說了，真讓人討厭。」

主持人正在臺上暖場。

短暫的介紹過後，左邊的隊伍先上臺。當隊員身影投映在正中央的螢幕上時，場內起了不小的高潮，基本上都是女粉的聲音，音浪幾乎要掀翻場館。

緊接著，輪到右邊的隊伍進場。

現場狂熱的氣氛詭異地斷層，安靜了幾秒，幾個穿黑色隊服的年輕男孩從旁邊的通道裡走出來。

當主持人念出TG戰隊的名字時，臺下觀眾才像是終於反應過來般，不知從哪個角落，稀稀落落地傳來敷衍的掌聲，但很快就被唏噓聲掩蓋過去。

倒是付以冬格外激動，跳起來揮舞燈牌，撕心裂肺地喊著Conquer，鬧出的動靜引來前排注目。

余諾看見有幾個女孩朝這邊翻白眼，趕緊扯了扯付以冬衣服下擺，讓她坐下來。

付以冬不管不顧，繼續吶喊：「Conquer！Conquer！Conquer！Conquer！」

因為余戈的原因，余諾平時或多或少會關注一點LPL（英雄聯盟職業聯賽）賽事，尤其是LPL被納入亞運會表演賽項目後，外界對電競比賽的關注度開始爆炸式上升，身邊的男生都在討論。但她平時就是個二次元女孩，偶爾玩玩cosplay，對LOL（英雄聯盟）圈內的事情瞭解不多，僅限於OG的幾個職業選手。

中央螢幕開始切換畫面，照出賽前準備的選手。

付以冬坐下，整了整衣服，有點憤憤不平：「這個導播好偏心，鏡頭全在OG那裡。」

自S8（第八賽季）之後，WR幾乎全員退役，OG算是近兩年LPL最吸粉的隊伍，話題熱度高，尤其是有Fish這種明星選手，平時比賽遇到人氣比較低靡的戰隊，現場應援確實會有一邊倒的現象。

但是今天……氣氛似乎格外劍拔弩張。

余諾有點搞不清狀況，四處看了看，悄悄問付以冬：「怎麼回事，為什麼都在噓這個隊？」

付以冬說：「因為他們得罪OG了啊。」

頓了頓，她補充：「說得準確點，就是得罪妳哥了。」

余諾：「？」

圈內有這麼一句話：「得罪了Fish的女粉該怎麼辦？」

答案只有一個——建議直接入土為安。

眾所周知OG這種流量隊，粉絲戰鬥力是最強的，目前在電競圈幾乎無人可敵，其他人能躲則躲，誰都不願意惹，但凡是惹上的，沒一個有好下場。

余諾皺了下眉，問她：「什麼得罪我哥？」

「妳不知道？」

余諾搖頭。

「就是上次OG輸給TG了，這件事後來鬧得還滿大的。」

等著比賽正式開始前，付以冬跟她說了幾句，余諾隱隱約約有了點印象。

當時揭幕戰，萬眾矚目的OG突然爆冷翻車，被一支還是新隊伍的TG血虐，出乎所有人意料。

雖說賽場上勝者為王，實力說話，但OG不僅是輸了，還輸的非常難看。水晶被點爆的前幾秒，對方ADC（下路射手）囂張地堵在泉水口，目中無人地亮出隊標，順便還點了個嘲諷的讚。

比賽結束，圈內一片沸騰。

OG粉絲被氣得一片翻騰，哪裡跑出來的野雞隊在眾目睽睽下這麼跩？在網路上罵了一陣子，實在是咽不下這口惡氣，紛紛開始下場，圍剿TG亮隊標的ADC。

OG粉絲人多，戰鬥力可想而知。當天晚上，# Conquer 滾出 LPL #的話題一度被刷上了熱門話題。

余諾默默地想著，原來是這件事。

付以冬轉頭，四處看看，語速很快：「TG的社群太慘了，都被罵出了十條街，幾百人的論壇也是，慘的要死，被澈底屠版，妳說，OG粉絲是不是輸不起？何必呢？」

付以冬這邊咬牙切齒，余諾拿起手機，在社群軟體上搜了搜。

去即時廣場大概掃了一眼，TG還好，主要是那個AD（下路）被單獨拉出來罵得一無是處，質疑聲從職業態度到人品各方面都有。

再往下滑，零星有幾條幫他說話的：

@椰椰：「說實話，OG粉絲格局小了。你們罵歸罵，Conquer照樣贏，氣不氣？」

@0.5M：「我還沒見過這麼狂的AD，這個小新人囂張是囂張，操作也是真的華麗……逆風輸出第一人，說實話有點當初Wan神那種感覺了。」

場內開始正式解說，余諾把手機收起來。

TG作為今年剛剛組建的新軍，出道的首個賽季，就先後幹翻了圈內幾支豪門強隊，甚至把官方點名的銀河戰艦OG拉下馬，一路連勝，在聯賽的排名一直飆升。

男解說笑：「TG最近風頭正盛啊。」

女解說：「贏下今天這場，他們在聯盟的排行榜就登頂了。」

男解說：「TG這五個選手裡面，有三個都是新人吧？聽說當初是東拚西湊，臨時組的戰隊。結果一路打到現在，太勵志了。」

本賽季的規則是雙輪回，隊伍之間會交手兩次。今天是OG和TG第二次交手，也算是一場恩怨局。

現場幾乎百分之八十都是OG的粉絲，剩下的，有的是工作人員，有的是臨時拉來充數的路人。

不過TG也不是完全沒粉絲，至少付以冬就被圈粉了。

「余諾，我覺得 Conquer 有那種風采。」

「什麼風采？」

「吸粉的。妳別看他現在圈內風評爛透，但是電子競技，重要的還是成績。要是今年 TG 能奪冠，或者進個決賽，Conquer 那個操作，粉絲鐵定爆炸。」

余諾聽著她說，「嗯」了聲：「那妳到時候就是老粉了。」

於此同時，現場又開始騷亂，一看，果然——OG-Fish 的那張帥臉又出現在導播的鏡頭裡。

付以冬火氣也消了點，笑嘻嘻道：「妳哥確實帥，可惜我不吃這種比較嚴肅的，我喜歡 Conquer 那種，看起來就很有活力。」

余諾：「……」

本來今天只是一個常規賽的 BO3（三局兩勝），卻因為之前的矛盾，讓現場氣氛都變得焦灼。

第一局結束，OG 拿下比賽勝利。

周圍粉絲熱情都很高漲，趁著休息的間隙交頭接耳。十分鐘前，付以冬接了一通電話，到現在都還沒回來。

余諾昨天熬夜修片，只睡了幾個小時，眼睛乾到有些發澀。

她摸索著，把包包裡的眼藥水拿出來滴。滴完之後，仰頭把隱形眼鏡戴回去。

這時手肘忽然被人撞得一歪。

是個女孩，驚叫了一聲，連忙向她道歉。

余諾微微轉開身子，把腳收起來，讓人過去：「沒關係。」

等人走了，她坐好，發現隱形眼鏡不知掉到哪去了。在地上找了半天都沒找到。余諾輕輕嘆了口氣。

付以冬半個小時後才回來，抽抽噎噎的，眼眶紅腫。

余諾側頭看她：「怎麼了？又和妳前男友吵架了？」

「懶得理那個混蛋，真是掃興。」

TG第二場贏回來一局，還剩一場決勝局。付以冬也沒心思看了，一直在聊天軟體上和前男友對罵。

余諾眼前模糊，大螢幕上的遊戲畫面看不清，她對遊戲的理解也不夠深，只能聽解說的聲音。

第三場前期是OG大優勢，經濟優勢一度領先到八千，把對方高地都破了兩路。

結果最後一波團，打野被Conquer在草叢蹲到，之後OG一路潰敗，硬生生葬送了整場好局，讓TG絕地翻盤。

又輸了。

現場粉絲都要氣死了。

余諾身後有個大哥直接開罵：「離譜，真的離譜，菜成這個樣還來打職業，早點回家喝奶去吧！」

另一個人中肯評價：「別看他們這樣，那個叫Conquer的，他真的很有技巧，秒人的時候操作拉滿，太秀了，我都看傻了。」

余諾猜想著余戈的心情應該不太好，斟酌著傳了個訊息：『哥，我在現場，跟冬冬一起來的^^。』

一分鐘之後，那邊回了個『？』，緊接著：『休息室，過來』

比賽結束，留下來的人不多，OG粉絲大多數都走了，有兩個選手在旁邊進行賽後採訪。

付以冬拿紙巾擦眼淚。

余諾收拾包包說：「冬冬，走吧，去找我哥？」

付以冬按住她：「等等。」

按照流程，等一下還有個抽粉絲上臺送禮的環節。說是以抽的形式，但TG真實粉絲只有那麼幾個，付以冬早就知道自己選上了。

禮物是由工作人員準備的，其實就是走個形式。

上臺前，付以冬打開粉餅盒補妝。

余諾一邊等她，打開社群軟體，和古風圈的某個策劃人敲定晚上出的海報細節。

過了一下，付以冬急急忙忙跑過來，將她從位子上拉起來。

余諾還搞不清狀況，被拉著往前走了兩步：「怎麼了？」

「不行不行，我這張臉太慘不忍睹了。」

余諾啊了一聲，「什麼？」

付以冬：「妝都哭花了，在鏡頭底下太糟糕了，還是妳幫我送禮物給 Conquer 吧。」

「可是……」

沒等余諾拒絕，付以冬就把她推了出去。

旁邊的攝影機已經對準了她。

賽後女主持笑著：「欸，接下來這個粉絲好像是個女孩子？」

余諾進退兩難，回頭看了付以冬一眼。

付以冬雙手合攏，祈禱地看著她。

她猶豫了一下，辦法了，拿著禮物，硬著頭皮上了。

余諾前幾天約了《Darling in the FRANXX》的照片，剛好想染髮，就直接把頭髮染成了春季櫻花的粉棕色，很溫柔，也不算很誇張的顏色。

她是長捲髮，穿了件白色毛衣，深藍色牛仔褲。皮膚很白，瘦得勻稱。很顯小的一張臉，看起來乖乖的，像是廟會賣的瓷娃娃。

主持人問：「小姐妳好，請問禮物是想給誰的呢？」

余諾接過麥克風，看著臺下，一片模糊，「給……Conquer。」

主持人：「哈哈哈，是 Conquer 的粉絲呀，妳有什麼想對他說的嗎？」

「……」余諾使勁回憶，平時她哥社群軟體底下那些女粉絲都怎麼說的？

她有點艱難，「呃……嗯，就是，希望 Conquer 能越打越好，春季賽加油，不留遺憾。我會一直支持他的。」

主持人站在旁邊，笑著說了句話。

周圍雜音很吵，余諾沒聽清，「什麼？」

主持人又重複一遍：「妳可以去跟喜歡的選手合照了。」

余諾如釋重負，緊接著腳步一頓。

完了，她根本不知道誰是Conquer。

幸好主持人指了方向。

余諾瞇著眼才把人辯清。快步走到那個選手旁邊，調整一下面部表情，擺好姿勢，對著鏡頭比了個YA。

兩三秒之後，她很有禮貌地把禮物遞給右手邊的人，準備下臺。

那人似乎愣了一下，疑惑的問：「欸，妳不是Conquer的粉絲嗎？」

余諾下意識點點頭。旁邊幾個年輕大男孩對視一眼，笑得東倒西歪。他們光顧著笑，也不說為什麼。

她有點遲疑，不知道發生了什麼。

就在這時，有人提醒她：「Conquer在那裡呢。」

余諾迷茫地轉頭，和另一個人視線對上。

她的身高她只到他的下巴。距離近，大概只有半公尺。余諾看清他的臉。

余諾短暫地楞了一下，迅速反應過來——她好像認錯人了！

余諾凝固住。

燈光把舞臺照的很亮。他一隻手插在口袋裡，懶洋洋地沒站直。眼皮半開不開的，好像有點不耐煩。因為身高差，回看她的時候，有些輕微的俯視。

隔了兩秒。

「妳好？」他挑了下眉。

空氣突然就靜默了，余諾的語言功能全部喪失。

他站在那，表情很淡，眼神都沒變，似乎並不在意剛剛發生的事。

少年人身形瘦削，一張極英俊的臉。有束光正好落在他肩頭，金色的隊標上。

定了定神，余諾找回自己的聲音，「對不起，我眼睛有點近視。」

瞧著這邊不太對，賽後主持關心地問：「怎麼了嗎？」

旁邊幾個ＴＧ的隊員還在看熱鬧。

余諾忙遞出禮物，說：「這個，給你。」

旁邊人終於笑夠了，咧開嘴：「愣著幹嘛，女孩子送的禮物不拿？耍大牌呢？」

「……」余諾睫毛輕顫，更尷尬了。

他隨便看了他們一眼，沒搭話，伸手把東西接過去，態度懶散，說了聲謝謝。

「不、不用謝。」本來還想解釋一下，但是已經拖了很久了。余諾臉部發紅，不好意思地又說了聲抱歉，迅速逃離現場。

付以冬在臺下等著她，也被逗樂了，有點不可思議，「余諾，妳剛剛是有多不專心？」

余諾臉還是紅的，她臉皮薄，一緊張就容易臉紅。

余諾大大嘆了口氣，「妳突然要我上臺，也沒告訴我是誰，我又不知道那個 Conquer 長什麼樣子。」

付以冬覺得挺有意思的，嘿嘿一笑，推著她往前走，「比賽開始前，我幫他打 call 那麼久，誰知道妳都不往臺上看一眼的啊？」

「……」余諾還是沒緩過來，懊惱：「太丟臉了。」

「有什麼丟臉的。」付以冬安慰她，「沒事啦。」

手機正好響了，余諾看了來電顯示一眼，平復好心情，接起來。

余戈：『人呢？』

余諾應了兩聲，「剛剛有點事，我馬上去找你。」

『妳剛剛幹什麼？』後臺休息室裡有現場直播，她上臺送禮物應該被余戈看到了。聽這語氣，她都能想像出他的表情，肯定眉頭緊皺，不耐煩極了。

余諾把剛才的情況交代了一遍。

等電話掛斷，付以冬擰開一瓶水，喝了口，「妳哥啊？」

余諾「嗯」了一聲，「他們等一下要去吃飯，妳跟我一起？」

「不了，妳去吧，我等等還有事。」

後臺有幾個工作人員認識余諾，看見她，還來打了個招呼。

走到OG休息室門口，裡面坐了一圈人，教練正在發飆。她沒進去，站在走廊上等了一下。

不知道該幹什麼。

余諾拿出耳機，拇指點開歌單，開始找歌聽。回了幾則訊息之後，點開社群軟體。

她小號關注了幾個電競博主，清一色的，都在討論OG又一次輸給TG的事情。

余戈打職業有三年多了，比賽有輸有贏，有低谷也有巔峰。這個圈子，打得好的時候都是誇，打的差恨不得刨你家祖墳，都是常有的事，所以她平時很少關注這些，怕看了影響心情。

不出所料，才半個小時出頭，OG的社群媒體底下留言過萬，鋪天蓋地的罵聲。

鐵粉A：『真有你的OG，不愧是你。』

鐵粉B：『這是藍莓，這是草莓，遇見你OG算我倒楣。』

鐵粉C：『打什麼東西，第二局全線被爆就算了，第三局這麼大優勢還能被翻？能不能打點陽間的比賽給大家看看？都快季後賽了還全員犯病當表演呢？』

一人陰陽怪氣嘲諷：『OG打比賽的時候但凡有你們粉絲一半的輸出，能被TG連著幹翻兩次？』

余諾又點開某玩電競的官方網站，刷新了一下，有個半個小時前上傳的：『這個叫Conquer的新人AD確實很驚豔，我有預感，他一定會有一個光明的未來。』

還PO出了幾張現場圖，其中一張是GIF動圖，鏡頭一掃而過，只有幾秒。Conquer把黑色耳機摘了扔桌上，嘴角勾起的笑容，自負又輕佻。

底下留言之一：『OG粉絲先別罵了，難道只有我想知道他有沒有女朋友嗎（哭臉）？他笑的時候那種痞痞壞壞又帥帥的感覺，特別像我高中暗戀過的學渣校草。』

留言之二：『講道理全都在罵，他還是狂，操作起來完全超級帶種。三十年河東，三十年河西。記住一句話，莫欺少年窮。』

余諾點開九宮格，從第一張圖片開始看。

在GIF的那張停頓片刻，拇指往左一滑，一張黑白圖跳出來。

余諾頓了頓，這是幾個月前揭幕戰剛打完，在場館的後臺出口偷拍的。

圖裡的Fish，粉絲環繞，捧著鮮花禮物，保全辛苦維持著秩序，跟拍的攝影師長槍短炮。而另一頭的Conquer，和旁邊的熱鬧形成鮮明對比。他獨自拿著滑鼠鍵盤，在廊道盡頭背影寥落。根本沒人把他放在眼裡。

黑白圖底下，跟著兩行字：

『那年十九，我站著如螻蟻。』

『那時我含淚發誓，一定要讓所有人看到我。』

明明是玩梗，余諾卻盯著這句話出了神。

肩膀忽然被人拍了拍。余諾抬頭，是OG戰隊的經理。

「小諾，在這幹嘛？怎麼不進去？」

余諾將手機螢幕鎖定，「看裡面在忙。」

OG經理耳朵夾著打電話，把門推開，「進來吧。」

裡面的短會開完了，氣氛有些消沉，幾個隊員正在收拾鍵盤滑鼠。余諾一走進去，Will先看到她，「妹妹妳來了。」

余諾跟他問好。

別人閒扯，余戈靠在椅背上閉目養神。他一向寡言，也沒人去打擾。

戰隊的資料分析師在和教練看著影片分析今天的比賽，Will和打野也跟著聊。時不時飄兩句到余諾耳朵裡。

「我們龍團那波，Conquer跑到草叢蹲人，我還真的被他秒了，這人真的很神。」

小C插話：「別說了，是你菜。」

Will扭身跟小C打鬧在一起，「你嘴怎麼這麼賤呢。」

其實今天這場比賽的輸贏，對OG後續影響不大。他們積分也高，緊緊咬著TG排在總榜第二，毫無懸念能進季後賽。只是之前罵戰太凶，導致現在局面變得很僵硬。

銀河戰艦在這種小破隊身上折戟一次就算了，偏偏又來第二次，這下粉絲也沒話說了。

按照那些看熱鬧的路人說得話來總結OG這件事，就是：世紀打臉，節目效果直接拉滿——粉絲罵最狠的話，主隊挨最毒的打。

每次比賽結束，俱樂部的人按照慣例都會去吃一頓，地點是附近的一間火鍋店。收拾好東西後，他們從場館後門出去，巴士已經等在那了。

從通道走出去，前方突然變得嘈雜起來。

余戈和幾個人一現身，就被熱情粉絲團團圍起來。一群女孩很激動，一擁而上，有安慰有鼓勵。余戈停下腳步，接過粉絲遞出的紙筆，一邊道謝，低下頭簽名。

學校的導師剛好打電話來，余諾專心聽那邊交代事情，步伐慢了一步，落在大部隊後面。掛了電話，不小心撞到人。

余諾剛準備道歉，對方先打了個招呼，「咦，妳不是剛剛那個女生嗎，怎麼在這？」

余諾仰著臉，有點茫然，「啊……」

Killer 有點疑惑：「妳……來等 Conquer 的？」

余諾以為自己眼花，眼前五六個，都是 TG 的人，她沉默了，目光遊移。

怎麼又在這裡遇到了……

都在看著她，余諾一陣心虛，不知道該怎麼回答，頓了一下，說，「那個、我、我其實……」

另外一個人了然地笑：「妳真的是粉絲啊？之前連人都沒認出來，我們還以為妳是工作人員。」

「……」這句話讓余諾感到一陣困窘。

剛剛那一連串誤打誤撞的烏龍，眼下三言兩語也說不清楚。她只好硬著頭皮承認：「嗯，是粉絲。」

「來要簽名？」他們幾個剛打職業，一出道就腥風血雨，這時居然有個「專門守候」的粉絲，覺得新鮮又驚奇。

瞧著他們期待的眼神，余諾沉默一下，最後還是點了個頭。

比起 Killer 熱絡，旁邊的人就沉默了些。

陳逾征帶著棒球帽，帽檐壓低，用手機看剛剛比賽的錄影。手肘被人撞了一下，他才摘下一邊耳機，側頭。

Killer 用下巴示意站在旁邊的余諾，滿臉戲弄的笑意：「喏，這女孩找你簽名。」

他眼睫一撩，漫不經心往余諾的方向掃。

對上一雙深長的眼，她心臟一跳。

幸好余諾有隨身帶筆的習慣，她趕緊把背包卸下來，從裡面翻出一枝筆，遞過去。

陳逾征把筆拿著，卻沒動作。

有個小胖子催：「快點啊。」

余諾忐忑地問：「……不方便嗎？」

陳逾征慢條斯理地說：「妳想要我簽哪？」

「……」余諾愣了一下，發現——她居然沒給人家紙！

余諾滿臉窘色，摸了摸口袋，又在包包裡翻找，怎麼辦，怎麼連個碎紙片都翻不出來。

余諾一臉難為情，不敢抬頭，這時腦子忽然閃過一個念頭。

她一時腦熱，脫口而出：「你，簽我衣服上行嗎？」

幾個大兄弟盯著余諾身上的針織毛衣，陷入沉思。

她掀起一截下擺，是穿在裡面的長衫，天藍色的棉紡，「這裡。」

陳逾征沉默幾秒，把筆蓋拔開。

這邊，余戈應付完粉絲，一回頭，看到余諾跟TG的人站在一起。

他眉頭下意識蹙起，連名帶姓地喊她名字，「余諾。」

TG幾個人瞬間消音，頓了一下，齊刷刷轉頭，意外地看著出聲的人。

只要是LPL的職業選手，沒人不認識余戈。

——從OG青訓隊直接提上來的ADC，巔峰時期連奪春夏雙冠，甚至拿下當年的MSI（英雄聯盟季中冠軍賽），到現在已經成為隊伍核心。

這兩年國產AD良莠不齊，余戈算是周蕩退役以後圈內選手的職業標杆之一，粉絲數龐大。只不過他平時脾氣孤傲，很少人會自討沒趣的跟他親近。

「妳在那幹什麼？」余戈冷著一張帥臉，話對著余諾說，看向的人卻是陳逾征。

四目相對，陳逾征脾氣上來了，扯了扯嘴角，噙著笑，眼神裡滿是挑釁。

見余諾仍然原地杵著，余戈就有點不耐，視線跳開到她身上，「過來。」

TG眾人的視線在余戈和余諾身上來回轉了幾圈，還沒明白過來是怎麼回事。

此刻，余諾腦子裡想到的，全是TG和OG的各種「新仇舊恨」。她把包揹回身上，強裝鎮定，聲音很小地道別：「那……我先走了。」

Killer看著余諾小跑步過去的背影，不免詫異，張了張嘴，問：「什麼情況，這個女孩和Fish認識？」

幾秒之後，陳逾征把耳機重新戴上，「關我什麼事。」

小應一拳捶上他的肩，「嘿，你耍什麼帥，女粉絲都不關心一下？」

陳逾征還是那副倦懶樣子，哼笑了聲，沒接話。

開車的時間差不多到了，助理蹲在旁邊跟別人閒聊，等著司機來。

粉絲實在太多，保全擋不住，走了一撥又來一撥。

周邊有幾個年輕女孩舉著手機往這邊拍，興奮地竊竊私語。過了一下，小心地對這邊喊：

「余神季後賽加油！比賽輸了沒事，好好調整，注意身體呀。」

「我們會永遠支持你的！」

余戈草木不驚，懶得說話，禮貌地向她們點頭。

余諾剛喊了一聲「哥」。

余戈看她一眼。

「……」她把後半句又咽了回去。

「等一下。」余戈突然停下腳步。

余諾不明所以：「怎麼了？」

余戈微微垂著眼睛，眉頭緊蹙。

余諾慢吞吞的，順著他的視線低頭。

藍色的白雲底襯衫，靠右的位置，一行突兀的「Conquer」橫躺在上。

余戈幾乎沒表情，語氣冰冷地說：「這什麼東西？」

余諾一下子呆了，急忙把剛剛發生的事解釋了一遍。

聽完，余戈冷哼一聲：「他以為妳是粉絲？」

「差不多……吧。」

余戈嗤笑，「真夠扯。」

余諾小心看著他的臉色。

幸好這時候 Will 過來，看余諾困窘地樣子，以為余戈又在訓人。

Will：「你們兩個怎麼了。」

余戈眼也不抬，「什麼事？」

兩人聊天，余諾就跟在旁邊神遊。

和別人說完話，余戈把目光轉向余諾，充滿了審視的意味，她腳步一滯。

余戈又瞥了她的毛衣下擺一眼，像是覺得礙眼，不鹹不淡道，「晚上回去把衣服丟了。」

余諾語塞。

和OG的人吃完飯，余諾攔車回學校。走到校門口，又繞去剛開的甜點店買明天的早餐。

店裡光線柔和，晚上這個時間，餐品櫃裡的大多數麵包都被挑走了。

她蹲下來看，透過櫥窗，猶豫著要買藍莓醬的還是奶油。身邊恰好有兩個男生停住。

他們聊起最近大熱的一款即時對戰射擊遊戲，邊聊邊笑，似乎在等人。

說著說著，突然有一人問：「對了，你今天看OG比賽了沒。」

「我好久沒看了，他們打哪個隊？贏了輸了？」

「被TG打爛了。」

余諾手一停。

「OG這麼凸槌？」男聲訝異，「又腦癱了？」

「還行吧，就是打野裝了幾波。」

兩人開始議論起今天的比賽，余諾迅速下了決定，拿起了藍莓醬的麵包起身，去櫃檯結帳。

和他們擦肩而過，一句話又飄到耳朵裡。

「……Conquer是真的猛。」

余諾拿著麵包回寢室，只有一個人在看劇。

梁西看到她，主動打了個招呼：「妳回來啦，今天去哪玩了？」

余諾：「去看比賽了。」

梁西像是想起什麼：「對了諾諾，我有件事想找妳幫個忙。」

「嗯？」

梁西：「嘿嘿，我不是交了個男朋友嗎，他前兩天跟我聊天，說他偶像就是OG的Fish，我一想這不是妳哥嗎。妳如果方便，能幫我要個簽名嗎？想等他過生日的時候送給他。」

余諾頓了一下，答應，「好，那妳到時候提醒我一下。」

跑了一整天，疲倦襲來。她走到自己位子上，把手機插上充電線，坐下來休息一下，打開鏡子開始卸妝。

晚飯吃火鍋，頭髮和衣服上都沾了味道。余諾卸完妝就拿了睡衣去浴室。

洗完澡出來，拿起手機。前幾分鐘策劃人傳了一則訊息，提醒八點發廣播劇，讓她分享一下社群貼文。

這個廣播劇是最近很紅的某本小說，還專門找了幾位有名的 Coser 拍了幾組古風照片。

余諾剛上大學就踏入中文廣播劇、古風、Coser 三個圈，不過她平時偶爾玩玩，在圈內只是個普普通通的路人，這次擔任了一個後排的女配。

分享社群貼文後，陸續收到幾十則粉絲留言，她一邊看，一邊拿起吹風機吹頭髮。

轟轟聲中，梁西喊她，「欸，小諾，我要洗衣服了，要不要順便幫妳洗？」

余諾探頭，應了一聲：「好，謝謝啊。」

完了——她突然想起什麼，放下吹風機站起來，「等等。」

梁西正把衣服一件件丟進洗衣機，「怎麼啦？」

余諾彎腰，翻了一下，把今天穿的上衣找出來。

「妳這件不洗？」

「啊？」余諾看著手上的毛衣，莫名有些心虛，「我……暫時不洗了。」

余諾剛剛只是下意識想到這件衣服上還有簽名，念頭閃過的時候，就把衣服拿了回來。

想到余戈那句話，她思考半晌，還是找了個塑膠袋，把衣服裝進去，拉開衣櫃隨便找了個角落塞進去。

過了幾天，付以冬又來約她去看比賽。余諾忙著改圖，在電話裡敷衍了幾句。付以冬不停央求，余諾反射性地拒絕，「算了，妳找別人。」

聽她的語氣，付以冬立刻明白了什麼，囉哩吧嗦一大堆：『哎呀，怎麼回事，還在糾結那個事？別放心上了，妳不混電競圈不知道，Conquer這段時間雖然不夠知名，但人家好歹有點小名氣了，上次我和一個基友去，看到好幾個女孩專門等他呢。說不定人家早把妳這個假粉絲忘了。』

「不是。」余諾三言兩語也說不清，嘆了一聲：「下次吧，最近真的忙。」

和付以冬這通電話打完，她很快就忘了這件事。

某天想起來，去網路上搜了搜賽程。春季賽已經進行到後半段，按照常規賽排名淘汰了八支隊伍，還剩八支。現在已經打過一輪，留下四強，分成兩組，下星期開打。

終於有個空閒的週末，付以冬邀余諾去本市剛開的ＩＦＳ（國際金融中心）逛街。到了才發現，一起來的還有個女孩。

兩人妝容精緻，一身行頭裝扮的十分都市麗人，走近了，還能聞到香水味。

付以冬先看到她，「妳今天怎麼這麼素？」

余諾低頭看了看自己。標準學生打扮，白襯衫和格子裙，純白的板鞋，低馬尾。之前的頭髮褪色以後，她又染回了黑色，純素顏，表情平淡，只塗了一層防曬。

余諾解釋：「我剛睡醒，沒來得及化妝。」

另外一個女孩也跟她熱情地打招呼：「妳好，我是冬冬的朋友，叫谷宜。」

余諾笑了笑，「妳好，我是余諾。」

今天是週日，各個吃飯的地方都爆滿，門口排了長長的隊伍。幸好付以冬提前訂了某家日料店。吃飯時，兩人一直討論TG，余諾負責烤肉，聽她們說，也沒往心裡去。

吃完飯，買了幾杯奶茶，她們在商圈附近逛街消食。趁那女孩打電話的間隙，付以冬神秘兮兮湊到她耳邊，「妳猜猜谷宜是誰？」

「……」看付以冬一臉期待，余諾只好配合：「是誰？」

「TG打野的女朋友！」

「什麼打野？」

「T、G。」

一顆珍珠卡進余諾喉嚨裡，她捂著嘴，激烈地咳嗽起來。

付以冬拍著她的背，揶揄道：「有必要這麼激動嗎？」

余諾擺手，「不是，不小心嗆到了。」她順了氣，勉強開口，「……妳們怎麼認識的？」

「TG後援會的粉絲群組裡，人特別少，只有我們兩個話多，後來在社群軟體上加了好友，就這麼認識了。」

余諾恭喜她，「不錯，妳直接打入內部了。」

就在這時，谷宜向付以冬招手，她們不知說了什麼，付以冬臉上一亮，興奮地比劃著。

過了一下，付以冬走過來，語氣沉痛，「諾諾，我要告訴妳一件事。」

余諾一頓：「怎麼了？」

付以冬抓著她的手臂，「妳需要做好心理準備，我再說。」

余諾看著她的樣子覺得好笑，「我好了，妳說吧。」

「我真說了？」

「說。」

付以冬兩眼放光：「我們去網咖，如何！」

「……」余諾：「就這樣？」

付以冬雙手合十，期待地看著她，「怎麼樣？」

余諾隱隱有種不好的預感。

「谷宜說，她男朋友在網咖玩，就在附近。」

余諾：「……」

付以冬小心地補上一句：「還有她男朋友的……隊友們。」

最後折騰了一個多小時，付以冬覺得吃完烤肉頭髮上有味道，非要找個理髮店洗個頭再去。

在網咖前臺，谷宜跟男朋友傳訊息，說到了。付以冬從包包裡拿出一枝唇釉，「諾諾，妳要不要補個口紅？」

余諾搖頭：「不用了，妳自己補吧。」

她和谷宜在廁所外面等著付以冬。

等了一下，手機上收到付以冬的訊息：『諾諾，妳要不先跟谷宜進去？我肚子好痛，需要方便一下！』

還沒來得及回覆，就聽到谷宜在旁邊小聲說，「以冬去幹什麼了，怎麼還不出來？」

余諾搖搖手機，解釋，「她說她肚子有點痛，要上個廁所。」

「那我們先進去吧！」谷宜焦急地想見到男友，「等一下傳個位置給她就行。」

余諾猶豫：「沒關係，不然妳先進去，我在這裡等她？」

谷宜把她手臂一拉就往前走，「哎呀，等什麼等，進去等！」

今天是假日，網咖的人很多，到處都沒空位。TG的人都在同一個包廂裡。谷宜先推開門進去，余諾在門口踟躕了一步。

她還是覺得有點尷尬，不怎麼想和TG這群人見面。本來打算等付以冬出來，跟她打個招呼，就自己去找個人少的地方上網，但是剛剛只剩下她和谷宜，余諾其實不怎麼好意思跟不太熟悉的人提要求，怕掃了別人的興，也怕有點唐突。

這下子也不得不硬著頭皮進去了。

房間裡有兩排座位，一排坐滿了，另一排只坐了一個人。谷宜放下東西就直奔Van的旁邊，「親愛的，我來啦！」

Van匆匆抬頭看了她一眼，「寶貝等一下，我打完了跟妳說。」

其他幾個人認識谷宜，隨口打了個招呼，繼續專注遊戲。也沒人注意到多出來的余諾。

包廂裡一時間只有滑鼠和鍵盤劈哩啪啦的聲音，夾雜著混亂的幾句，「最後一波泉水團了，衝衝衝！」

「我不在，先別打先別打。」

「保AD，我切後排，對面沒大的。」

「別認輸啊，往前平推，我傷害無敵的。」

「兒子們，都躺好沒？等著看爹天秀一波！」

局外人余諾默默地站了一陣子。

靠窗的位子被谷宜的包占了，余諾只能往旁邊挪，還靠著不知哪一位TG的隊員。準備把椅子拉開坐下的時候，卻突然困惑了起來。

余諾很少來網咖，導致她現在不知道網咖的電腦該怎麼開，她站起來，到電腦背後找了找，沒找到電源開關，又彎下腰，在主機附近摸索，一番折騰，身上都熱出了汗，結果還是沒摸到。

幸好包廂的人都在全神貫注玩遊戲，沒人注意到她這邊的動靜。余諾有點尷尬，坐下，正準備拿起手機，忽然注意到左手邊的按鈕。

她嘗試著按了一下，電腦還是毫無反應，余諾又持續地按了幾秒，然後一驚，硬生生止住所有動作。

社會性死亡的一幕出現了。

余諾目瞪口呆——她把旁邊那位大哥的電腦關機了。

她腦中轟地一響，整個人僵住。

沉默一下，余諾看著那人黑掉的螢幕，先是一臉茫然，緊接著，從耳根到臉，慢慢轉紅。

大哥戴著鴨舌帽，看不清表情。手還握著滑鼠，保持著看電腦的姿勢，一下子沒反應過來。

像是過了一個世紀那麼漫長，他終於動了。扭過頭，視線從電腦移到她身上。

網咖的燈光有些暗，把那人的五官朦上一層靜靜的、暖黃的光暈。

在余諾看清他的臉的那一刻，窒息感瞬間從胸口湧到喉嚨。腦子一片空白。

本來想解釋兩句，可實在是，一句話都說不出來了。

陳逾征面無表情，盯著她，緩緩問：「妳有什麼事？」

與此同時，包廂裡其他幾個人紛紛爆發出驚天動地的罵聲。

Killer 沒空往這邊看，嘴裡不住說著：「陳逾征你搞什麼東西，怎麼突然暴斃了？」

余諾心裡咯噔一下。

怎麼是他？怎麼又是他？怎麼總是他？

她完全呆住了。

陳逾征平靜地看了她仍放在按鈕上的手一眼。

余諾觸電似的，把手縮回來。

陳逾征：「……」

余諾臉熱得估計可以直接煎蛋，她窘得簡直不知道怎麼辦才好，小聲結巴：「對不起，對不起，我不是故意的、我不知道電腦的開機鍵在哪。」

越說越尷尬，恨不得現在地上有個縫能讓人鑽進去。

TG幾個人拉扯半天，最終以團滅GG（失敗）告終。結束後Killer把耳機摘下來往桌上一摔，「你媽——」

余諾被這一嗓子驚住了，扭頭看過去。

Kliier正準備開罵的嘴瞬間止住，「你、你這……什麼情況？電腦為什麼黑了。」

陳逾征一邊開機，一邊說，「剛剛掉線了。」

谷宜也發現這邊的動靜，側頭詢問，「啊？網咖怎麼會掉線？」

余諾赧然，解釋，「是我……我不小心把他的電腦關了……」

「關了？」谷宜一臉呆滯，「妳關他電腦幹什麼？」

余諾：「……」她好想走人。

電腦機械的螢光撒在陳逾征的臉上，他一隻手在鍵盤上飛速地敲，輸入帳號密碼。

其他幾個打完遊戲的TG隊員偷偷看熱鬧。

余諾臉紅紅的，抿了抿唇，尷尬地把剛剛的事情說了一遍。

包廂一片寂靜。大家克制了一下，不知道是誰先「噗」了聲，然後再也忍不住，紛紛噴笑出聲。

Killer跟著笑了會，忽然發覺眼前這個呆萌的女孩有點眼熟，「我之前是哪裡見過妳？」

余諾頭皮一緊。

輔助奧特曼糗他，「怎麼見到個美女就這麼熱情？」

Killer伸手打他：「我真的覺得眼熟。」

「是是是，就硬要眼熟啦！」

兩人鬧起來就忘了余諾這件事。她坐也不是，站也不是。突然有聲音傳過來，「妳電腦右邊。」

余諾愣住，不確定是不是在跟她說話。

陳逾征眼神掃她，短短幾秒，又收回，余諾一愣，後知後覺反應過來，小小地道了聲謝。

余諾稍微平靜了點，聽到奧特曼喊：「陳逾征上號。」

不知是誰說了句：「他剛剛掛機，現在沒辦法玩了啊。」

余諾心虛地拿過耳機戴上，儘量減弱自己的存在感。

她想了想，打開搜尋引擎搜索：「英雄聯盟掉線了有什麼懲罰？」

網頁轉了一下，余諾把畫面格縮小，挪到角落，然後才擔憂地查看答案：「下一局等二十分鐘。」

余諾坐如針氈。幾分鐘後，她悄悄看旁邊的動靜。

電腦還是掛著遊戲的畫面，只見陳逾征靠在座椅上，脖子上掛著耳機，眼皮低垂，手臂抱胸，不知道在發呆還是想事情，反正無事可做。一副百無聊賴的樣子。

余諾的愧疚感瞬double（翻倍）。

她還在偷窺，突然他斜側著眼看過來，余諾呼吸一窒。

他問：「幹什麼？」

她慌張地「啊」了一聲。

陳逾征微偏著頭，懶懶道：「妳盯著我看半天了。」

余諾整個人僵住。不用想，此刻她的表情一定超級心虛。她徒勞地指了指他電腦，「那個，我是不是害你打不成遊戲了？」

「是啊。」他輕描淡寫。

「……」非常生硬的一個開場，於是余諾只能繼續沒話找話，「你們不是還有比賽嗎？怎麼有時間來網咖？」

陳逾怔不知想到了什麼，慢悠悠地問，「妳知道我是誰？」

「啊？」余諾的表情微微一滯，心想他是不是在提之前她認錯人的事。

她乾笑兩聲：「你是Conquer，我認識的。」

余諾長相非常乖，所以充滿了欺騙性。她一認真，就顯得特別真誠，「你好厲害，我朋友她們都很喜歡你。」

陳逾征不經心地扯了下嘴角，既沒接話，也沒什麼其他的表示。

好像有點冷淡……

余諾不知是不是自己說的有點刻意。又想起那天的場景，多少有些心虛。她靜靜的，識相地不再找話。

半個小時後，付以冬拎著幾杯飲料過來。她性格外向，聊了一下，很快就和一群人鬧開。

剛好陳逾征的號一時間沒辦法排位，付以冬就開了LOL，蹭著職業選手的車隊上分。

余諾無事可做，打開備忘錄，開始用Word寫食譜。不知過了多久，肩膀忽然被人一拍。

是付以冬，余諾把耳機摘下來。

付以冬靠在她椅子上：「余諾妳這人還能再無聊點嗎，來網咖工作？」

「沒有，這是幫我哥規劃營養餐。」

付以冬「哦」了一聲。

余諾大腦還有點放空，看著從包廂出去的幾個人，茫然地問，「要走了？」

「走啊，去吃宵夜。」

余諾收拾桌上的東西，把電腦關機，「跟TG那群人？」

付以冬理所當然反問，「不然呢？」

余諾看了看時間，有點猶豫。她想了一番，還是說：「冬冬，不然妳自己去吧？我明天早上還有個兼職，等一下學校門禁就要到了，我要回去了。」

付以冬「嘖」了一聲，「兼職什麼，妳哥沒給妳生活費？」

余諾搖頭，「給了，不過我不是馬上就要畢業了嗎，想自己存點錢。」

她從小是單親家庭長大，她和哥哥都判給了爸爸余將。離婚後，媽媽出國，余將在當地開了個工廠，後來工廠發展得不錯，也越來越忙，根本沒時間管他們。余戈只比余諾大兩歲，因為家裡沒人，都是余戈在照顧她。

余諾上國中時候余將又給他們找了個後母回來，沒兩年就生了小孩，家裡的氣氛越來越奇怪。余戈升學考完就和余將澈底鬧翻，帶著剛上高中的余諾搬了出去。幸運的是後來被挖去打職業比賽，成名之後賺了不少錢，這些年余諾讀書的費用都是他出的，但余諾不想成為誰的累贅，畢業以後也不打算繼續拿別人的錢。

付以冬知道她家裡情況，點了點頭，也沒多問別的，皺了皺鼻子，「好吧，妳不想去，那我也不去了。我陪妳回學校吧，也挺晚了。」

「不用了。」余諾好笑，「我要妳送幹什麼？」

付以冬嚷嚷，「讓妳一個人回去，我怎麼好意思。」

余諾推著她往前走，「跟我還客氣什麼，妳去吧，好不容易能跟妳的偶像吃頓飯。」

初夏的夜晚還是有些涼意，外面不知道從什麼時候開始下起了雨，余諾被風吹得瑟縮一下。大家都沒帶傘，只能在屋簷下等著雨勢變小。

谷宜翻著美食搜尋軟體，查看附近能吃宵夜的地方，其他幾個人站在路邊抽菸等車。

付以冬問：「妳是不是要畢業了，想好以後要幹什麼了嗎？」

余諾沉默，搖了搖頭，「暫時還沒想好。」

「妳的RD（註冊營養師）考完了？」

「考完了。」

付以冬說：「那妳直接去妳哥基地工作啊，走個後門多方便。」

余諾苦笑，「……這樣不太好吧？我怕影響他。」

付以冬了然，「說的也對，像ＯＧ這種豪門戰隊，什麼心理輔導、健身教練，還有像妳這種營養師，配的都是輔助國家運動員那個級別的，妳去了也是添麻煩。」

「妳才添麻煩。」余諾瞪她，「我是專業的好不好。」

「好、好，妳改天把簡歷給我，我幫妳留意一下，有適合的就幫妳介紹。」

余諾笑眼彎彎，「好啊。」

Van 去旁邊便利商店買了三把大傘，遞給谷宜一把，「喏，妳們女生的。」

前面有幾輛空車開來。Killer 站在路邊攔車，伸手示意她們過去。

付以冬這才後知後覺：「啊？我們只有一把？」

谷宜撐開，「應該沒問題，這傘挺大的，我們三個擠一下，看妳們兩個滿瘦的。」

Van 說：「我去跟 Conquer 撐一把。」

「不是。」付以冬解釋，「諾諾她現在要回學校，沒辦法跟我們一起。」

余諾擺手，「沒關係，妳們撐，我等一下去便利商店再買一把。」

付以冬猶豫：「真的不用了？」

「真的不用。」

付以冬四處看了看，發現便利商店就在不遠處，她點點頭，「那好吧，妳到學校傳個訊息給我。」

余諾「嗯嗯」兩聲，比了個ＯＫ的手勢。

余諾站在原地，看著付以冬上車，忽然想到什麼，摸了摸口袋，她一抬頭，頓住。

完了，她今天出門沒帶包包，學生卡放在付以冬那裡。

「冬冬，等一下！」余諾喊了兩聲，可付以冬已經上車。

停在馬路邊的車發出兩聲喇叭聲，車前燈黃色光柱穿過雨霧，閃了閃。她一急，看了便利商店的位置一眼，也顧不上買傘了，直接衝進大雨裡。

跑沒兩步，身上的襯衫瞬間被淋得濕透。

幸好車還沒開走。

付以冬聽到動靜，看向窗外，瞪大眼睛，立馬推開車門，「諾諾，怎麼啦？」

余諾一隻手舉在額頭前擋著雨，微微彎腰，喘著氣對她說：「我的學生卡放在妳包包裡了，妳找一下。」

「啊，我都忘記了，等一下。」付以冬一邊翻包包，一邊焦急，「這麼大的雨，妳先上來，別淋感冒了。」

余諾搖頭，「不要緊，反正都濕了。」

「先上來，沒事的。」

余諾怕把別人車弄髒，等在外面沒動。

付以冬包包裡亂成一團，「司機大哥，能開一下後座的燈嗎，我找個東西。」

司機從後視鏡看她們一眼，抬手把燈打開。

余諾等在旁邊，雨水從頭頂往下流，流到眼角，眼睛有點酸澀。她眨了眨眼睛，忽然感覺頭上的雨小了點。

她偏頭一看，陳逾征和一個男生撐著把傘，剛好停在旁邊。傘沿邊的水珠滾落，滴在地上。

余諾發了一下愣，意識到自己擋住了車門，很自覺靠到旁邊，準備讓路給他們。

Van笑了笑，繞到另一側上車，陳逾征食指和中指取下菸，目光低垂，輕飄飄掠過她。

他戴著黑色的棒球帽，額前的碎髮攏上去，露出一張英俊張揚的面孔。

余諾和他的身高差一大截，仰面和他對視幾秒，下意識退開半步。

就在這時，陳逾征忽然抬了抬眉梢。他的視線很直接，一點都不收斂。

她低頭，看了看自己，一臉驚愣，馬上抬手擋住胸前。

付以冬剛好找到卡，把東西遞出去的時候，也發現了余諾的窘境——春夏的白襯衫很單薄，雨一淋就變透明了。她用手臂橫檔著，還是很明顯地看到胸前濕了一片，曲線一覽無遺。

室外溫度很低，余諾兩排睫毛微微顫動，打了個冷顫。她垂下眼，不自在地縮了縮。兩條腿不自然併攏。

Van在車裡笑話道：「Conquer，你倒是把傘給人家女孩子啊。」

余諾急忙擺手，知道自己現在模樣狼狽，無奈地笑笑：「不用不用，反正都濕了，我等一下自己去買就行了。」

付以冬傾身，準備下車：「欸妳別走，我去另外一輛車幫妳借個外套。」

司機不耐煩地催，「你們快一點，我還有其他客人呢，不要耽誤我的時間。」

余諾連著說了兩句對不起，從付以冬手裡拿過卡，「別借了，免得把別人衣服也弄濕了，我走了。」

Van眼尖，對著站在那無動於衷的人又喊了一句：「你還不把衣服給人家女孩子，能不能體貼一點啊？」

雨幕連成了珠。

陳逾征單手撐著傘，看了Van一眼。余諾剛想拒絕，他隨手把手上的外套丟過去。

余諾下意識接住，恍神片刻，她輕聲說：「謝謝你。」

陳逾征把菸咬回嘴裡，敷衍地「嗯」了一聲。

余諾和車裡的人道別，完了感激地對著陳逾征笑了一下。

司機又開始催。

陳逾征最後一個上車，他拉開車門，坐進副駕駛座，他靠在椅背上，扭頭看向窗外。

女孩站在兩步外的公車站簷下，渾身濕答答的，裙角還在滴水，她低著頭，認真地把外套捲成一團。

一輛計程車打著遠光燈駛來。

她打了個冷顫，左右看看，把捲好的外套仔細護在懷中，躬身重新衝進大雨裡。

第二章　我會贏下所有人

連著兩天，這場雨都沒停。余諾被前一天的雨淋成重感冒，在宿舍躺了三天。到第四天，實在是撐不住了，頭昏腦脹地從床上爬起來，準備去醫院吊點滴。

余將打電話來的時候，她正在校門口等車。

看了來電顯示一眼，余諾打起精神，把電話接通，喊了一聲，「爸爸。」

『余戈為什麼不接電話？』

她腦袋發昏，靜了片刻，「哥他最近訓練有點忙，應該是沒看見，要不要我……」

余將不耐煩打斷她，『行了，每次都是這個理由，隨他了。』

「……」

一陣風吹來，涼意嗆進嗓子，余諾咳起來。

『妳怎麼了？』

她輕輕地：「有點發燒。」

許是她聲音太小，對面沒聽見，又或許是聽見了，也不在意，『過兩天是妳弟弟生日，阿姨讓妳回家吃飯，別忘了。』

余將吩咐完，也不等她反應，直接把電話掛斷。

沉默。余諾盯著某處出神，直到馬路對面的綠燈亮起，她才把手機收進包包裡。

今天是工作日，附近的小醫院人不多。醫生開了點退燒藥給她，又吊了點滴。

余諾翻了翻日曆，發現後天就是準決賽。TG和OG分別是常規賽第一和第二，週末要和另外兩支隊伍打準決賽。贏了就直接晉級決賽。

余諾本來準備打個電話給余戈，想了想又作罷，這個時間點，他十之八九還在睡覺。

打完點滴，余諾感覺整個人好了不少。想著明天沒課，就去附近的菜市場逛了逛，熟門熟路地買了些材料、蔬菜和一隻烏雞。

前兩年余戈在本地買了間公寓，他平時大部分時間待在基地，定期有清潔的阿姨過去，余諾放假了會回去住。平時在校外兼職，她就自己在家裡做飯。

買好菜，余諾回公寓，準備為余戈燉個湯。

她算好時間，傳了訊息給余戈，算好他平時吃飯的時間過去。OG基地的保全認識余諾，讓她登記一下。

余諾一邊寫，問，「最近是不允許別人進來嗎？」

保全解釋：「現在不是到季後賽了嗎，每年這個時間都有粉絲跑到附近，怕出什麼意外。」

余諾了然，點點頭。

OG本身俱樂部老闆就有錢，創立的時間早，贊助商又多，所以基地很豪華，位於鬧市的別墅區，是獨棟別墅。之前甚至還有熱播的電競劇去實地取景過。

前臺小姐一看見余諾提著兩個保溫桶就笑，「小諾，又來送東西給妳哥啊？」

余諾也笑，點頭。她手往裡指了指，「我哥他們現在醒了吧？」

「醒了，妳直接進去吧。」

基地有專門吃飯的小食堂。

OG的打野阿文一邊吃飯一邊拿手機看直播，抬眼瞄到進來的人，招呼了一句：「喲，這誰來了呀。」

余諾看著跟她打招呼的黃毛，腦袋短路了幾秒，辨認一下才說，「文哥？」

阿文嘴巴咧到耳後根，逗她：「怎麼，染個頭髮就看不出來了？還是不是我乾妹妹？」

余戈剛睡醒，穿著拖鞋路過，手裡拿著一瓶礦泉水，語氣不善：「誰是你妹妹，少攀關係。」

余戈比余諾大兩歲，兩人一起長大，性格卻天差地別。余戈從小個性鮮明，一身反骨，而余諾卻是個十分沒脾氣的人。

明明余諾是妹妹，可在她的記憶中，總是她乖乖的跟著余戈後面跑，喊著：「哥哥，這樣不好」、「哥哥，你要乖，不然阿姨和爸爸會生氣的。」

好在余戈雖然脾氣衝動，極其容易不耐煩，但對待她這個有些木訥的妹妹，大致上還算是友好。

余諾把保溫桶隨手放在桌上，跑去拿湯勺和碗，幫每人都盛了一碗。吃飯的時候大家都在一起，幾個人有一搭沒一搭地聊著天。

阿文突然低呼一聲，旁邊的人隨口問，「你突然大叫什麼？」

阿文滿臉震驚：「Fish，你的粉絲也太誇張了。」

余戈瞥他一眼。

輔助小C搶他手機，看了一下，小C整張臉都皺起來，不可思議：「Fish，你的粉絲也太離譜了。」

余戈擰起眉頭：「怎麼了？」

阿文：「你的粉絲把Conquer Gank了。」

余諾聽到這個名字一頓，一口湯咽到嘴裡，不上不下，哽住了。

有人奇怪道：「檢舉什麼？」

她垂下頭，默默咀嚼著嘴裡的飯菜，豎著耳朵聽。

「上個星期TG幾個人五排，站魚有幾個遊戲主播在OB（觀戰），Conquer有一局掛機，就被檢舉了。」

余諾驚詫，動作一滯。

余戈頭也不抬：「你怎麼知道是我的粉絲？」

「官方都掛出裁決公告了，你的粉絲都在慶祝，在損Conquer呢。」

余戈：「……」

小C順口八卦，「TG隊伍那幾個都是新人吧？聽說連個贊助商都沒有。常規賽打完才開始招正式的教練和分析師，之前都是找人臨時上去的。也不知道現在怎麼樣了。」

其他幾人紛紛唏噓，阿文嘖了一聲，「身價嘛，有本事的打打就出來了，其實ＴＧ這幾個人都挺有潛力的，尤其是他們的ＡＤ。」

Will看了旁邊一直默不作聲的余戈一眼，玩笑道：「你看他心高氣傲的，連我們余神都敢公然嘲笑，這能忍？」

他們聊完，又開始說別的事。余諾心不在焉，心裡隱隱約約有個不好的猜測。她吃不下飯了，坐到旁邊，偷偷拿手機去社群網站上搜尋這件事情。

剛打了一個名字，跳出來的第一則就是英雄聯盟職業聯賽處罰公告：

關於陳逾征遊戲中不當行為的處罰決定——

選手ＩＤ：TG.Conquer（陳逾征）。

日期：二〇二一年四月十九日。

事件：由粉絲實名檢舉，TG.Conquer在遊戲排位中出現掛機行為。

英雄聯盟職業聯賽懲罰細則：職業選手不得做出不良行為（無論賽內賽外），例如掛機、辱罵他人、消極遊戲等。無論是否有意為之。嘗試違反或者侵犯規則也需經受處罰。

裁決：根據懲罰細則，TG.Conquer被罰款人民幣五千元。

四月十九……余諾趕緊翻開日曆查了查，正好是她去網咖那天……

然後……她把陳逾征的電腦關了。

從ＯＧ基地出來，余諾打電話給付以冬。

那邊『喂』了一聲。

余諾忙問：「冬冬，妳知道陳逾征被罰款的事情嗎？」

付以冬靜了兩秒，『我知道啊，怎麼啦？』

余諾隔了一陣子才說：「就是，那次是我不小心把他電腦關了……」

她大概講了一下那天晚上發生的事情。

付以冬在電話那頭笑了好一陣子，才清了清嗓子，『原來是妳啊。妳該不會是故意的吧，報復人家？』

余諾現在沒心思跟她開玩笑，「他還是被我哥粉絲檢舉的，怎麼辦？」

『被禁賽了嗎？』付以冬突然嚴肅起來，『ＴＧ馬上要打準決賽了，要是被禁賽了就麻煩了。』

余諾一驚，又去仔細看了一遍公告，「好像沒有。」

付以冬鬆了口氣，『還好沒有，那沒什麼大事啊。』

余諾發愁地說著，「但是他被罰了五千。」

『那也是沒有辦法的事情。』付以冬安慰她，『好了，妳別操心了。』

「不然這樣。」余諾想了個辦法，「妳幫我跟谷宜要一下陳逾征的電話，我用手機直接轉帳給他，妳覺得怎麼樣？」

付以冬：『……』

余諾認真地繼續說：「然後還要麻煩妳幫我還一下衣服，我這兩天生病，都忘記這件事了。」

付以冬好笑：『幾千塊錢，他應該也不差這點吧，妳現在還是學生，賠他錢幹什麼。衣服妳自己還吧，我這兩天跟老闆在北京出差，大概要下個月才能回去。』

「不是。」余諾解釋，「我剛剛聽我哥他們說，剛打職業的選手都沒什麼錢的，然後ＴＧ他們不是也是新隊伍嗎，粉絲什麼的也不多，所以……」

付以冬被嘮叨到頭大，趕忙打斷她，『好好好，我知道了，我晚上回去幫妳要，一定幫妳要。』

回到學校寢室，只有梁西在，正和別人連線打遊戲，余諾走過去，發現她又在玩英雄聯盟。

梁西這人很宅，是一個重度網癮少女，平時課餘也很少出去玩，就在寢室玩ＬＯＬ，和現在的男朋友也是在遊戲認識的。

余諾去洗了澡出來，梁西已經掛斷語音，正在吃麥當勞。

看見余諾出來，她笑瞇瞇地問：「妳今天怎麼這麼晚？」

余諾坐在她對面擦頭髮，「我去找我哥了。」

梁西一聽兩眼放光，嘆道：「唉，真羨慕妳。」

余諾轉移話題：「其他兩個人呢？怎麼不在。」

「她們不是實習嗎，應該都在加班吧。」梁西好奇，「對了，妳的工作找了好嗎？」

余諾搖搖頭，「沒確定，妳呢？」

「我啊？差不多了吧。」梁西嚼著東西，抓起旁邊的可樂喝了一口，含糊地說，「我認識的一個朋友介紹我去LPL的一個新戰隊當營養師，那個隊現在剛好在招人。我前幾天去面試了，那邊覺得我還不錯，差不多算是敲定了。」

余諾點點頭：「那還不錯，剛好妳感興趣，也挺適合這一行的。」

梁西又問：「妳哥不是職業選手嗎？可以去他們戰隊啊。」

「他們現在不缺人，我過去也是打雜，不想給他添麻煩。」

「那別的戰隊呢？」

余諾考慮了一下，「有合適的可以去試試。」

兩人閒聊幾句，梁西吃完東西，繼續戴耳機打遊戲。余諾把頭髮擦到半乾，心神不寧地拿起手機，她又想起陳逾征被檢舉的事情。

公告掛出來以後，沒有在社群網站上掀起太大的討論。可能都是新人，沒什麼存在感，TG那幾個人連社群媒體都還沒註冊。余諾有點失望。

她在外面奔波了一天，此刻疲憊上湧，但還是打起精神寫了一下論文的期中報告，等到實在撐不住了，就去廁所刷牙，爬上床。

迷迷糊糊中，手機突然一響，余諾瞇著眼睛，把手機抓起來，付以冬傳來一串電話號碼，是陳逾征的。

余諾整個人都清醒了，她坐起來一點，查了一下自己戶頭裡的餘額。

獎學金和平時業餘打工賺的錢，雜七雜八加起來大概有幾萬塊。

這一下就要匯出去五千……

她盯著那串號碼，看了半分鐘，做了半天心理鬥爭，余諾終於下定決心，去行動支付上找這個手機號。

等了一下，跳出一個預設大頭照的用戶。

行動支付交易之前有個驗證，需要對方開頭的姓。輸入「陳」之後，顯示驗證成功。

忍著肉痛在框框裡慢慢地按下五千，余諾感覺心都在滴血，猶豫了幾分鐘，錢還是轉過去了。

叮的一聲，網銀也傳來消費通知。

余諾不忍再看，舒了口氣，重新躺回床上，終於感覺壓在心上的石塊卸下了。

於此同時，OG基地，陳逾征莫名其妙收到陌生人轉帳五千。

他蹙眉，喊旁邊的 Van，「范齊。」

「啊？」

陳逾征把手機丟過去，「這個人是誰？」

Van 看到這個轉帳，頓時笑開了，聯想到晚上女朋友找她問陳逾征手機號碼的事情，這時大概也猜到是余諾。他把手機還給陳逾征，故意裝出一副詫異的樣子：「我怎麼知道？不會是你哪個陌生粉絲吧，看名字像是個女孩呢。」

Van 是個大嘴巴，沒過多久全基地的人都知道有陌生人轉了一筆鉅款給陳逾征。

奧特曼長長地嘆了一聲，沉痛不已：「現在陳逾征是有富婆『包養』的人了，我的青春結束了。」

陳逾征沒回話，又看了兩眼，正準備把錢轉回去給對方，但畫面突然跳出提示：『對方已將你添加至黑名單，你不能向對方轉帳。』

陳逾征：「……」

斷斷續續下了一週的雨，到了準決賽第二天才終於放晴。

昨天OG和YLD打完，OG勝出。今天TG（常規賽第一名）對陣WR。因為時間比較趕，今天比賽完，勝出的隊伍和OG需要拍決賽宣傳片和定妝照。

比賽下午五點開始，OG一行人到的早，余諾正好沒事，也跟著來了，她打算今天找個機會把衣服還給陳逾征。

余諾和余戈打了個招呼，在體育館後方停車場等著。她眼睛近視又看不清，在附近晃了一圈。眼看著到候場時間，都打算放棄了，結果一回頭，正好看到那個貼著金色隊標的白色巴士。

TG幾個隊員就在附近，他們湊在一起，有說有笑地低聲聊著。

幸好周圍沒有粉絲接車。

余諾找了一下，沒在人群中發現陳逾征。她觀察了一圈，挑了個稍微眼熟的人，朝對方的方向走過去。

Killer說著話，聽到有人喊他，他微微扭過頭，一眼就認出了余諾，「咦，妳不是……」

余諾主動打招呼：「你好，我是上次跟你們一起去網咖的，還記得嗎？」

Killer 笑：「怎麼會不記得，妳怎麼來了？專門來幫我們加油啊？」

余諾不好意思，把手裡拿著的袋子提起來給他看：「那個，我是來還東西的，能拜託你幫個忙嗎？幫我把這個東西交給 Conquer，這是他上次借我的衣服。」

余諾眼睛大，眼型又是那種微微有些下垂的無辜眼，兩腮嘟嘟，揹著學生氣的雙肩包，白淨瘦小，一副好脾氣的溫柔長相，看著就讓人有種想欺負的欲望。

Killer 眼神曖昧，「妳說陳逾征？」

余諾「嗯」了一聲。

Killer 語氣像在逗在她一樣：「他還借妳衣服穿啊？平時在基地，一口水都不給我喝的。」

余諾知道他誤會了，剛想試圖解釋一下，就被打斷。

Killer 笑：「我看妳就自己還吧？他就在旁邊呢。」

余諾遲疑了一陣子。

怕耽誤他們時間，她原地躊躇了一下，還是鼓起勇氣，朝 Killer 指的地方小跑過去。

陳逾征正蹲在花壇邊上，嘴裡還咬著燃一半的菸，聽見腳步聲，視線將來人掃了一遍。掃到她臉上時，稍微停頓了兩秒，余諾停在他面前，跑了一下，臉還有點紅。

她喘了口氣，試探著開口，「欸，那個……Con、Conquer……」

他掐了剩下半截菸，終於拿正眼看她，「我叫陳逾征。」

「哦……陳逾征。」

四目相望，余諾有點慌張，嘴巴抿起，像是在憋著什麼話，又不敢說。

陳逾征蹲那沒動也不出聲，從下往上地看她。

看著她愁容滿面，帶著掩飾不住的惶恐，就差沒把「害怕」兩個字寫在臉上了。

不遠處的其他幾個TG隊員，欲蓋彌彰地聊天，實則有意無意瞟向這邊偷偷看熱鬧。

午後陽光盛烈，陳逾征瞇起眼睛，淡淡的說，「我很嚇人？」

「不是，不是。」余諾馬上否認，她只是覺得很不好意思。

余諾小心翼翼地彎腰，把東西放到離他不遠的地上，「我、我是來把衣服還你的。」

陳逾征眼皮動了動，半開不開的，看到腳邊的袋子。

還沒說話，再一抬頭，那個女生早就跑得無影無蹤。

遠處有人喊他。陳逾征站起身，把衣服從袋子裡拿出來。

隨即，有東西掉落，他動作一頓，彎腰，從地上把東西撿起來，是一張卡片。

長到這麼大，陳逾征第一次見到這麼抽象的東西，圖案是卡通的，粉藍色，還有一頭天真的小象頂著白雛菊。

剛走近，Killer就陰陽怪氣嘖嘖兩聲，「看不出來啊Conquer。」

陳逾征沒搭腔，直接繞過他們，上車準備放東西。

Van眼尖，指著袋子裡的粉藍卡片，興沖沖地問：「這是什麼東西啊？」

陳逾征懶得解釋。

Killer眼疾手快，極其沒禮貌地把東西拿出來，「讓我看看。」

興奮地看了兩秒，開始止不住地笑。

幾個人也好奇，跟著湊上去看完，討論兩秒，心滿意足地把東西還給陳逾征。

他低頭，隨意把卡片翻了個面，剛剛沒注意到，背後還有一行黑色字跡，一筆一劃，認真地寫著——衣服我洗乾淨了。真的很抱歉，之前給你添麻煩了。比賽加油。

後臺休息室。

比賽還沒開始，主持人正在熱場，已經能聽到前場粉絲的歡呼。

Killer 攤在椅子上感嘆：「行了，今天打 WR 穩了。」

TG 戰隊經理剛好過來，聽到 Killer 這句話。不理解情況，問：「等一下要打的是 WR，你這麼有信心？」

「我是沒有，但是 Conquer 有啊，今天就指望著他 Carry 了。」

陳逾征躺在椅子上閉目養神。

奧特曼：「怎麼？」

「你剛剛沒看到？」Killer 一字一句，複述：「人家女孩子讓他今天比、賽、加、油。」

陳逾征冷著面孔，略略睜開眼，瞥他，「神經病。」

Van 接了一句，「答應我好嗎，Conquer，我們今天就把 WR 幹翻。」

他關切地拍了拍陳逾征的肩膀，咬牙切齒：「不贏你還是男人？」

「好了。」陳逾征將身體倚到另一邊，甩開他的手，滿臉嘲諷：「一群檸檬精，別酸了。」

OG的人被工作人員喊去提前錄製賽前採訪，余諾跟著一個助理去前面觀眾席。

現場幾乎被WR粉絲的橫幅和應援牌占滿，變成燈光秀的海洋。

比賽還沒開始，兩架搖臂全場轉動，攝影機一對準評論席，周圍幾個女孩嗡嗡兩聲，頃刻間爆發出尖叫聲浪。

全場轟動，氣氛瞬間躁動起來：「——啊啊啊啊啊！」

解說的聲音都幾乎被淹沒。

余諾感覺耳膜都要被震破了。她完全不知道發生了什麼，疑惑地詢問旁邊的助理小姐：「她們為什麼都這麼激動？」

「啊……」助理小姐問，「妳知道 WR.Wan 這個 ID 嗎？」

余諾：「有點印象。」

小姐向她解釋：「他之前是WR最出名的選手，人氣在LPL非常高，退役之後也沒人能比，今天主辦把他請來當嘉賓了，現場大半應該都是為了他來的。」

余諾點點頭，怪不得這麼熱鬧。

等到大部分的觀眾終於平靜情緒，解說才笑著介紹自己：「大家好，我是今天的評論席解說嘉衛。」

「大家好，我是今天的解說茶茶。」

兩人介紹完，輪到最後一位。他還沒開口，現場又開始沸騰。

嘉衛調侃：「接下來這位嘉賓也不需要自我介紹了吧。」

底下觀眾齊齊喊：「——要！」

導播識趣地開始轉鏡頭。

萬眾矚目中，評論席上的男人扶了一下耳麥，聲音低低淡淡，「大家好，我是周蕩。」

只是簡單的一句話，卻讓整個體育館都奇異地安靜下來。

助理呢喃，「我的天……雞皮疙瘩都起來了。」

安靜數秒，便是震耳欲聾的聲浪，他只說了一句話，便讓全場幾近失控。

這個曾經站在世界之巔的男人，為ＬＰＬ這個賽區帶來無數榮耀。

就算退役，他只要出現，依舊那麼光芒萬丈，像信仰一樣讓人瘋狂。

今天這場比賽是ＢＯ５，五局三勝。因為周蕩的到來，在開始之前就已經將氣氛推到了巔峰。

第一場ＴＧ和ＷＲ兩邊都選了常規陣容，Ｂ／Ｐ（禁用／挑選英雄）階段結束，螢幕切出此次選手名單。

ＴＧ隊伍——

上路：Thomas；中單：Kllier；打野：Van；ＡＤ：Conquer；輔助：Ultraman

WR隊伍——

上路：JIANG，中單：Moon，打野：Dadi，AD：Zhixiang，輔助：Dl

慣例來到粉絲加油環節，現場為WR的衝天加油聲、掌聲迫不及待響起，三聲，一聲比一升高。

接著，輪到TG。

像是突然被按下了暫停鍵，全場鴉雀無聲幾秒，就像來到了外太空。

解說顯然也發現了尷尬的局面，打了個圓場：「大家其實可以給我們這支新隊伍一點鼓勵，他們可以算是今年的超級黑馬，一路走到今天也非常不容易。」

說完之後，下面終於有了幾聲可以忽略不計的呼喊。

余諾身在其中，明明跟她沒有關係的事情，卻不知為何一時失神，想到付以冬之前跟她說過的話：「因為戰隊剛起步，TG還沒有做飯的阿姨，他們只能點外賣。五個人連替補都沒有，天天打訓練賽到深夜。來得及就去吃兩口，來不及就乾脆不吃。有時候等打完了來吃飯，外賣早就涼了。每一個人為了能贏，都特別拚命。」

余諾心裡有些不是滋味，一股莫名的衝動湧上來。

周圍太安靜，她忍著羞澀，嘴唇動動，開口跟著喊了幾聲TG加油。

聲音不大，旁邊的人卻聽得清楚。助理小姐詫異側頭：「諾諾，妳喜歡他們啊？」

「我……」余諾不知道怎麼說，表情糾結，「他們之前的比賽，挺好看的。」

助理小姐失笑。

終於進入到遊戲畫面，比賽正式開始。

不知道是現場的呼聲太一邊倒，影響了隊員的心態，還是周蕩來到現場，給WR隊員莫大的鼓舞，第一場，WR幾乎以壓倒性的優勢贏下TG。

接著第二場，WR勢頭不減，TG明顯打得很吃力，整支隊伍的狀態都有些低靡。

此時，現場無人替TG加油的事情也上了社群媒體的熱門話題，不明情況的八卦路人都在心疼這支名不見經傳的小隊伍——

『不懂就問，這是WR的主場嗎？這個對比也太離譜了。』

『啊這，這也太慘了吧，我還以為是現場沒收音，原來真的一個替他們加油的都沒有……簡直是圖書館本館了。』

『嗚嗚嗚嗚，我要開始憐惜糊隊了，糊隊沒人權……』

『說真的，都是LPL的隊伍，又不是外戰，也沒必要這麼區別對待吧……就算不是主隊，就不能尊重別人一下，鼓個掌也行啊……』

場上解說均皓：「可能新人沒有打BO5的經驗，感覺他們整體都比較緊張，還沒放開。」

第二局，中、上兩條線WR和TG都是均勢，雙方對著平穩發育。比賽進行到六、七分鐘，OG打野在對方野區遭重。

隨著導播鏡頭一切，下路也已經拚了起來。Coquer帶著輔助壓到對面塔下，和對方下路雙人組交戰，硬換了一波人頭。

均皓驚呼：「哇，TG下路打得好凶啊。」

女解說小梨接話：「TG一直都以下路為節奏核心，我看了他們之前的比賽，Coquer這名選手似乎是喜歡這種強勢的英雄，線上打出優勢。不過我記得，WR和TG這兩支隊伍是風格比較相似的隊伍，都是主打下野。」

話音剛落，螢幕上顯示：『TG Conquer 擊殺了 WR Zhixiang。』

小梨叫了一聲，「Conquer 是單殺了嗎？」

均皓突然拔高聲音：「哎哎，WR的TP（傳送）亮起來了，這波是想硬留人嗎？打野和中單已經趕來了，Conquer 手裡還捏著閃現，還不用嗎？這波WR三個人都往下路在趕，這波TG下路要是遭重創會很傷啊！」

WR中下野集結地很快，眼看就要形成反包圍。誰知 Conquer 靈活走位躲掉WR眾人技能，輔助又給擋了一下大招。他一路奔到自己塔下，剩薄薄一絲血逃出WR眾人的追殺範圍。

現場粉絲紛紛惋惜，嗡嗡聲不絕於耳。

均皓嘆：「這波 Conquer 走位很漂亮，WR就差一點，就少了個點燃，可惜。」

然而就在這個時候，出乎所有人意料，Conquer 不僅沒走。他在塔下的角落轉了一圈，身旁輔助幫他套了個盾。

就在這時！

——寒冰猛地閃現到左邊，殺了個猝不及防的回馬槍，憑藉著塔下優勢，走到對方中單臉上一套連環技能。

Moon 被瞬秒！

三人組被秀的滿臉血。

接著Van趕到，在野區順勢控下一條小龍。幾分鐘內，場面局勢瞬間被扭轉，前期劣勢幾乎全都被打回來。

底下的人氣到直嚷嚷——

「是我沒睡醒還是Moon沒睡醒？剛剛追人Q一次都沒中過，到底在幹什麼？」

「中單和輔助都入土吧，沒點屁用，就硬被釣魚，頭都被對面秀爛了。」

大螢幕開始重播剛剛Conquer寒冰的那波精彩反殺。

小梨被這跌宕起伏的離奇劇情逗笑：「這什麼？Conquer他到底想幹嘛？真的誇張，我第一下看他閃現都傻了，現在的年輕人有點太不講武德了。」

均皓：「講道理，Conquer打的，完全是在你頭上秀啊。剛剛三個人追他有點太專注了，站位也沒注意，直接白給了。」

小梨：「Moon應該沒想到自己直接羊入虎口。」

WR這波打完有點裂開，節奏一斷，剩下的時間裡又被TG抓到幾次機會。TG化被動為主動，沒多久就打開局面，追回第二局，比分被扳平。

或許是第二場把血性打了出來，加上第三局TG的開局，把WR打的兵敗如山倒，短短二十分鐘內節奏全崩，TG乾淨俐落結束了戰鬥。

場上一片唏噓。

中場休息期間大約有十幾分鐘，評論席兩個解說一直在討論TG所創造的記錄，分析完賽況，察覺到氣氛低沉，又開始安慰現場粉絲：「今天WR其實狀態很好，不過可能面對新隊伍有些陌生，戰術研究的不到位，還需要再找找感覺。」

短暫的休整過後，WR和TG兩方隊伍回到舞臺。

比賽前，鏡頭給到上一局的MVP，陳逾征拉了一下耳麥，目光垂斂，拿起旁邊的水杯喝了一口，不知隊友在旁邊在說什麼，他聽見了，嘴角還有一絲笑意。

後面傳來兩個女生交談的聲音：「我的天，這TG的AD絕了……簡直是我見過最帥的職業選手了，他不去當明星，跑來打電競？」

另一個女生咬牙切齒：「妳把我的周蕩放在哪？妳把OG的余神放在哪？要說帥，這個Conquer 還能帥過 Wan？」

「周蕩已然是時代的眼淚了，LPL顏值王後繼有人。」

轉眼，兩人開始吵起來：「妳這個花癡，妳還沒忘記妳的主隊是WR吧？打電競妳看臉？怎麼不去追星？」

另一個女生也據理力爭：「妳裝什麼裝？妳粉周蕩難道不是因為他的臉？」

「周蕩拿了幾個冠軍？這個 Conquer 拿了幾個？今天的比賽都不一定能打贏呢，還來跟周蕩比，簡直相差了十萬八千里，我懶得理妳。」

女生被罵的沉默一下子，弱弱地抱怨：「妳怎麼這麼激動？我不就是隨口誇了一句。」

「誰都不能說 Wan 不好，妳知道他有多完美嗎？？他不止帥，操作厲害，人品還好！還專一！」

「妳怎麼知道 Conquer 不專一……」

「呵。」後方女生冷哼一聲，「看起來就像個渣男。」

余諾聽得想笑，又不敢表現出來，只能偷偷在心裡笑了一下。

評論席解說調侃道：「Conquer已經放鬆下來了，這個新人好像挺大膽的。」

茶茶故意Cue周蕩做節目效果，「我看到有人說這個選手有一點像以前的你，你覺得呢？」

周蕩簡單評價：「他上限很高。」

事實證明，周蕩根本不能說話，只要他說話，不論是什麼，現場的歡呼就止不住。

解說也發現了這一點，及時岔開話題，「好，我們激動的粉絲稍微平復一下心情，第四局馬上就開始了。」

中場休息時間結束，鏡頭又轉到比賽解說席。來到賽點局，只要WR再輸一場，就會與決賽失之交臂。現場WR的粉絲心被揪起。

WR拿的是前期優勢陣容，容錯率很低。按部就班地打完前十五分鐘，到中期，雪球雖並不如預期地滾起來，但TG劣勢已經開始顯現。比賽進入白熱化階段。

這一局Conquer被很明顯地針對，連續死了好幾次。

第二十三分鐘。

比賽進行到在WR即將拿大龍的節點。中路又開始交火，Killer的人馬打野左右走位躲開技能，閃現暈上去，瞬殺WR的輔助。

對面AD往後撤，從這裡撕開一個裂縫。

場上局勢緊張，瞬息萬變，均皓的語速也開始加快：「這一波Killer太關鍵了，DI幾乎是瞬間被融化！」

「天啊，這是個好機會，TG要吹響反攻的號角了嗎？WR其他人也反應過來，開始Ping信號，朝這邊靠攏。這一波團戰對WR來說是生死戰了，誰贏誰拿龍。TG這種後期發力的陣容，如果這個時間點拿到龍推上高地，WR就很難受了。要小心啊，這是賽點局，一個失誤可能就沒了。」

現場開始騷動起來。余諾的心被提起，不自覺握緊了放在膝蓋上的手。

兩個戰隊開始在河道處占位置。互相試探中，WR中單先是偷了一波傷害，把TG的打野打下半血，於此同時，WR的上單已經開始繞位置，隱藏在視野的盲區。

現場控制不住地吵鬧起來，為WR加油的吶喊聲再度響起，音浪一波接著一波，氣氛嗨爆。

余諾不自覺身體前傾，眼睛一眨也不眨，緊緊盯著大螢幕。

遠古龍坑處，兩個隊伍開始進行團戰拉扯，Conquer又一發子彈命中對方上單，操著一手衝鋒狙直接走臉開幹。

「欸欸！Jiang要小心，這邊DL已經被正面帶走。」

均皓忍不住叫：「欸欸欸？Conquer！注意Conquer的位置！他進場了！Zhixiang這波衝動了，可能要出事！完了，他做了個位移被暈住，倒下了！」

對方陣亡兩人，想撤退時已經來不及，被TG剩下的人絞殺。Conquer行雲流水一波操作，開始瘋狂收割，一波爆炸的AOE傷害，拿到四殺。

WR被團滅，TG眾人拿下大龍，原地TP回家整理裝備。

大局已定。

隊內語音，奧特曼爽了，連連感嘆，「我感受到了，Conquer，我真的感受到了。」

陳逾征點著滑鼠：「什麼？」

「你今天，確實非常想贏。」

陳逾征：「……」

Killer 也放鬆下來，直接笑話道：「我看那個女孩的油沒白加，我們征哥直接化身戰神了。」

最終，TG勢如破竹，拿下最後的賽點。

舞臺上燈光閃耀，螢幕被放大，切到選手身上。Killer 笑容滿面，掩飾不住激動，和 Van 擁抱在一起大叫。鏡頭一掃而過，陳逾征依舊平靜，摘掉耳機，從椅子上站起來。

均皓激昂地做著最後的結束語：「這就是英雄聯盟，這就是LPL，在這裡，什麼事情都可能發生。這支不容忽視的年輕隊伍，從春季賽開始，一路從小組賽打到季後賽，又從準決賽闖入決賽。」

「此刻，他們正在向全 LPL 的觀眾宣告，他們的名字叫——Thorn Game！」

比賽看得太投入，聽到這句話，余諾居然也有種與有榮焉的自豪感。有一下，心跳加快，恨不得從座位上跳起來為他們吶喊。

TG有驚無險，三比一戰勝WR。

余諾輕舒一口氣，癱倒在座位上。

助理小姐笑：「妳說妳哥看到妳現在這樣，他會多心碎。」

余諾轉頭。

助理小姐：「妳怎麼這麼激動？不知道還以為余神在打比賽。」

「不是。」余諾也意識到自己剛剛有點失態，徒勞地解釋：「我有朋友認識他們，也是他們的粉絲。我聽說了一點，覺得TG挺不容易的。」

「啊……」助理想了一下，贊同：「他們是挺不容易的，今天也幸好贏了。」

余諾一怔：「啊？為什麼？」

「TG是新隊伍嘛，沒成績，也沒討論度，在LPL賽區是拉不到什麼贊助商的。玩這種戰隊又耗錢，普通有錢人根本玩不起。如果他們今年沒打出成績，大概就要面臨解散了。」

余諾嘴唇動了動，想說什麼，最終還是默默無言。

現場氣氛沉悶，身邊有陸續經過的小女生，戴著WR的應援髮箍。

余諾坐在位子上，往周圍看了一圈。

剛剛吵架的兩個女生還沒走，一個人正在安慰另外一個人，女生抹了一把眼淚，聳著肩膀，小聲抽泣。

WR輸了，有人失望，有人憤怒，怒罵著離開，每一個人都垂頭喪氣。

賽後採訪需要準備一段時間，鏡頭轉到評論席，茶茶笑著：「恭喜TG闖入決賽，這真的是第一支初升LPL就能進決賽的奇跡隊伍。不過電子競技有時候確實就是這樣殘酷，也希望WR的隊員不要灰心，粉絲不要太難過，剩下的路還長。」

WR是周蕩唯一效忠過的隊伍，曾在全球總決賽上無數次征戰，拿到冠軍。可是自從英雄遲暮，老將退役，隊內青黃不接，無人繼承曾經的榮耀。

曾經的世界冠軍，如今卻倒在一支默默無名新隊的腳下。其實路人也替他們難受。

茶茶問旁邊的男人：「現在Wan神的心情應該也很複雜吧？WR今天真是可惜了。」

周蕩本來話就不多，被人問，才開口：「技不如人，沒什麼可惜的。」

嘉衛接話：「那作為前職業選手，也是曾經我們賽區最輝煌的人氣王，你有什麼想對他們說的嗎？或者對每一個還在這裡的職業選手說。」

周蕩臉上一貫沒有多餘的表情。

他想了一下，然後對著直播鏡頭，非常罕見地，說了一段很長的話：

「這個賽場，有人離開，有人堅持。想進入LPL頂尖的巔峰金字塔，這是一場非常艱難、孤獨的旅程。隨之而來的，可能有數不盡的謾罵與嘲諷。而正是這些唏噓聲，毀滅性的輿論，將伴隨你度過一個又一個漫長、無盡的深夜。每一次的比賽失利，每一次失意乃至絕望，又一次次地從深淵爬起來。」

「直到有一天，當你終於能登上那個萬眾矚目的舞臺，然後……」

周蕩停頓了一下，說出今晚最後的結束語：「——在聚光燈下那一刻，你會被所有人記住。」

全場譁然。

後來，這段話衝上了社群媒體的熱門話題，讓無數英雄聯盟老玩家淚目。

這就是電競比賽的魅力。儘管殘酷真實，讓無數人失望，但仍有無數人為之追逐，奮鬥。

——心之所向，雖九死其猶未悔。

賽後採訪，臺下觀眾席已經七零八落，見不著幾個人影，主持人依然敬業地問著問題。

不停有人從椅子上起來，往出口處走，顯然是對臺上的TG眾人沒有絲毫興趣。

這群年輕氣盛的少年，一個接一個地通宵打訓練賽，拚了命地想在比賽裡證明自己。

他們的隊服上，乾淨的幾乎沒有一個商標。不只贊助，他們沒有粉絲，甚至連一個正式的教練都沒有。

他們一場一場地贏了，一路衝進決賽，贏下來，迎來的卻不是掌聲，不是歡呼。

所有人，幾乎所有人，都在替他們已經擊敗的對手感到惋惜。

主持人採訪到陳逾征：「你們今天贏下WR，也意味著即將在決賽碰上OG，你有什麼想說的嗎？」

旁邊的人遞麥克風過去。

觀眾陸陸續續地離場，沒人願意為他們駐足哪怕一秒鐘。

場內越來越空曠，偌大的體育場沒人說話，靜悄悄的。

陳逾征不為所動。熾烈的燈映得他輪廓很淺，表情也隨之隱沒。

他淡淡地看著臺下，沉默著俯瞰全場，彷彿要永遠記住這一刻。

身邊不斷有人經過，余諾坐在角落，隔著一點距離，遙遙地望著站在舞臺中央的那個人。

主持人意識到冷場有點久，把麥克風拿起來，準備再問一遍。

陳逾征終於出聲：「如果在這裡，只有冠軍能被記住……」

余諾愣住。

如往常一般，他語氣散漫，聲音被清晰地放大到體育場的每個角落：「——我會贏下所有人。」

準決賽採訪即時轉播。

此刻，各大平臺的直播間留言紛紛炸開：

『我的天啊！，他剛剛說了什麼？我人傻了，「我會贏下所有人」這也太狂了吧！』

『這就是LPL的新人嗎，這是要帥死我？我直接怒轉粉！』

『說實話今天能贏下WR真的挺解氣的，就喜歡看現場粉絲被打到鴉雀無聲，太爽了。加油，期待你們以後的比賽。』

『還在罵的人歇歇吧，艾歐尼亞的人都知道Conquer，人家十七歲就在國服揚名天下，後來才被挖去打職業，看今天的比賽就知道，他根本沒有吹牛，絕對有天賦和實力。』

『你叫陳逾征是吧，我今天記住了。既然你這麼說了，如果不是開玩笑，那我期待你登上神壇那一刻。』

陳逾征此話一出，現場連專業的主持人都愣住，臉上出現難以掩飾的驚訝，不知該如何接話。

原本離開的觀眾也停步，回首，一片譁然。

導播給到特寫鏡頭，對所有人的震驚視而不見，陳逾征彷佛只是說了一句很尋常的話，說完，垂眸，把麥克風遞給身旁的Killer。

「咳……」Killer打了個招呼：「大家好，我是TG中單Killer。」

主持人還在愣神，像是才反應過來，勉強接上話：「你們……你們第一局狀態好像不是很好，怎麼做到被WR擊敗一局後，心態調整地這麼快？」

Killer神色挺認真，語氣依舊是半開玩笑：「應該沒有人期待我們能贏吧？所以就沒什麼壓力，然後就贏了。」

這話虐得觀眾席上還留著的一小簇粉絲眼中噙淚，情不自禁地開始尖叫。

零零散散，大概只有幾十個人。她們一邊喊，一邊舉起手臂瘋狂揮著TG的燈牌。之前淹沒在WR的應援海洋裡看不見，此時卻格外顯眼。

主持人也說：「你們看，還是有很多粉絲在替你們加油。」

「啊……」Killer突然想到什麼，「比賽前是有個粉絲替我們加油。」

他說完，招來陳逾征一瞥。

聞言，繃著臉的奧特曼沒忍住，噗地一聲笑場。幾個TG隊員也心知肚明，紛紛忍俊不禁。

「是我們AD的女粉絲。」Killer好似無意，「今天他打這麼猛，看樣子是被激勵到了。」

他們臉上差點沒把八卦兩個字寫出來，採訪的主持人好奇：「不知道她還在不在現場？」

為了配合節目效果，鏡頭就在這時轉到現場剩下的觀眾，從左往右掃。

TG幾個人也紛紛回頭看螢幕。

因為人少，攝影機掃過每一處，都大概停留了幾秒。

余諾安靜地坐在那，還在發愣，突然看見自己迷茫的臉出現在大螢幕上，發愣的圓眼睛眨了眨。

人影晃動，她有些不知所措，下意識抬起手擋了擋。

受到氣氛感染，助理小姐笑呵呵的，雙手在嘴邊比成喇叭，喊了幾聲加油。

余諾半擋著臉，不知道是不是也該跟著其他人揮兩下手，跟他們打個招呼什麼的。她還在腦子裡比劃動作，鏡頭已經滑到下個區域。

主持人時刻觀察著TG隊員的反應，在他們臉上打轉一圈，突然問，「怎麼樣，她還在嗎？」

Killer 意味深長地低咳一聲。

身邊的人都在推陳逾征。他掃了遞到嘴邊的麥克風一眼，沉默一下，神色如常。

所有人屏息等待。

陳逾征眼神不知注視著哪，從容道：「在。」

直播間留言繼續滾動：

『是我的問題嗎，怎麼細品一番這群人的表情，感覺不太對勁？』

『這是女朋友還是粉絲？』

『啊啊啊啊他真的好帥！我願稱之為繼周蕩之後 LPL 第二顏值王（Fish 對不起我有罪）。』

余諾有種臉發燒的感覺，後知後覺反應過來，所以她寫的小卡片是被他們所有人都看到了嗎？

助理小姐看看時間，站起來，「差不多了，我們回去吧。」

余諾把雙肩包拿起來，揹到身上，跟著起來。

她們彎著腰，一路從舞臺邊緣底下穿過去後臺休息室。余諾手機接連震動，她拿起來看。

付以冬：『妳今天去現場了嗎？』

余諾：『我跟我哥去了。』

付以冬：『看完今天的比賽了？』

余諾：『看了。』

付以冬：『嗚嗚嗚嗚我的主隊太慘了，我看到熱門話題都傻了，好心疼，我下次要請群演，請一千個去幫ＴＧ喊加油！至少給他們個大排場！對了，妳有沒有幫我跟他們加油？』

余諾頓了頓，指尖在螢幕上點點：『我喊了加油……但是人少，不敢太大聲。』

付以冬劈哩啪啦一長串：『我現在太心疼了，妳是不是在後臺？哦對了，今天妳哥他們和ＴＧ都要拍宣傳片對吧，等一下要是見到他們，幫我當面誇一下，他們今天真的特別特別、非常非常、超級超級厲害！』

等ＴＧ比賽結束，時間已經有點晚了。現場拍攝分成幾個小組進行，余諾站在旁邊沒事幹。閒著也是閒著，想起來今天的感冒藥還沒吃，余諾找工作人員借了個杯子，跑去飲水機接水。

拿了幾顆藥出來放在手上，余諾把水杯放在一旁，仰頭把藥吞進口裡。餘光看到不遠處有人過來。

她隨意瞥了一眼，差點嗆到，稍稍側過身，迅速抹掉唇邊的水跡。

陳逾征也發現了她，轉過頭。

余諾咽下藥，轉身，跟他打招呼。

「嗨，你好。」她也不知道為什麼，一對上他就有點緊張，「好、好巧。」

陳逾征挑了挑眉，停下腳步，「妳怎麼在這裡？」

「……」余諾沉默。

完了完了，她該怎麼說，余諾腦子裡開始迅速回想，該找什麼藉口……

她忽然意識到，自己突然出現在這，他會不會把她當成狂熱的陌生粉絲？

陳逾征掃到她胸前掛著的臨時工作證，似笑非笑：「工作人員？」

「我……差不多。」余諾只想趕緊搪塞過去，接話，「不是正式的，偶爾有空會來幫幫忙。」

她岔開話題，「你們拍攝完了嗎？」

「還沒開始。」

「我有在臺下看，你們今天比賽打得真好。」余諾盡職盡責地完成付以冬交代給她的任務，「我朋友她、她也看了你的採訪，要我跟你說，她會永遠支持你的。你們真的特別厲害。」

「我不是說了嗎。」

余諾：「嗯？」

這裡是休息室外的長廊，頭頂只有一盞白熾燈。陳逾征脫了隊服外套，身上只有一件短袖。少年人的下顎線流暢，給人感覺很清秀，眼睛的形狀有些鋒利，細看又覺得溫柔。他淡淡地，沒什麼表情，「在臺上，我看見妳了。」

余諾一愣，立刻想到自己上鏡時候，足足發呆了有好幾秒。

那個樣子……被他看見了……

周圍安靜地不像話，余諾耳根控制不住地變紅，點點頭，嘴拙：「哦哦，這樣。」

她感覺陳逾征是不太愛理人的性格。也不敢說太多廢話，故作自然地道別：「你是不是還有拍攝？那你先去忙吧，我走了。」

說完，再也不敢跟他對視。余諾拿起水杯，微微低下頭，匆匆地從他身邊路過。

才剛沒走幾步，余諾腳步一滯，頓了一下，因為慣性，身體往後仰——她被人從後面拉住了。

余諾驚訝回頭，陳逾征一手扯住她的書包帶子。

她跟他近距離對視幾秒，小心翼翼地問，「還有、什麼事嗎？」

「愛做飯的魚？」陳逾征歪著頭，若有所思地看著她的書包。

余諾順著他的目光低頭看——粉紫色的兔子雙肩包。

這是前幾個月有個粉絲送她的禮物。是去網路上專門訂製的周邊，上面有一個魚在吐泡泡的可愛圖案，還有一個余諾混圈的名字「愛吃飯的魚」。

她有點沒反應過來，不知道這個有什麼特別的，略微困惑：「是我……怎麼了？」

陳逾征並沒有回答她，在這時候抬起眼，轉而問了另外一個問題：「妳轉錢給我幹什麼？」

「……」余諾腦子裡頓了一下。

她的行動支付ＩＤ好像也是叫這個……

「拉黑我？」

「那個。」余諾憋了半天，才小聲說：「我不是害你被罰款了嗎……然後怕你轉回來。」

女孩聲音細細的，眼珠是乾淨的棕色。頭微微仰著，披散下來的黑髮乖乖垂在兩側肩上，看起來毛茸茸的。

他慢吞吞「哦」了一聲，漫不經心地壓低聲音，「妳怎麼知道我會轉？」

「一般都會。」說完，余諾忙不迭解釋：「但我不是要你轉回來的意思。」

「……」看著她一本正經，陳逾征頓了一下。

他神色間褪去調笑，不再逗她，「這事跟妳沒關係。」

余諾一聽，更加心虛，該怎麼說，這事其實跟她關係特別大。

陳逾征語調懶懶的，「把我的黑名單解了，錢還妳。」

余諾「啊」了一聲。正想著該怎麼拒絕，陳逾征的手被人一把拍開。

余諾受驚似的轉頭。

陳逾征側了臉，眼睛隨之看向一邊。

余戈捉著余諾後衣領，把她提了過去。

陳逾征挑一挑眉。無所謂地將手放下，偏薄的嘴唇輕挑，笑笑。

余戈直視著陳逾征，面容冷靜，語氣平淡，「你幹什麼？」

幾公尺之外，還跟著ＯＧ的幾個後面來的人，大家停住腳步，你看我，我看你，面面相覷，不知道發生了什麼，怎麼氣氛這麼緊張……

陳逾征掀起眼皮，視線掠過余諾，又回到余戈身上。他慢悠悠反問：「怎麼，你女朋友？」

余戈被人挑釁，怒極反笑：「關你什麼事？」

陳逾征聳肩，手插進口袋裡，依舊是那副目中無人的姿態，不鹹不淡：「別激動，隨便猜猜而已。」

「不是，不是。」余諾趕在余戈之前回答，「你誤會了。」

余戈一臉寒霜，回頭看向出聲的人，余諾被看得下意識閉上嘴。

略作猶豫，後半句聲音低下來，心虛囁嚅完：「……他是我哥。」

余戈眼底漆黑，儘管看起來還挺平靜。但余諾瞭解他。這明顯就是他發火的前兆。

此情此景，余諾也是有點尷尬。扯了扯他的衣服下擺，用眼神央求著。

阿文怕場面鬧得太僵，咳嗽兩聲，走上來打圓場，「這位……」他看著陳逾征頓了一下，客氣地說：「Conquer是吧？自我介紹一下，我是OG打野阿文，你別介意，余神就是這樣，管妹妹跟女兒似的，看到有個男的出現在他妹旁邊就生氣。」

面對阿文的禮貌，陳逾征笑笑。

即使是收斂了，舉止間還是欠了些誠懇，「我不介意，倒是Fish，他可能誤會什麼了。」

說完，陳逾征看了被拉過去的余諾一眼，她低著腦袋，裝作看地板，乖乖站在余戈旁邊，像隻溫馴的小動物。

他在看余諾的同時，余戈也在看他。

陳逾征欸了一聲，開口之後頓住，發現不知道她名字，又想了想，慢悠悠地道：「愛吃魚？」

嗯？

余諾抬頭，他們對上目光，她在心裡默默想，明明是愛吃飯的魚……

她表情焦慮，垂在身側的手指絞在一起，小動作落入他眼裡，陳逾征勾了勾唇，似笑非笑的。

眾人的神情變得微妙。

陳逾征撇開眼，平淡地丟出一句：「我還有事，先走了。」

余諾慢了半拍，點點頭，「哦……好，再見。」

等人走後，阿文摸不清狀況，說：「妹妹，我有一個問題。」

余諾：「什麼？」

「妳怎麼和 Conquer 認識的？」

「不是認識。」余諾搖搖頭，「有朋友喜歡TG，出去玩的時候見過一次。」

余戈臉色沉了下來，緩緩問：「那他剛剛拉著妳幹什麼？」

余諾思考著怎麼告訴他，「就是、就是……」

余諾不敢道出實情，避開他的眼睛，含糊道：「他問我事。」

「就是什麼？」

余戈不依不饒：「他有什麼事要問妳？」

「好了，又沒什麼事，你幹什麼搞這麼大陣仗。」Will 哭笑不得，走上前，拉過余戈，「審犯人呢？」

大家笑，氣氛放鬆下來。

阿文拍拍余諾腦袋，嘻嘻哈哈附和：「就是，妹妹這麼大了，給點私人空間行不行？行了走了，趕緊去拍完回基地睡覺。」

余戈冷笑，「她才多大？要什麼私人空間。」

阿文驚呆了：「你妹妹都二十一了哥，二十一！二十一！又不是十二歲，你有完沒完？這個年紀，跟個小帥哥調調情，講講話，不是挺正常的嗎？」

小C單人鏡頭剛剛拍完，晚一步到達現場。看見余戈黑著張臉，看熱鬧不嫌事大，問：「Fish怎麼了？發生什麼了？」

阿文裝作認真的樣子：「出大事了。」

小C呆住：「什麼大事？」

阿文繼續火上澆油：「她妹妹要談戀愛了，他在這發脾氣呢。」

「什麼什麼？」小C嗅到了不同尋常的八卦味道，急著追問，「小諾和誰談戀愛啊？」

「就你前兩天還在念叨的那個，TG的AD！」

「……」小C有種次元壁破裂的感覺，他看了看余諾，「不會吧……和陳逾征？」

「……」

眼見越說越離譜，余諾內心有點崩潰，趕緊打斷，「真的是誤會，我和他……我們不熟。」

戰隊經理揮手趕人，「好了，好了，你們一群男人怎麼話這麼多。走了走了。」

在休息室休息了一下。余諾心神不寧地坐在沙發角落，想著等會該怎麼跟余戈解釋陳逾征的事。剛剛人太多，他克制著情緒，沒在眾人面前發火。但是那個樣子，等一下肯定要找她問清楚。

想著想著，又想到陳逾征。

他現在已經知道了，她就是那個害他被罵成篩子的人的妹妹……

唉，也不知道會怎麼想。

小C是零零後出生，是隊內唯一比余諾小的。他個性活潑，話很多，別人都嫌他煩，讓他走遠點。小C悻悻地，又晃了一下，坐在余諾身邊，偷偷打聽，「欸，姐姐，妳剛剛跟Conquer怎麼了？」

余諾：「我們沒什麼，只是說了幾句話。」

小C急道：「他不是好人啊！」

余諾：「……他怎麼了？」

小C一臉正經地跟她分析：「像這種長得和妳哥一樣帥的，一般都不是什麼好人，妳覺得呢？」

「……」

「像我們余神這樣潔身自好的人已經不多了，唉。」小C憂愁地嘆氣，「這個圈子我算是看多了，太骯髒。有些選手但凡有點名氣，就開始操粉嫖娼。聽弟的話，別找職業選手，都挺亂的。」

余諾：「……」

她欲哭無淚，「小C，你想像力也太豐富了，這都是什麼跟什麼……」

小C嘖了一聲，「姐，我擔心妳啊！」

就在這時，有工作人員推開休息室的門，探頭。

TG那邊已經分組拍攝完，接下來最後一個長鏡頭，要求兩個隊伍一起拍攝。

去場地的路上，策劃跟他們大概講了一下，攝影師那邊最後想拍出來的效果，大概是兩個隊伍一左一右，從舞臺兩側走到最中間，形成一種兩軍對峙的感覺。

遠遠地，就看到TG那幾個人或蹲或站，拍攝組的人正在布置場地。

陳逾征站在攝影架後面，沒什麼正形地靠著牆，跟旁邊人閒聊，或許是察覺到打量的目光，他本來跟別人說著話，突然調轉視線，瞟過來一眼，余戈冷眼跟他對上，有意無意，擋住身側的余諾。

陳逾征慢條斯理地收回目光。

余戈腳步突然慢了些，「余諾。」

「啊？」余諾茫然地看著他。

「離他遠點。」

余諾：「……」

舞臺差不多準備就緒，柔光燈打好，場務拿起喇叭喊人。余諾隱沒在人群裡，躲在旁邊打雜，等余戈他們拍完。

拍攝時出了一點問題。

因為這次要求每個戰隊派出一個人，來做一個代表性英雄的動作。職業選手不比廣告模特兒，沒經過專業訓練，所以鏡頭感很差。

OG這邊還好一點，TG那邊的人完全沒有類似的經驗，拍了幾次效果都不太好。半個小時過去，Van實在做不來這些尷尬的動作，提議，「不然我們這邊換個人吧。」負責拍攝的小何也受夠了他的折磨，「換誰上？」

「Killer吧。」

Killer一臉被雷劈了的表情，其他人軟磨硬泡轟炸，加上Van已然是一副再拍下去就要去世的樣子，Killer沒辦法，也只好打理一下自己硬著頭皮上了。

討論了一下，一致決定用中單招牌英雄辛德拉。

小何突然想到余諾，他們之前漫展認識，後來還合作過幾次。他把站在角落的余諾喊過來：

「我記得妳之前COS過辛德拉這個角色？她泳池派對那個皮膚的舞蹈是什麼？」

余諾想了一下回答：「少女時代的〈hoot〉？」

Killer差點罵髒話，一轉眼，發現是余諾，他結巴了一下，「欸，怎麼是妳？妳怎麼在這啊？」

小何一邊研究著設備，頭也不抬，替她回答：「她啊，她是Fish家屬。」

Killer有點誇張地愣了一下，「家、家屬？Fish家屬？」

小何沒覺得有什麼不對，「是啊，家屬。你等一下，我把舞蹈影片調出來，你跟著學幾個基礎動作。後製我們會加特效，成品不會很尷尬的。」

Killer表情變得有些微妙，忍不住盯著余諾多看了兩眼。不過現在也沒時間八卦了，他硬著頭皮，模仿一群韓國女星胡亂比劃著。

在鏡頭前，Killer 上上下下揮舞著直直的手臂，如同剛從棺材裡跳出來的僵屍一般。

TG 其他人差點笑死了。

笑聲中，Killer 尷尬地漲紅了臉，吼罵：「有本事你們來拍！」

小何蹲在地上，一邊研究拍出來的片段，皺眉說，「小諾，不然妳過去示範一下？」

余諾對上 Killer 生無可戀的呆滯眼神，猶豫兩秒，卸下身上的雙肩包，略帶拘謹地走向 TG 那邊。

Van 解脫了就開始犯賤，故意戲謔他：「看著點啊，跟著人家女孩子好好學。」

陳逾征就站在幾步遠的位置。

但余諾根本不敢往他的方向看，快步走到 Killer 前面，強迫自己擠出一點笑，安慰地說，「這個動作很簡單的。」

她放慢十倍速地跟 Killer 演示了一遍拉弓射箭的動作，奈何 Killer 肢體實在不太協調，上半身還勉強能跟上，一到下半身，兩條腿就跟半身不遂似的。

湯瑪斯仔仔細細打量余諾一番，有點好奇，壓低聲音問：「她多大啊？看起來還挺小的，成年了沒，不會還是高中生吧？」

奧特曼：「你是不是太誇張了。」

臺下的其他人都在看 Killer 笑話，只有陳逾征默不作聲。垂著眼睫，一下一下，慢慢玩著菸盒。

Van 推他：「誰惹你了？」

過了一下子，陳逾征手肘抵了下牆，站直身子，「什麼？」

Van 嘀咕，「看你一直不講話。」

蹉跎十幾分鐘，Killer 終於勉強拍出一個沒那麼僵硬的動作。只要再補幾個鏡頭，就能完成最後的拍攝。

謝天謝地，余諾終於完成了使命，悄悄鬆了口氣，一抬頭，TG那群人面對面朝著她走來。

余諾神經又緊繃起來，往旁邊挪了挪，讓路給他們。她心中暗暗嘆氣。考慮著要不要打個招呼，但是……他們應該都知道她是余戈的妹妹了，這個招呼打或不打，好像都挺尷尬的。

「愛吃魚。」

這個突兀的稱呼讓其他人都愣了一下。

余諾也定了定神，「嗯？」

陳逾征走過，往她腳下掃了一眼，「東西掉了。」

余諾跟著低頭，剛剛專心教 Killer 跳動作，連手機從口袋裡掉出來都沒察覺到。

謝謝還沒說出口，他們就走了，余諾看著他的背影，一、兩秒，彎腰，默默地把手機撿起來。

Van 悄悄回頭看了一眼，不知想到什麼，邪笑著喊旁邊的人，「陳逾征。」

陳逾征瞥他，「幹什麼。」

「你剛剛跟人家女孩子說話的時候，聲音為什麼比平時低了八度?怪性感的。」

「……」

陳逾征還沒出聲，奧特曼恍然：「我靠! Conquer 你勾引人啊!!」

第三章　別動我的糖

Killer 玩著手機也沒多想，隨口問，「Conquer 勾引誰啊？」

「就那個，剛剛教你跳舞的女孩。」

Killer「哦」了一聲，本來沒在意，下一秒，眼睛突然睜開了，大驚：「她？」

Van 奇怪：「你這麼激動幹什麼？」

「我能不激動嗎？」Killer 愈發激動，「她，你們知道她是誰嗎？」

「是誰？」

「Fish 家屬！」

「誰？」

「Fish！OG 的 Fish！」

「他的誰？」

「家屬！」

「……」

眾人消化了十幾秒，默默在心裡為陳逾征點了根蠟燭。

奧特曼滿臉擔憂，「不然我們還是算了吧？做人底線還是要的，你要是綠了Fish，以後還怎麼在圈裡混？」

「……」

Killer問當事人：「你怎麼沉默了？」

陳逾征嘲諷，「我為什麼要跟腦殘說話。」

拍攝到凌晨一點才結束，余諾想起余將的電話。下星期三，是余智江八歲的生日。

眾人收拾著設備，往停車場走。余諾想了一下，對余戈說，「哥。」

余戈低眼，瞄她：「什麼。」

余諾斟酌著措辭，「過兩天是弟弟的生日，阿姨和爸爸說要我們回去吃頓飯。你有時間嗎？」

余戈冷笑，「那個小雜種過生日，跟我們有什麼關係。」

余諾沒說話，默默看著腳下。

余戈想到什麼，問，「妳最近去醫院了嗎？」

「上週去的。」

「醫生怎麼說。」

「差不多，還跟以前一樣。」余諾笑了笑，岔開話題，「你不用擔心，專心訓練吧，馬上就要決賽了。你不去吃飯的話，我明天跟爸爸說一下。」

「妳也別去。」

他們往前走，小C又開始拉著余戈嘰嘰喳喳。

前面有個人抱臂站著，靠在樹上，像是在等人，OG眾人遲疑了一下，不過陳逾征沒出聲。出於禮貌，大家還是頷首示意了一下。

余諾跟在大部隊末尾，也眼尖發現了他，偷瞄了幾眼後，左右看看。

再回首時，陳逾征已經看著她，表情沒什麼波瀾，伸出一根指頭，朝她勾了勾。

余諾小小地驚訝了一下，指了指自己，陳逾征點點頭。

余諾心虛地看向余戈。他正被小C纏的不厭其煩，根本沒發現這邊的動靜。

她猶豫著，慢下了腳步，趁著旁邊人不注意，小跑過去。

面對面，余諾微仰頭，問的有點謹慎：「怎麼了嗎？」

「加個好友？」

「啊？」余諾不明所以。

陳逾征站直身子，懶得再說話，把手機舉到她眼前。

螢幕上亮著淡淡的光，行動支付上顯示著被拉黑的畫面。

余諾愣了一下。原來是這個……她剛剛還自作多情了一下。

她耳廓發紅，立馬擺手，「真的不用還我錢。」

余戈當初在青訓隊時每個月只拿幾千塊的薪水，余諾知道其中困窘，於是繃著一張小臉，神情堪稱鄭重，「你本來就剛打職業，要花錢的地方也多……罰這麼多的話……」說著好像有哪裡不對。

怕傷到他的自尊心，她忐忑補充道：「總之，我沒有別的意思……這個錢本來就是我該出的。」

遠處有人喊她。

余諾回頭看了一眼，急匆匆向他道別，重複了一遍，「真的不用還了，那我先走了。」

陳逾征看著她的背影，又站了一下，才慢悠悠把手機收起來。

第二天，余諾是被鬧鐘吵起來的。

宿舍的窗簾還沒拉開，余諾抱著被子坐起來，開始習慣性發呆，把大腦放空了一下。

感冒還沒好，她嗓子發乾，又開始習慣性耳鳴，頭還是有點痛。

昏昏沉沉爬下床。

梁西正窩在椅子裡壓低聲音打電話，聽到動靜，抬頭看了她一眼，「諾諾，妳醒了啊。」

余諾睏倦地點點頭。

今天外面陽光很好，余諾從廁所刷完牙出來，發現梁西正趴在自己桌上哭，她有點迷茫。

怕打擾梁西，余諾輕手輕腳拉開衣櫃，換衣服，拿起手機看一眼，現在才九點多。

剛起來沒什麼胃口，余諾拿起昨天買的麵包吃了兩口，翻開書，開始看和論文有關的資料。

梁西哭了一陣子，轉頭，沙啞著喊她。

余諾停下動作：「嗯？」

梁西抽了張紙，擤了一把鼻涕，「妳都不問問我怎麼了嗎？」

「妳怎麼了？」

「我跟我男朋友吵架了。」

余諾了然點頭。梁西最近不知道和她男朋友出了什麼問題，連著吵了好幾天。昨天晚上蹲在陽臺哭了半小時，其他室友過去安慰她，梁西什麼都不說，所以余諾也沒主動去問。

「諾諾，我有個事情想要拜託妳一下。不過妳要是不想也沒關係。」

「什麼事？」

「就是，我之前不是跟妳說了，我已經找好工作了嗎。」梁西說著說著又開始哽咽。

余諾連忙又抽了幾張紙遞過去，「先別哭了，然後呢。」

「我可能去不了了。」梁西抽噎了一下，斷斷續續地，「我最近跟我男朋友也因為這個事情在吵。我們不是異地戀嗎，他希望我畢業之後去他工作的地方陪他，讓我跟俱樂部那邊說，把工作辭了。」

「啊……妳之前沒跟他商量嗎？」

梁西搖頭。

余諾不知道怎麼處理這種問題，她想了想，「那妳現在打算怎麼辦？」

「雖然他沒明說，但是我知道他的意思。」梁西失落道，「異地戀不會長久的，我是真的很喜歡他。」

余諾安慰她，「應該還沒到這一步。」

梁西神情低落，又沉默了一下，「唉，算了。反正我已經打算把這邊的工作辭了。」

「妳考慮好了嗎？」

「差不多了，就是還有一個問題。」梁西有點為難，欲言又止地看著余諾，「那個工作是我朋友的學姐介紹的，那邊好像急著用人。我之前都答應了，就差簽約了。現在我突然不做，我怕我朋友學姐難做人，所以我就想幫他們那邊再介紹一個。」

余諾反應過來，「我嗎？」

梁西忙解釋，「因為我們之前聊天，聽妳說過也考慮進電競俱樂部什麼的，所以我就想到妳了。那邊給的待遇都很好，也是正常簽合約。」

看余諾不說話，梁西也有點不好意思，「妳別為難啊……要是不想也沒關係的。」

余諾沉吟，「我考慮一下吧。」

「真的嗎？」梁西卸下心頭重擔，瞬間從椅子上跳起來，感動地抱住余諾，「嗚嗚嗚，妳肯幫忙真的太好了。我就知道，諾諾就是最好說話的小天使！」

余諾被她勒得喘不上氣，「不是……先放開我。」她還是有點疑慮，「但是……突然換人的話，那邊會不會……」

「不會的。」梁西很肯定地跟她保證，「妳成績比我高這麼多，人又細心，科系也是一樣的。妳要是想去，別人肯定一百個願意。我只是覺得我朋友當初特地幫忙，也不想讓她為難。妳可以先去看看情況，要是覺得可以再簽。」

余諾點點頭，「那我需要準備什麼嗎？」

「不用不用。」梁西一拍頭，「妳有履歷嗎，傳一份給我就可以了。」

晚上有個人來加余諾好友，是俱樂部那邊的工作人員，她們線上聊了幾句，對方似乎是很滿意。

齊齊：『時間有點晚了，那就不打擾妳休息了。妳明天有空嗎？我們可以當面交流一下。別緊張，也不是很正式的面試。』

余諾答應了。

大四基本上沒什麼課，余諾早上去找完導師彙報論文進度，回宿舍。

今天風不是很大，余諾就沒綁頭髮，化了個淡妝。

約的地點在一個咖啡廳門口，對方比余諾早到了十來分鐘。

是個看起來很幹練的姐姐，穿著一身職業裝，短頭髮。

余諾小跑兩步，抱歉地說，「不好意思啊，我坐公車來的，路上有點塞車。」

「沒關係，自我介紹一下，我叫齊亞男。」

余諾：「妳好，我叫余諾。」

「基地就在附近，我帶妳逛逛。」

余諾：「好。」

在路上，齊亞男問了她的情況，兩人聊了一下，「妳室友也跟你講過了吧。我再跟妳大概介紹一下，我們是做和電競有關的行業。平時對這方面有瞭解嗎？」

余諾誠實道：「瞭解一點……不算很多。」

齊亞男點點頭：「沒關係，我們的俱樂部剛起步，所以還沒什麼名氣。但是妳放心，我們是很正規的，等一下可以帶妳參觀基地。試用期是三個月，需要先簽一份協議，等轉正會給妳正式的合約。」

去基地的路上，齊亞男突然想到什麼，「對了余諾，妳有沒有男朋友啊？」

「啊？我嗎。」余諾搖搖頭，「我還沒有。」

「妳別介意啊，我隨便八卦一下。」齊亞男笑，「我們俱樂部因為工作性質，挺多男孩的。不過也沒事，妳平時不用經常待在基地，時間比較自由。另外我們一年大概有六、七個月是賽季，會比較忙。其餘時間如果隊員休假，妳也可以跟著休假。哦，還有，如果有外地比賽，或者出國什麼的，可能就要妳跟隊了。」

余諾點頭，表示瞭解。

齊亞男帶著她往裡面走，邊走邊介紹，「因為我們招商有點晚，所以這邊基地剛建不久。雖然是郊區，但離市區也不遠。這附近有幾個挺繁華的步行街，吃飯的地方很多，也有地鐵。」

余諾邊聽邊點頭，同時也四處打量。

和ＯＧ差不多，這家俱樂部也是一棟獨立小別墅。可能是怕影響訓練，周圍除了幾家便利商店，幾乎沒有什麼商家，下午時分也沒什麼人經過，顯得很安靜。

走了沒多久，就能看到基地的大玻璃門。余諾隨便掃了一眼掛在頂上的隊標。

余諾驚了，一下子停住腳步，整個人傻住了。

眼熟的的金色隊標下面，跟著一行同樣眼熟的名字——Thorn Game 電子競技俱樂部。

齊亞男回首，看著她，問，「怎麼了嗎？」

余諾還沒回過神，「你們，俱樂部是ＴＧ？」

「是啊，有什麼問題嗎？」

余諾又確認了一遍：「是、是ＬＰＬ的那個ＴＧ？」

「就是這個，我剛剛以為妳不是圈裡人，就沒專門介紹。」齊亞男說，「原來妳知道呀。」

「我……」余諾不知道怎麼說，「我瞭解一點。」

「噢，那就好。」齊亞男笑瞇瞇的，她推開門，「跟我進來吧。」

「……」

余諾躊躇一番，眼下這個情況也沒辦法轉頭走人，她不得不跟上。

三樓的辦公室裡，ＴＧ的管理層也跟余諾談了談。談的差不多了，對方直接拿出協議。

合約擺在眼前，余諾心情複雜。想到梁西可憐的樣子，她心裡嘆了口氣。

算了，走一步算一步吧，實習期還有三個月，到時候再說。

簽完之後，齊亞男又隨便帶她在基地逛了逛，「我們吃飯的地方在一樓，平時隊員訓練都在二樓。三樓是開會的地方……」

說著說著，迎面就來了一個人，齊亞男隨口介紹，「這是我們隊員。」

余諾點點頭。

Killer 打了個哈欠，不太在意地掃了余諾一眼，就移開了視線。兩秒之後，又猛然重新看向余諾，張張嘴巴。

他以為自己眼花了，指了指她，匪夷所思：「怎麼是妳？」

余諾被他這個反應弄得尷尬無比，「是……我。」

「……」Killer 又仔仔細細，從頭到尾確認了一遍，還是不敢相信，問：「妳怎麼在這裡？」

余諾解釋：「我是來應聘的營養師，不過現在還只是實習。」

齊亞男罵了一句，「你胡亂激動什麼，趕緊滾去訓練。」

Killer 終於回神，夢遊一般地回走，口裡喃喃道，「人生何處不相逢啊。」

下樓時，猝不及防又碰到一個人。

陳逾征正準備上樓。他似乎是剛睡醒，穿著平常的T恤，睡眼惺忪，手裡拎著瓶冰水。

齊亞男說：「這也是TG的選手，妳認識嗎，叫 Conquer。」

余諾忐忑點頭。

陳逾征察覺到異樣，正在擰瓶蓋的手一頓，上臺階的腳步慢了下來。

余諾悄悄抬頭，撞進一雙漆黑的眼。

齊亞男看他遲遲不說話，指了指余諾，「來，Conquer，認個人，我們戰隊新來的營養師。」

陳逾征面色如常，象徵性地點了點頭。他毫無波瀾收回視線，繼續上樓，多餘的目光都沒有。

擦肩而過，余諾不敢動，心還突突跳著，也不敢回頭。

他剛剛看她，像完全不認識的陌生人一樣……

奧特曼是倒數第二個到達訓練室的，一進門，就察覺到今天氣氛有點奇怪，「怎麼了？都不說話。」

Killer 神秘兮兮：「我們戰隊來了個營養師，美女，我還認識。」

「什麼？美女！」

奧特曼眼睛一亮，轉身想外走，在門口和陳逾征撞了個滿懷。

「那個營養師走了沒？」他伸長脖子想往外面看：「是誰，是誰，我也要看。」

陳逾征堵在門邊，懶洋洋的，掐著奧特曼的後頸，把他的頭轉回去，「看什麼看。」

奧特曼狐疑：「怎麼，你也認識？」

「認識啊。」

「誰？」

陳逾征眼睛略微抬起，輕描淡寫：「我債主。」

齊亞男把余諾送回學校，路上，又跟她講了一下ＴＧ的情況，「我們俱樂部剛起步，戰隊也是剛剛組建。之前是沒有贊助商的，因為他們小組賽打的不錯，季後賽就正式開始招商了。現在拿到投資，也招了些人，不過還是不太齊全，以後會陸續完善的。我現在主要是負責戰隊的業務運營，妳以後有什麼問題可以直接找我。」

余諾認真地聽，「嗯」了一聲。

到了學校，余諾下車，道了聲謝。

回到宿舍，只有她一個人，余諾換上拖鞋，拉開椅子坐下來休息。

消化一下剛剛發生的事情，余諾拿起手機，發現被拉進了兩個工作群組。一個是「ＴＧ後勤組」，另一個是「TG-All」。

齊亞男傳了訊息給她：『我拉妳進群組，最近記得注意一下群組裡的訊息，有事情會在群組裡通知。』

余諾：『好的，知道了。』

余諾去TG-ALL那裡翻了翻，列表裡有領隊、教練、翻譯、心理分析師、資料分析師、運營……再往下，就是那群眼熟的選手ＩＤ。

Killer、Ultraman、Van、Thomas……Conquer。

她看了一陣子，關掉手機。

等到下午六、七點，余諾做了好半天的心理建設，還是打了電話給余戈。

電話裡傳來嘟、嘟的聲音，她一邊在腦子裡組織語言，一邊想像，余戈聽到這個消息以後會作何反應……

『喂。』那邊接起，背景有些吵。

余諾忙說：「哥，你現在忙嗎？不忙的話我跟你說件事。」

『什麼事。』

余諾手指又絞在一起，「我今天……今天去應聘了一個戰隊的營養師，也是LPL的俱樂部。」

那邊停頓一下，似乎走到了安靜的地方，『哪家？』

「就是……」余諾心底掙扎一下，還是把名字說了出來，「TG。」

『什麼G？』

她心被揪緊了，默默地說：「TG……」

沉默良久，余戈問，『妳在跟我開玩笑嗎？』

「不是開玩笑。」余諾跟他解釋，「這件事情有點複雜，本來是我室友要去的，然後她臨時有事，請我幫忙……」

『為什麼不提前跟我說？』

「我去之前也不知道是TG。」余諾忙說，「不過，我現在還是在實習，只有幾個月。如果，如果不行，到時候我再——」

話沒說完，余戈把電話掛了。

余諾有點失落，把電話拿下來。

余戈很少對她發脾氣，也沒罵過她，有時候生氣了就是這樣，乾脆不理她，余諾突然覺得自己有點不懂事。

其實之前，包括去網咖那次，余諾都是因為不想掃付以冬的興，所以才跟TG那群人見面。余戈和TG這個戰隊目前網路上微妙的對立關係，余諾下意識不想和他們有太多牽扯，覺得尷尬也有點不應該。

只不過，不知道是不是付以冬在她耳邊嘮叨久了，讓余諾平日有意無意對他們產生關注，那次去現場看他們比賽，看他們一場一場贏下來，余諾居然從心底裡替他們感到自豪，聽他們打鬧，也會覺得開心，所以剛剛簽約時，她甚至沒有太猶豫。

唯一擔心的就是余戈。

想到余戈，余諾又垂頭喪氣，忍不住開始嘆氣。

梁西晚上回來，硬要請余諾出去吃飯，說她幫了大忙。

兩人去大學城附近的燒烤店，梁西點完菜，後知後覺發現余諾情緒有些不對。

她問，「諾諾，妳怎麼了，不開心嗎？」

余諾勉強笑笑：「不是，只是有點不舒服。」

梁西「啊」了一聲，「要不要等一下陪妳去買點藥？」

「不用，寢室有。」

吃飯中途，余諾又接到一通電話。她接起來，是阿文。

余諾喊了一聲，「文哥，怎麼了？」

『沒什麼事，關心一下妹妹，妳在幹什麼呢？』

「我……」余諾把嘴裡的東西咽下去，「我跟室友在外面吃飯。」

阿文：『妳跟妳哥吵架了？』

余諾：「沒……」

阿文：『我聽說了，妳去TG那個俱樂部面試了？』

余諾心底忐忑，「嗯」了一聲。

『那挺好的啊，以後我們就是同行了。』阿文笑，語氣稀鬆平常，『面試的怎麼樣？』

「還可以。」

『簽約了？』

余諾盯著茶杯裡反光的水發呆，「還沒有，只簽了一份實習合約。」

阿文停了一會，說，『TG那邊我們沒有認識的人，妳自己注意點。不過都是同個圈子的，出了事就直接找我們。妳哥這個人就是刀子嘴豆腐心，別管他。有問題就辭職，反正妳哥有錢，違約金他出。』

「……」余諾眼眶瞬間泛紅。她忍了忍，假裝咳嗽兩聲，「好，我知道的。謝謝文哥。」

『好……那沒什麼事了，妳好好玩啊。哥去訓練了。』

電話掛了，梁西看過來，見余諾低著頭，她問，「怎麼啦？」

余諾一時沒辦法控制臉上的表情，怕自己失態，低下頭，「沒事，吃飯吧。」

翌日，余智江八歲生日。

余諾本來不打算去。奈何余將中午又打了兩通電話過來。她起床打扮了一下，按照那邊傳來的地址，叫車過去。

這是余將的新家，一家人其樂融融，余智江在到處蹿著玩鬧。余諾進去的時候，明顯冷場了片刻。

她拘謹地打了聲招呼。

家裡長輩讓余智江喊姐姐，小男孩掙扎著，喊著不要不要，拿起茶几上的彈弓打余諾。

玻璃珠彈到余諾手上，立刻起了幾道紅痕。

二嬸搶下他手裡的彈弓，抱歉地看著余諾，「這個年紀的男孩有點皮，妳沒事吧。」

余諾很冷淡，搖搖頭，「沒事。」

余智江躲在二嬸背後，做了個鬼臉，朝她吐舌頭。

余將沉下臉，給了他一巴掌：「跟你姐姐道歉。」

余智江哭叫：「她才不是我姐姐！」

孫爾嵐攔著他，「好了好了，小孩不懂事，別跟他計較了。今天你兒子過生日，鬧得這麼不開心做什麼。」

余諾被二嬸拉過去客廳聊天，她坐了一陣子，起身，「我去上個廁所。」

在洗手間裡洗了把臉，余諾抬手，看了看剛剛被玻璃珠打中的地方。她的皮膚薄，這下子擦破了皮，紅腫起一大片。

她甩了甩，將手擦乾淨，推開門出去。

路過主臥時，裡面隱隱傳來爭吵。余諾停下腳步。

「你每次都喊他們來，是不是故意刺激我。」

一陣沉默後，余將不耐煩的聲音響起，「他們是誰？是我兒子、女兒。」

「余戈他還把你當爸嗎？你等一下就跟余諾說，要她跟她媽打個電話，讓那個女人別總來找我們家要錢。」孫爾嵐的聲音斷斷續續，「小江過幾年就要上國中了，家裡要花錢的地方多著呢。本來這幾年生意就不景氣，你總給外人錢，我們還怎麼過生活？」

余諾自己去陽臺站了一下。

這裡是近兩年新開發的區域，周圍綠化很好。站在陽臺上，能看到旁邊公園的湖。不過余諾來的很少，也從來沒回這個家住過。

後面有聲響，陽臺的門被拉開。余諾側頭望去。

余將問：「妳在這裡幹什麼？」

「吹一下風。」

余將打量了她一眼，點點頭，「進來吧，馬上要吃飯了。」

余諾喊住他：「爸。」

余將轉頭。

余諾：「我不吃飯了，等一下就回去了。」

余將皺眉：「來都來了，為什麼不吃。」

「等等學校還有點事。」

余將沉吟，「妳要畢業了吧。」

「嗯，今年。」

余將沉默，半晌沒說出什麼別的話，他看了看余諾，擰緊的眉心鬆開，「知道了，妳跟妳哥說，下個月讓他……」

「爸。」余諾打斷他，「以後沒什麼事，我就不來了。」

余將臉色變了變，「怎麼？」

余諾沉默。

「妳跟妳哥，還當我是爸？」余將面目陰沉，克制半天的火氣全都發出來：「你們是誰出錢養大的？沒有我你們早就不知道餓死在哪了。」

「我已經畢業了，馬上也要工作賺錢了。」余諾頓了頓，「你小時候養我和我哥的錢，我以後會還你的。」

「……」余將冷哼，「我看妳阿姨說的真沒錯，跟妳媽一樣，白養妳了。」

說完也不管余諾，摔門離開。

余諾從余將家裡出來，漫無目的地沿著馬路邊走。又在長椅上坐了一下，抬起頭看天空。下午四、五點，剛剛還是晴空萬里，轉眼烏雲密布，天際邊隱隱打著悶雷。

她剛準備回學校，就收到齊亞男的電話，『小諾，妳等等來一下，有點事。』

余諾收拾好心情，叫車到TG基地。

這個時間點，基地裡面靜悄悄的，三樓辦公室裡，齊亞男遞給她幾份文件，「這是之前TG幾個人的體檢報告，妳看一下。」

余諾接過去，翻了翻。

齊亞男說：「Ultraman有點貧血，Conquer是低血糖。他們這週末就有比賽，不能出什麼意外。妳幫他們整理個食譜出來，這兩天調理一下。」

「哦對了。」齊亞男指了指旁邊的桌子，說，「這有印表機，也幫妳準備了電腦，妳以後就在那裡辦公。」

「好，現在能用嗎？」余諾翻著手上的體檢報告，「可能需要幾個小時，我今天把食譜寫好了再走吧。對了，他們現在是還沒起床嗎？」

齊亞男看了看時間，「差不多快了。」

「那他們等一下有時間嗎？」余諾想了想，「我想問一下他們具體的飲食習慣，還有個人嗜好什麼的。不用很久，每個人大概十分鐘就夠了，不會耽誤訓練的。」

齊亞男一口同意：「沒問題，醒了我讓他們去找妳。」

之前經常去OG的基地，余諾對職業選手的日常也有大概的瞭解。生活方式都不是很健康，職業打久了，身體多多少少都會出現點毛病。

查了一陣子資料，余諾揉了揉額角，趴在桌上休息了一下。

過了一下，敲門聲響起，來的第一個人是陳逾征。

余諾有點意外，很快坐直身子。等他坐下後，她拿出筆，攤開紙，醞釀了一下，例行問了幾個問題，他一邊回答，她一邊記。

余諾看他臉色蒼白，停下筆，「你不太舒服嗎？」

陳逾征靠在椅背上，病懨懨的沒什麼精神，眼睛微張，「頭痛。」

「可能是剛起床。」余諾低頭，在包包裡找了一下，拿出一顆糖，放在會議桌上。

看他沒動作，她不太確定地問：「你要不要吃點？」

陳逾征盯著那顆糖，傾身，從桌上拿起來，慢條斯理撕開包裝紙，丟進口裡。

余諾耐心囑咐：「低血糖可以吃一點蛋白質比較高的食物。平時也多吃一點含糖的水果。」

陳逾征含著糖，含混地「嗯」了一聲。

余諾也不知他聽沒聽進去，「那你們之前平常都吃什麼？」

「外送。」

余諾點點頭。

「這什麼糖。」陳逾征斜靠在椅子裡，用手撐著頭，「還挺好吃的。」

「你等一下。」余諾撕下一張便利貼，「我把名字寫給你。」

寫著寫著，她有些遲疑。想了想，還是說，「我加一下你好友吧，以後方便聯繫。」

陳逾征挑了挑眉，沒做聲。

她馬上補充了一句：「我等一下也要加其他人的，你別誤會。」

「我誤會什麼？」

余諾愣住，被他堵的語塞。

陳逾征垂下眼，把手機解鎖，打開聊天軟體，丟給她。

余諾：「……」

一個人還能懶成這樣。

她拿起兩臺手機操作了一下，然後把他的遞過去，「加好了。」

余諾剛打完備註，手機突然震了一下，她返回聊天畫面——「對方轉帳五千元」。

余諾抬頭，剛說了一個「你」字。

「放心。」陳逾征打斷她，瞇起眼睛，「我沒妳想的這麼慘。」

余諾下意識否認，「不是……。」

門口突然傳來一點聲響，余諾和陳逾征同時轉頭看過去。

Killer不知道被誰推了一下，踉蹌扶著門口，低聲咒罵：「就叫你們別推我！」

他抬頭，見房裡兩個人注視著他。

偷聽被抓包，六目相對。Killer也有點尷尬，咳了聲，撓了撓頭，「我……這，我……」

Van從他身後探出頭，厚著臉皮道：「你們聊完沒？我等半天了，怎麼還沒到我。」

Van進去，陳逾征走到門口，被人拉住。

湯瑪斯滿臉八卦，探究地往裡面看了看：「你們剛剛聊了什麼？」
陳逾征冷笑：「你不是聽到了嗎。」
湯瑪斯恨聲道：「我後面才來的，還不是被他們擋住了。你幹嘛啊待這麼久？」
「還債。」
湯瑪斯顯然是誤會了，盯著他，臉色變得很奇怪，「你……。」
陳逾征斜睨他一眼，「怎麼？」
「你用什麼還的？」
「錢啊。」
湯瑪斯驚到：「你太直接了吧……。」
陳逾征：「……」
「你居然用錢？」
陳逾征樂了，裝模作樣尋思了一下，「不然呢，用我的肉體？」

大概瞭解每個人情況後，余諾寫完食譜，整理一下桌子，關掉檯燈。
辦公室只剩下她一個人。
她傳了訊息給齊亞男：『亞男姐，我寫好了，放在妳桌上，我先回學校了。』
路過二樓，余諾腳步停了一下。
有點空曠的簡潔大客廳，是一片開放區域。頭頂吊燈明亮，五臺電腦擺成一個L形。TG的五個人已經開始訓練。

每個人神情嚴肅，和平日嬉笑玩鬧的樣子大不相同，余諾躲在牆邊，本來想看一下就走，沒想到被人捉個正著，陳逾征戴著耳機，眼神偏了偏，視線在余諾身上掃了掃。

就在這時，湯瑪斯喊了一聲，「Conquer？對面都A到你臉上了，你原地罰站呢？」

很快，陳逾徵收回視線。

余諾不敢再打擾他們，默默地下樓，離開。

晚上，和付以冬通電話時，余諾告訴了她自己去TG工作這件事。

果不其然，那邊靜了幾秒之後，開始暴走：『什麼？妳去TG工作了？妳跟我開玩笑呢？』

余諾怕打擾室友休息，去陽臺上講，把門拉上，低聲回：「不是，還在實習。」

『妳說的真的是我粉的那個TG？』付以冬再次確認。

「嗯……」

『妳哥知道嗎？』

背靠著玻璃門，余諾苦笑：「知道了，我跟他說了。」

『驚了，那妳以後豈不是能跟我的偶像們朝夕相對了？嗚嗚嗚，我好嫉妒，妳什麼時候帶我去玩玩。』

「妳還在出差嗎？什麼時候回來。」

『不知道啊，下星期有個招標，還有半個月吧。』付以冬無心談正事，絮絮叨叨，『欸我跟妳說，我不是TG熱門話題主持人嗎，TG和WR打完比賽之後，這兩天熱門話題活躍的粉絲多到爆，還有好多競圈妹妹把陳逾征那幾句話做周邊和應援，怎麼辦，我的寶藏被發現了，他們是不是要紅了？』

余諾最近事情多，倒是沒怎麼關注過網路上發生了什麼。付以冬跟余諾說了之後，她去網路上搜尋了一下。

隨便翻了翻，社群媒體和論壇上好像對TG的討論度高了許多，還有很多LPL觀眾在期待著週末OG和TG的那場世紀大戰。

到底是OG一雪前恥，捍衛豪門戰隊尊嚴，還是TG踏平前輩屍體，成為年度最強黑馬。

余諾洗了個澡，再出來，拿起手機。

「TG後勤組」的群組裡，齊亞男十幾分鐘前傳了訊息：『通知一下，週五下午五點基地集合，出發去成都。每個人把身分證資料傳給小應訂機票。』

第二天下午，陳逾征起床，手機收到五千元的自動退款通知。

他懶得再轉，點開通訊軟體傳訊息給表姐：『幫我挑個禮物。』

過了一下，對面回：『預算？』

Conquer：『五千。』

對面：『男的女的？』

Conquer：『女的。』

對面：『加兩百一，直接轉帳給她。』

Conquer：『？』

Conquer：『不是女朋友。』

沉寂兩分鐘，表姐打電話過來，劈哩啪啦一連串問：『什麼情況？還在追？認識多久了？生日禮物？』

陳逾征掀開被子下床，「沒追，不熟，欠她錢。」

『……』表姐痛心疾首，『征，姐好心疼。你現在打個職業已經淪落到這個地步了嗎？你爸不管你了？你跟女生借錢？』

「……」陳逾征被吵得頭痛，推開浴室門，「幫我挑好了寄到基地，就這樣。」

『欸欸，等一下等一下。』表姐想了想，『我下午要跟朋友去逛街，順便幫你看看吧。你是不是框我啊？送女孩禮物，不像你風格啊。』

他打開水龍頭，低著頭，單手撐在洗手檯邊緣，「妳還有別的事嗎？」

表姐：『嗯？』

「沒事我掛了。」

『……』

♛

春季賽決賽地點在成都，飯店是主辦方統一訂的。OG和TG住在同一處。

余諾收拾完行李，傳了一則訊息給余戈：『哥，我這次好像要隨隊，成都見。』

到基地集合，領隊清點完人數，坐上車，出發去機場。

巴士在鬧市區行駛，眾人低聲閒聊著。陳逾征戴著棒球帽，帽檐拉下來，閉目睡覺。

正安靜的時候，坐在前面的奧特曼突然喊了一句：「欸，好餓啊，誰有吃的？」

領隊罵：「剛剛在基地讓你多吃一點，你不吃，現在喊餓？忍著吧，到成都再吃。」

奧特曼哀嚎：「剛剛起床誰有胃口啊，這個時間飛機發不發飛機餐？我要餓暈了。」

余諾拉開背包的拉鍊，找出兩塊餅乾，扶著前面的座椅，拍了拍奧特曼的肩膀，輕聲說，「我帶了一點零食，餅乾要嗎？」

奧特曼側頭，「哇」一聲，驚喜地接過去，「要的要的，謝謝妳。」

「不會。」余諾靦腆地笑了笑，「你先吃看看，我這裡還有別的。」

余諾把包包抱在回懷裡，坐回位子上，默默撇頭，看了手機一眼，余戈還沒回訊息。

過了一陣子，奧特曼又轉過頭，兩人對上目光，余諾：「……」

他撓了撓頭，表情不太自然，欲言又止：「那個，還有嗎……還、還挺好吃的。」

余諾忙說：「有啊，你等等，我找一下。」

「還有別的嗎？」奧特曼止不住地往余諾包裡瞄，「隨便給一點就可以。」

Killer 嫌他丟人：「拜託，你八輩子沒吃過東西？」

余諾把零食都拿出來，洋芋片、蜜餞果乾、糖果果凍、小糕點……她選了幾樣，捧在手裡給他挑，「你看看想吃什麼？」

奧特曼看的目瞪口呆，「啊……妳、妳這是出門旅遊的嗎？」

余諾有點不好意思。其實她行李箱裡還有很多。不過有些是帶給余戈的，他嘴巴挑剔，每次有外地的比賽，她都會提前準備一點吃的帶去給他。

她笑，「我怕餓，就隨便帶了點。」

車裡一下子就熱鬧起來了，有幾個正餓的人都來圍著余諾要吃的填肚子。

奧特曼罵正在拆洋芋片的 Killer：「你還好意思說我，你不也去要了嗎？」

Killer 白了他一眼，「你管我。」

齊亞男笑，調侃著余諾：「妳怎麼像個哆啦A夢啊，口袋裡什麼都有。」

陳逾征被吵醒，扯下一邊耳機，睜開眼側頭。

隔著一個走道，余諾跟他對視一會，她主動問：「你要嗎？」

「……」他開口，剛睡醒的聲音有點沙啞，「糖，上次的。」

飛機將近十一點才降落在成都。

這個時間點，機場內零零落落的沒幾個人。取行李還有十幾分鐘。Killer他們去抽菸室，領隊去上廁所。

余諾坐在椅子上等行李。正發著呆，眼前有人走近。

陳逾征隨手朝她懷裡丟了個東西，余諾愣了一下，拿起那個精緻的小盒子，問：「這是什麼？」

他在跟她隔了一個位子的座椅坐下，兩條大長腿大喇喇地伸著，「送妳的。」

余諾：「……」

她認出Tiffany的標誌，打開盒子看了看，是最經典的微笑手鏈，官網價格大概在一萬多。

「這個……」余諾遲疑。

見她欲言又止，陳逾征偏過頭：「怎麼，又想轉錢給我？」

「不是。」余諾知道自己的反應有點小家子氣，但實在不好意思收，「這個太貴了。」

陳逾征：「就當謝妳的。」

「啊？」余諾呆了一下，「謝我什麼？」

他懶得再講話，吐出一個字：「糖。」

余諾拿了陳逾征的禮物，實在有些難安，拿完行李，跟著大部隊走出機場，余諾還在神遊。突然聽到一陣吵嚷，她側頭，看到不遠處有一群女孩舉著牌子興奮地喊叫TG眾人的名字。

湯瑪斯哪裡見過這個架勢，跟身邊的奧特曼喃喃：「這是粉絲接機嗎？我們現在已經有這個待遇了？」

他們對外界的變化沒有察覺，但其實ＴＧ最近已經引起了各方面的關注，熱度一直居高不下。原本冷清的官方社群人數也在短短幾天內破萬。

根本沒想過還會遇到粉絲，所以沒安排保鏢，只有助理小應勉強攔了攔狂熱的粉絲們，但根本攔不住。

很快，ＴＧ幾個隊員被團團圍住。

身邊路過的人被這個動靜弄得停下腳步，看他們穿著統一的白金隊服，還以為是哪些體育明星，也湊熱鬧，掏出手機拍照。

Killer 受寵若驚地幫幾個人簽完名。一轉頭，看到陳逾征正被幾個女孩簇擁著。

他一如既往高冷，面對熱情的一群粉絲也沒有絲毫驚喜。

有個女孩等他簽名，偷偷瞄了一下他那張沒什麼表情的英俊臉龐，害羞又期待地問，「能跟你拍張合照嗎？」

陳逾征把紙筆遞回去，說了聲抱歉，「不能。」

Killer：「……」

湯瑪斯：「……」

Van：「……」

陳逾征拒絕女粉合照要求這件事，吃火鍋的時候他們還在說。

Van 嘲笑他耍大牌，唉聲嘆氣：「我們好不容易來的粉絲全被 Conquer 趕跑了。」

Killer 贊同：「就是就是，你脾氣能不能別這麼臭？有點粉絲很不容易的好嗎？」

飯店。

幾個人都在調戲陳逾征，他沒做聲。

齊亞男看著這群躁動的大男孩，無奈搖頭，「好了，別太開心了，趕緊吃完回飯店。」

領隊是過來人，笑說：「這算什麼？你們只要好好打比賽，以後粉絲多的是。」

因為後天還有比賽，訓練時間很緊張，吃完之後也沒能欣賞成都的夜景，眾人收拾收拾就回了飯店。

余諾和另外一個宣傳部的女生住同一個房間。

她先進去洗澡，余諾在外面收拾行李。收著收著，看到那條 Tiffany 的手鏈。

想到陳逾征，又開始恍神，他不知道是不吃辣，還是沒什麼胃口。剛剛吃火鍋的時候好像幾乎沒動筷子。

余諾突然記起齊亞男的囑咐，蹲在行李箱前沉思一下，她拿起手機，翻了翻外送。找到一家粥店，點了份清淡的粥和湯。

等外送到了之後，余諾重新拿了個紙袋。

想到跟他住一起的奧特曼，她又起身，去行李箱裡拿了點零食塞進去。

余諾在群組裡翻到房間資訊。

把東西送到門口，回去路上，她傳了個訊息給陳逾征：『最近要打比賽了，你的飲食要規律一點。看你晚上沒吃什麼，我點了份粥。掛在房間門口了，看到訊息自己出去拿一下。』

陳逾征打開房門，手機又突然震動了一下，他垂下眼看。

愛吃魚：『謝謝你的手鏈，很好看，讓你破費了。對了，袋子裡面還有一點零食，你跟奧特曼分了吧。我看他挺喜歡吃這個餅乾的，剛好多帶了一點。』

陳逾征提著袋子進門。

坐在電腦前的奧特曼轉頭問，「誰啊？送外送的嗎？」

陳逾征懶得解釋，站在桌前，把粥拿出來。

奧特曼起身，湊過去看。一眼就瞅到袋子裡眼熟的餅乾，「是余諾送的啊？」

他抓起一塊就開始吃，邊吃邊嗚嗚，「怎麼有這麼好的女孩子，我太感動了，這難道就是天使降臨人間？」

兩三口解決掉一塊小餅乾，奧特曼又伸手去拿那一罐粉藍色的糖，「咦，這是什麼？」

正在喝粥的陳逾征出聲，「慢著。」

奧特曼一聽到他的聲音就下意識聽從指揮：「幹什麼？」

陳逾征視線偏了偏：「別動我的糖。」

比賽前一日，英雄聯盟官方號和幾個遊戲官方發出二〇二一年春季賽的賽前垃圾話。

萬眾矚目的環節到了，路人和粉絲一起點開。

先是你來我往，平平淡淡進行商業互捧了幾句。然後到選手單個鏡頭，上來就是勁爆的。

OG隊伍——

編導：「怎麼評價 Conquer 準決賽那句『我會贏下所有人』？」

余戈看著鏡頭，慢吞吞地說：「挺欣賞的，不過他的自信和實力不成正比。」

留言——

『論毒舌還是 Fish 強哈哈哈哈哈哈哈哈！』

『刻薄魚！』

『余神決賽給我把 TG 幹了，教他們做人。』

TG 隊伍——

編導：「粉絲們都在期待下路對決，你們這次有信心嗎？」

Ultraman 想了想，笑道：「聽說 Fish 是 Wan 退役後的 LPL 第一 ADC？Conquer 昨天睡前還跟我說，決賽他會讓大家知道誰才是 Wan 真正的繼承人。」

此刻留言飄過——『也不紅，倒是愛蹭熱度。』

輪到陳逾征。

編導：「Fish 也是個人實力比較出色的選手，對上他會不會有壓力？」

他散漫道：「他很強，只是比我差了點。」

此話內涵了不少事情。

當初余戈剛出道也是驚豔四座的天才少年，不過碰上巔峰的周蕩，一直被壓得死死的。

天才 AD 年年有，一個比一個如狼似虎，然而最後冠軍還是 WR. Wan。直到周蕩半隱退，余戈才拿到職業生涯的第一個冠軍。

此事在余戈比賽輸的時候經常被黑粉拿出來嘲諷。

話外音有工作人員笑，很快又問了下一個問題：「Fish 也是在 LPL 很有統治力的老將了，你真的這麼有信心？」

陳逾征沒什麼顧忌地說：「未來是屬於年輕人的，老將該歇歇了。」

他懶洋洋的樣子配上這句話，顯得十分欠揍。

後製還在特地此處加了一句：「少年們未來可期呀！」

對此，余戈的回應是：「是時候讓他清醒一下了。」

賽前垃圾話一出，轉瞬間又上了幾個熱門話題，其中有一個就是——#到底誰才是 Wan 真正的繼承人#。

又引發了一輪爭吵，有周蕩粉絲冷嘲熱諷。

『跟周蕩比，他們也配？』

『不管他在不在，LPL 永遠只有一個周蕩，過去是，現在也是。粉絲不需要誰來取代他，也沒人能夠取代他。』

OG 粉絲不甘示弱回擊。

『Fish 雖然說過把 Wan 當作職業目標，但他一直都有自己的驕傲，也並不想成為誰的繼承人。Fish 就是 Fish 自己，周蕩粉絲別來鬧了。』

『省省吧，Fish 現在的人氣還需要當誰的繼承人？睜開眼看看世界吧，周蕩已經是過去式了。』

然而底下很快被周蕩粉絲嘲諷。

『還有誰比余戈可笑嗎？以前周蕩在的時候只能當個萬年老二，好不容易熬到周蕩退役，現在連個新人都打不過。沒聽別人說？該歇歇了。』

『Fish 打到現在也只有 MSI 能拿得出手了吧，S賽關他什麼事？就是愛現。』

兩家吵著吵著，不知道發生了什麼，又突然轉頭，圍攻陳逾征。

『算了算了，Wan 和 Fish 的人氣確實都很高啊，實力也是有目共睹，粉絲沒必要非要爭個高下。只不過另一個？他是什麼人？一個冠軍都沒有，就先槓上了？』

很快引來一片共鳴。

『確實，這個 Conquer 也太飄了，也不紅，就是硬蹭個熱度。』

TG雖然有粉絲，但是跟這兩家的戰鬥力一比，基本可以忽略不計。陳逾征的新粉也不敢大聲說話，粉絲數少沒人權罷了。外面吵得翻天覆地，她們也只能縮在熱門話題裡惆悵。

『征，你不打出點成績來，媽媽就要凋零了。』

『征，能爭點氣嗎？你不爭口氣，出去跟別人對嗆的時候媽媽怎麼挺直腰杆？』

『從二〇二一年五月三號起，每日一打卡——今天 Conquer 紅了嗎？』

余諾看完賽前垃圾話，又點進熱門話題，不出所料地一片罵戰。

她的心情有點複雜，一邊是她哥哥，一邊又是TG幾個人。兩邊不論誰輸了，她都會遺憾。

下午是訓練時間，余諾沒什麼事。

同房間的向佳佳是美工組的。余諾之前大學期間混二次元圈子時，也學了剪影片和修照片的技能，正好能幫她一點忙。

兩人忙完，攤在床上，向佳佳忽然說：「哎，不然我們出去逛逛吧？好不容易來一趟。比完賽大概就要走了。」

余諾之前也挺喜歡這個城市的，點頭同意：「好啊。」

兩人商量了一下去哪玩。

余諾翻著攻略，詢問向佳佳：「妳想去太古里轉轉嗎？那邊有個寺廟，我想去看看。」

兩人買了杯飲料，沿著春熙路和太古里大致逛了一圈。余諾打開地圖，搜索大慈寺。

大概十幾分鐘就走到目的地。

余諾停在門口，仰頭看了看。仿古式的建築，被大樹隱映著，露出彎彎的簷角。圓形拱門兩邊有翠綠的植株，朱紅的牆壁上刻著金色的浮雕。

她跟向佳佳進去。

處在繁華商業區的寺廟，裡面意外地清靜。下午時分，人並不是特別多。一個掃地僧默默地掃著青石板上枯黃的落葉，兩、三個人在佛像前參觀，幾乎沒人大聲說話。

余諾燒了幾炷香，向住持求了一個護身符。

她跪在佛前，雙手合十，閉上眼睛許願。

寫祈願卡的時候，向佳佳偷偷問她，「妳許什麼願啊，我看看？」

余諾有點擔憂：「看了會不會不靈了？」

向佳佳讓她放寬心，「有什麼不靈的，只要妳虔誠，佛祖一定會聽到的。」

余諾遞給向佳佳一張，上面是她寫給余戈的——「願他所願皆成」。

「還有一張呢？」

余諾有點不好意思，遲遲沒有遞過去。

向佳佳湊過去瞄到了，看了兩秒之後，笑，「可以可以，一心二用了。」

寫完之後，余諾墊著腳，把兩張祈願牌掛在樹上。

她退後兩步，一陣風吹過，掛滿了枝椏末梢的祈願牌下的紅繩跟著輕輕晃動。

余諾側頭，發現向佳佳正在拍她。她走過去，好奇，「妳是在拍我嗎？」

向佳佳翻著剛剛的照片，「對呀，剛剛那一幕挺美的，忍不住就拍了。之後列印出來給妳。」

余諾抿著嘴笑了一下，「好啊。」

回到飯店，余諾才發現余戈一個小時前回覆了她昨天的訊息：『在哪？』

余諾打字：『剛剛去外面逛了逛，現在回飯店了。我還帶了點吃的。你忙完了我送過去給你？』

幾分鐘之後，余戈傳了個門牌號過來。

這次主辦方很貼心。專門安排了一間供給戰隊訓練的房間。

余諾找到地方，抬手，敲了敲門，來開門的是阿文。

余諾進去，把帶來的零食給他們分了。

阿文疑惑：「這次怎麼這麼少？」

余諾心虛，她哪敢說剩下的都在ＴＧ幾個人的肚子裡。

余戈坐在椅子上，看著之前比賽的錄影。

自從上次余諾告訴他去TG工作的事後，他們一直到現在都沒講話。

余諾走過去，把剛剛求的護身符給余戈，他看了一眼，沒接。

余諾妥協地蹲在他身邊，「哥，你別生我氣了……」

余戈靠在椅背上，抄著手，漠然地看著影片。

余諾有點灰心，又扯了他的袖子，「哥……」

余戈終於抬起眼瞼瞥了她一眼，她看著他。

余戈什麼也沒說，拿過她手裡的護身符。

余諾瞬間笑了，目光閃爍，開心地說，「哥，明天比賽加油。」

余戈把護身符收起來，終於「嗯」了一聲。

♛

第二天中午，TG和OG坐著兩輛巴士，同時抵達成都體育中心。

兩隊的粉絲等候已久，王不見王，一左一右，占據了兩邊的通道。不過氣勢這塊還是OG粉絲占據了上風。

余戈戴著口罩一露面，尖叫歡呼立刻衝破體育場的藍天。

余諾跟著TG的人一起下車，幾個隊員被保鏢手拉手圍起來，唯恐出現什麼意外的踩踏事件。

就在這時，原本一邊倒的Fish、Fish、OG、Fish歡呼聲中，突兀地傳來幾聲清晰的刺耳噪音：

「喂喂喂？陳逾征！陳逾征！」

所有人的腳步都停下，側頭望去，連躁動的OG粉都停了，喧鬧的後場瞬間安靜。

Killer定睛一看，噗的一聲，差點噴笑。

一群粉絲穿著TG應援服，有組織有紀律，舉著像是收破爛的大聲公，輸人不輸陣。活生生地在人山人海的OG堆裡殺出一條血路。

幾聲怒吼：「陳逾征！」

所有人的目光定格在陳逾征身上。

大聲公持續傳出聲音：「聽得到嗎陳逾征，喊你呢陳逾征！」

陳逾征停下腳步，回首，有些好笑地說，「聽到了，什麼事？」

「今天比賽給我好好打，知道嗎！」

眾目睽睽之下，陳逾征精神不濟，隨口應了句，「知道了。」

詭異的，沒人說話。

兩個俱樂部的所有頂尖職業選手，包括領隊教練，以及OG粉絲，就這麼呆若木雞地看著他們互動。

聽到答覆，那群喊話的粉絲滿意點頭，大手一揮：「好了，交代完了，進去吧！」

眼看著陳逾征的背影快要消失在通道盡頭，大聲公又傳來幽幽的吆喝：「征！你什麼時候才能紅啊？」

第四章　三歲也叫大？

比賽開始前的半小時，OG休息室，教練正在布置戰術，做著最後的準備。

余戈把玩著手上的護身符，察覺到身旁的目光，回視。

Will笑：「妹妹給的？」

余戈「嗯」了一聲。

分析師站在小黑板前塗塗畫畫：「之前和TG交手兩次都輸了，包括外界一直也有質疑和輿論。我知道你們的心理壓力肯定大。但TG畢竟還是個新隊伍，在BO5裡肯定經驗不足。我們主要的是要關注TG下路，Conquer風格激進，在我的評估裡，是屬於危險型選手。只要前期多抓他幾次，把TG下路為核心的節奏打亂，贏下比賽也是很簡單的事情。」

上場前，教練也在緩和氣氛。幾個隊員跟著嘻嘻哈哈，說沒事，他們什麼大風大浪沒見過。

阿文一個人坐在角落，Will朝Roy使了個眼色。

兩人走到阿文身邊坐下。他們什麼也沒說，用力攬著阿文的肩膀，拍了拍。

阿文已經二十四歲，在這個普遍只有十幾二十出頭的選手堆裡，競技能力已經肉眼可見地下滑。阿文之前在YLD打了六年，一直都是隊伍穩定C點。

六年歲月，一年又一年，阿文進過很多次決賽，離那個獎盃僅一步之遙，卻總到最後一刻差點運氣，熱血灑盡，卻每每都與冠軍失之交臂。

余戈和他在青訓隊認識。

去年冬季轉會，阿文透過余戈主動聯繫OG管理層，願意降薪來OG打職業。他明白自己職業生涯已經到了末期，為了夢想，他還想再去拚一次。

阿文的原話是：「寧願做替補，寧願不要錢，只要能上場打比賽。」

春季賽官宣，阿文加盟如日中天的OG，引起外界一片喧嘩。有質疑的，有震驚的，也有無數猜測。YLD的標籤已經貼在阿文身上，YLD粉絲又是憤怒又是難過。

如果阿文拋棄對他有知遇之恩的YLD，卻依然沒在OG沒打出成績，即將要面臨的不止是退役，還可能粉絲大量流失，以及黑粉的冷嘲熱諷。他自己也晚節不保。

而今晚，在此刻，在這個舞臺上，阿文要堵上職業生涯完成今天的決賽。

這是他最後一次破釜沉舟，也是他最後一次燃盡自己的機會。

到了上場時間，館內許多觀眾坐不住了，人聲鼎沸。隨著大螢幕上的倒數計時，場內跟著一起喊：「五、四、三、二、一——」

隨著白色的煙霧散開，正中心的銀龍杯緩緩升起來。

主持人從暗影裡走出來：「親愛的召喚師和正在看直播的各位觀眾大家好，這裡是二〇二一年英雄聯盟職業聯賽春季總決賽現場。」

「今天我們將迎來冠軍獎盃的最終歸屬戰隊，讓我們把最熱烈的掌聲給到今天即將出場的兩支隊伍——首先是，Team Occasion！」

底下觀眾舉起應援棒瘋狂揮舞，反響很熱烈。

「啊啊啊啊啊啊啊啊啊啊啊。」

「OG！OG！OG！OG！」

主持人打鐵趁熱：「然後是我們今天的第二支戰隊，也是今年春天的最強黑馬——Thron Game！」

中央的螢幕上閃過兩支隊伍過往的比賽片段，余戈戴著耳機指揮，陳逾征拿下四殺後隊友的側頭談笑，Will 贏下比賽後振臂高呼，五個人贏下比賽後走到舞臺前面鞠躬。

兩支隊伍從舞臺兩側上去。

五、六個攝影機跟拍在他們周圍。余戈把手裡的護身符捏了捏，放進口袋。

等著慣常的流程，主持人介紹完每一位選手。

兩邊隊伍回到自己電腦前，檢查著自己的設備。阿文落在人群後面，又回頭，看了一眼舞臺正中心的銀色獎盃。

戴上耳機前，余戈喊：「段宏文。」

阿文微微歪了下頭：「嗯？幹嘛突然喊我大名。」

「還記得我當時把你找來ＯＧ說的話嗎？」

阿文頓了頓，「什麼？」

「我說，會幫你拿個冠軍。」余戈平靜地說完，沒什麼情緒，戴上耳機。

阿文笑笑，故作輕鬆：「是啊，不就被你騙來了嗎。」

遊戲開始進行倒數計時，余戈盯著電腦螢幕，試著鍵盤上的ＱＷ鍵，「今天。」

隊內語音安靜了一下。

阿文：「什麼？」

「答應你的冠軍。」

場中放上兩個隊伍的數據面板。

解說開始就此進行分析：「今天比賽非常關鍵的點就是，如果誰在前期的下路拿到主動權，就可以掌握比賽的節奏。這兩個隊伍都是上路抗壓，把重心放在下路。」

小梨接話：「是的，我們剛剛也在休息室討論過，兩隊的焦點都是集中在下路。Conquer 這名選手今年剛出道嘛，一路打過來，操作確實很厲害。之前準決賽也是我們解說，Conquer 能忍敢打的風格也給大家留下了很深刻的印象。但論經驗，肯定是 Fish 占上風。」

均皓：「在垃圾話裡面，這兩個人也是誰都不服誰，打算硬碰硬了。」

說到這裡，現場粉絲傳來陣陣笑聲。

嘉衛：「距離他們上次比賽也過去了半個月，相信兩支隊伍都準備了不少東西。對於ＯＧ來說，或者對阿文來說，他一直都被質疑在決賽裡的心態問題，所以今天這場比賽對他來說也是非常有意義的一次對決，能不能突破自己心魔就看今晚了。」

均皓：「所以，今晚這場巔峰對決，到底是ＴＧ新生代的戰隊能新皇登基，還是ＯＧ捍衛屬於自己的王朝，我們就拭目以待。」

比賽正式開始。

第一局，解說們還在閒聊著戰局，幾句話的時間，忽然，下路打起來，導播鏡頭及時轉到。

陳逾征走位失誤，接了對面輔助一個Q，兩邊輔助交出治療，陳逾征躲在小兵後面走位，只剩下一絲血。

余戈抓住機會閃現上去，跟著平A兩下，傷害打滿，直接收下人頭。

解說驚呼：「Fish今天打的好凶啊，三分鐘不到直接拿下一血？」

「Conquer感覺剛剛有點亂操作了，他剛剛是E到對方輔助臉上接了Q。」

八分鐘，ＯＧ經濟領先兩千五百點，這在職業聯賽裡是很誇張的優勢。

余戈六級之後，把中路喊下來，卡了視野，蹲到獨自在下路斷兵線的陳逾征。

兩人語音交流了一下，一波俐落配合，一個控，一個繞後，乾脆俐落擊殺掉陳逾征。

陳逾征被打成零比三。

均皓調侃，「Conquer有點不小心啊，他如果再遭重一次，要直接退出遊戲了。」

「說實話，有點被打炸了。」

從轉播平臺觀看的人也紛紛打出一排排問號。

『這就是說了半年出道即巔峰的天才ＡＤ嗎？真是有夠好笑的呢。』

『這什麼廢物ＡＤ，別送了別送了，再送人傻了。』

『又是經典的 Fish 血虐菜Ｂ。』

『Conquer 這是被 Fish 完爆了啊……』

大螢幕上，輔助剛買完裝備回到線上。ＯＧ下路不僅沒有撤退，甚至喊上打野，強行越塔。

奧特曼隨陳逾征而去，ＴＧ下路雙人組被直接送回老家。

Van 剛好趕來控小龍。上路 ＴＰ 亮起來，加上中路，三個人集結在小龍坑附近。

余戈開始 Ping 信號，Roy 吃完藍 Buff 迅速趕來正面戰場。

陳逾征和奧特曼還沒復活，ＴＧ意識到對方五個人都在附近，本來想撤退。奈何ＯＧ已經先手開團。

ＯＧ硬著頭皮和ＴＧ三對五一波，結果被團滅，直接炸穿。

比賽接近尾聲，ＯＧ順勢把所有大龍小龍全部控下。

ＴＧ經濟落後接近一萬。

不到半個小時，比賽結束，ＴＧ被打成玲瓏塔（零人頭，靈塔，零擊殺）。

中場休息，後臺ＴＧ訓練室裡，低低的一片氣壓。

經理插著腰訓人。其實比賽中途對選手發脾氣是不應該的，不但會額外給他們造成心理壓力，還有可能影響接下來的發揮。如果是正常輸一局也沒什麼，主要是TG打的實在太難看，幾乎沒有任何還手機會。

教練：「你們配合的太差了，尤其是你Conquer，今天怎麼回事？狀態這麼差？剛剛第一波接Q的時候你到底在想什麼？閃現為什麼第一時間不用？」

其他人低著頭聽訓。陳逾征臉色蒼白，什麼都沒說，望向一邊。

「Conquer你別給我這個態度！」領隊聲音瞬間拔高，「整場下來就你的問題最突出，你自己不想想哪裡出了毛病，還在這鬧脾氣？被打成玲瓏塔是個什麼概念？今天決賽如果你一直是這種發揮，那我們一個賽季的努力全白費了，你知不知道？」

余諾坐在角落，看著陳逾征的臉色，忽然意識到了什麼。

第二局比賽很快開始。

TG三條線都沒怎麼失誤，打的比上一局好了許多，雙方有來有回地交手幾次，但到了中期的節點，陳逾征在清視野的時候被余戈單切，然後連續在下路死了兩次。

OG選的是大後期陣容，由於余戈幾波完美發揮，導致本來後期大招的英雄，裝備提前成型。

TG根本解決不了余戈的輸出，頑強抵抗了二十分鐘，還是被對方推上高地，拆掉水晶。

又是下路出現了問題。

英雄聯盟總決賽上，幾乎沒有出現過讓二追三的事情。如今TG連輸兩局，大局已定。

領隊也沒發再脾氣，出去走廊上抽菸。教練坐在液晶螢幕前，看著剛剛的幾波團戰。

氣氛持續性低沉，Killer和Van也垂頭喪氣。

陳逾征一個人窩在椅子裡，雙腿架在沙發邊緣，懶散地低垂著頭，手裡轉著水瓶玩。

忽然，耳邊響起女孩輕柔的聲音：「陳逾征？」

他抬頭，愣了一下。

余諾微微彎著腰，很認真地詢問：「你是不是有點不舒服？」

陳逾征沒說話。

兩人離得很近，余諾避開他的目光，解釋：「剛剛看你臉色不好，我猜可能是低血糖了。附近有個醫院，我去買了葡萄糖液，你先喝一點？」

他還是一聲不響。

她趕著時間，怕來不及，一路上都用跑的。這時臉上發紅冒熱氣，控制不住地小喘氣。余諾一時窘迫，以為自己多管了閒事。她從袋子裡又拿出一杯果汁，「葡萄糖確實不太好喝，你不想喝的話，我還買了這個……」

陳逾征拿過她手裡的葡萄糖液。撕開包裝袋，仰頭灌下去。

余諾鬆了口氣，看他喝完，不敢打擾他，把買的果汁收起來，又默默離開，坐回自己的位子上。

第三局比賽即將開始，分析師交代完最後幾句話，ＴＧ幾個人從椅子上站起來，陸續往外走。

陳逾征走到門口時，腳步停了一下，「余諾。」

余諾微愣。

這是他第一次叫她名字。

外頭隱隱約約的歡呼傳來，陳逾征站在那，看著她。幾秒沉默之後，他開口，「謝了。」

余諾忙搖頭：「沒事。」

「那個。」陳逾征掃了她手邊的袋子一眼，「也給我。」

余諾愣了一下。

以為她沒聽懂，他又說了一句，「果汁。」

第三局比賽開始前，陳逾征走到位子前，回頭喊裁判。

裁判走過來，「什麼事？」

「申請一下。」陳逾征隨手將桌邊的果汁拿起來，「把我喝的水換成這個。」

裁判有點意外，接過去查看了一下，點點頭，「可以，我讓人找個新杯子給你，你把果汁倒進去。」

耳機戴上，外界吵鬧的噪音隔絕，只剩下隊內交流。

「哎，Conquer，這個果汁誰幫你買的啊？」Killer 忽然問。

奧特曼搶答：「余諾。」

Killer 長長地哦了一聲，「她對 Conquer 挺好啊。」

奧特曼苦著張臉：「你還有閒心在這聊天，我們馬上就要被ＯＧ三比零了。」

「別說這麼晦氣的話。」Van 罵他，「好歹也要打個三比一出來。」

奧特曼問教練：「哎，我們要是輸了，贊助商會不會全跑了？那我們還能打職業嗎？」

「哎哎哎，你說什麼呢。」湯瑪斯提醒，「這是有錄音的，小心到時候上英雄麥克風。」

教練拿著筆記本，在他們身後走來走去，「現在知道怕了？前兩局怎麼不好好打。」

「我的問題。」陳逾征的手已經放在鍵盤上，臉上表情缺乏。

教練沉默一下，嘆了口氣，囑咐：「你個人能力不比Fish差，好好打，別急躁，不行就在塔下吃兵。穩著來，前期他們抓不死你，後期他們也管不住你。」

陳逾征垂下眼睫，「知道了。」

Ban／pick階段結束，教練走下臺。TG幾個人互相打氣，「沒事，這一局，兄弟們，衝了！」

Killer也收起往日的嬉皮笑臉，側頭看了陳逾征一眼，「阿征，你別自責，我們都沒打好，不是你一個人的問題。」

陳逾征「嗯」了一聲。

第三局。

剛開始，OG蹲在河道處埋伏，但沒猜準Van的打野路線。

TG上中下野全部集結，五個人和對方四個人正面交鋒，爆發了一級團戰。兩方輔助互換人頭，雙雙倒地。

兩個隊從河道處一路糾纏到TG野區。Killer的引燃幫陳逾征拿到一血。很快，OG上單也跋山涉水趕到正面戰場，由於沒商量好集火目標，虛弱套上，被陳逾征的寒冰追著A了兩下倒地。

解說語速很快：「看一下，Fish的爐被打出閃現，完了，Roy也沒了。OG這波炸了。Conquer還在追。」

「寒冰！一個、兩個！」

Van在臨死前，打出最後一個技能，讓了對面中單的人頭給了隊友。

戲劇性的一幕出現了。余戈和陳逾征在紅Buff處solo，兩人血量都只差一點，就這麼站著打。最後余戈換子彈的時候被陳逾征一發平A直接帶走。

一波團戰結束，雙方一共爆發七個人頭，陳逾征拿下三殺。

連解說笑了：「OG這波團戰送了寒冰三個人頭，Fish下路對線還怎麼玩啊？」

均皓：「講真的，我是Fish，就直接掛機了。」

因為前兩次陳逾征被抓的太多，Van刷完雙Buff就直接往下路趕。保護剛剛建立的優勢。

剛好兵線到了塔下，陳逾征利用兵線優勢，直接開著W就往上A人，根本不講道理。對面打野在上半區，Van和輔助把人頭全部讓給陳逾征。

把余戈下路雙人組再次擊殺後，他原地回家，買裝備，直接暴風大劍出門。

場外留言：

『這寒冰就直接暴風大劍了？那Fish還玩屁呢，直接十五投了吧。』

『如果是路人局，我直接蹲在泉水罵街了。』

『建議直接下一把，別把Fish的心情搞垮了。』

『這是LPL決賽開局直接暴風大劍出門，我眼瞎了！』

接下來沒有懸念了。

OG被滅門，陳逾征的寒冰前期線上完美壓制住余戈，直接起飛。

OG上中下三線全炸，幾乎沒有任何還手之力。

完美複刻了第一局，只不過兩個隊伍的角色互換。

ＴＧ扳回一城，ＭＶＰ給了陳逾征的寒冰。

第四局。

ＴＧ和ＯＧ兩個隊伍都小心謹慎了許多。

ＴＧ如果失誤，冠軍直接拱手讓人。ＯＧ如果失誤，就不得不打第五局。

往往比賽打到最後，到第五局，就是最考驗選手心態的時候，甚至有些扛不住壓力的還會操作變形。

前中期，兩個隊伍都平穩發育。

當比賽進入後半段，兩邊隊伍的外塔全部被拔掉。

所有Ｃ位的裝備基本已經成型，兩邊經濟咬得很緊。現在復活時間太長，就差最後一波團戰就能直接定勝負。

人頭數來到十比十一。

現場所有觀眾的心都被提起來。

ＴＧ野區的視野一直被ＯＧ壓制，ＯＧ抓住機會，趁著ＴＧ回家休整，迅速集結在野區，偷下大龍。

現在打大龍時間很快，ＴＧ根本反應不過來。

阿文懲戒下大龍那一刻，現場隱隱起了歡呼。

ＯＧ借著大龍Buff，之後順勢一路帶兵線進行拉扯，破了ＴＧ兩路高地。

勝利就在眼前。

現場觀眾坐不住，已經開始高喊ＯＧ。

ＴＧ這邊英雄清兵線清的很快，幾個人抱團，死死地守住上路高地塔。

ＯＧ攻了幾次都沒攻上去。

均皓受到感染，忍不住跟著喊：「ＴＧ還沒有放棄！他們還在堅持！」

ＴＧ靠著頑強的意志，硬生生地把 ＯＧ 大龍 Buff 的時間拖了過去。

ＯＧ隊內語音迅速商量了一下，決定回家整理裝備，再去打個大龍。

超級兵已經到達門牙，ＴＧ眾人把兵線清完。

就在這時，茶茶：「欸欸，ＴＧ不清兵線了？他們打算去打遠古龍！是想最後殊死一搏，正面接團嗎！」

場上的ＯＧ也意識到ＴＧ去打遠古龍，但現在也來不及了。只能迅速趕往大龍坑處。

均皓：「ＯＧ打得很快，四千血，他們卡住位置了。一千血！五百血！」

就在這時，打完遠古龍的ＴＧ人也趕到。

ＯＧ怕被搶龍，決定先解決ＴＧ來的人。

兩個隊伍的雙C在大龍坑處瘋狂進行拉扯。

均皓覺得形勢有點不對：「ＯＧ不應該接團的呀，ＴＧ現在有龍血，打團肯定沒優勢。Roy 的技能被消耗的有點慘啊，欸欸欸，阿文切後排了！Conquer 按出了金身。」

一波激烈的交火，ＯＧ輔助率先倒下。

陳逾征的金身時間結束，一套秒殺對方打野。

嘉衛大吼：「Conquer 還在追！全都給我死！」

場中螢幕不斷出現：

——TGConquer 擊殺了 OGRoy。

——TGConquer 擊殺了 OGFish。

——Trible Kill。

——Quatary Kill。

嘉衛看著陳逾征的小炮接連起跳，瘋狂殺戮著殘血的ＯＧ：「Conquer 四殺了！讓他們全都要死，衝了！一波了！」

ＴＧ在大龍坑處團滅ＯＧ，摧枯拉朽的一波進攻，直接拆掉對方老家，贏下第四局比賽。

劇情一波三折，出乎意料。

ＴＧ先輸兩局的情況下，居然頑強地追回兩局。雙方鏖戰四局，戰成二比二平手。

所有人都見證了，ＴＧ這顆新星的冉冉升起。

就差最後一場決勝局。

開始前。

解說：「ＴＧ雖然都是新人，但是實力和心態確實不容小覷，零比二的情況下能硬生生地追回兩局，把ＯＧ也逼到了懸崖邊。」

「Conquer 這名選手，我留意過他的資料，常規賽裡，他是ＡＤ第一的場均擊殺，分均輸出第

二、以及輸出占比第三。說明他本身就是一個硬實力非常強的選手，這次決賽也證明了這一點。」

均皓：「英雄聯盟的決賽上似乎是沒有出現過讓二追三的情況吧？TG難道真的要創紀錄了嗎？今天這場最後的對決太好看了。阿文離他夢想中的冠軍就差一步，TG也正在創造屬於他們的時代！」

「現在兩個隊伍身後都沒有退路了，希望他們都能放手一搏，不留遺憾。」

經過短暫的休息，兩支隊伍的隊員回到舞臺上。

第五局，戰歌起。

只有打滿五場的比賽，現場才會放的信仰之歌——《Silver Scrapes》。

戰歌一出，瞬間點燃了所有在場觀眾，所有粉絲聽到這首歌都開始沸騰了。

就連看直播的人也一樣：

『戰歌！每次聽到戰歌我都起雞皮疙瘩！』

『嗚嗚嗚嗚，沒想到會打的這麼精彩，TG給我衝啊！』

『Conquer這麼強？那沒事了。』

『來啊，來個人！把我殺了替他們助興！』

第五局，Ban／Pick階段，阿文在最後一選裡，鎖下自己本命打野瞎子。

在這個版本並不算強勢的打野英雄。

這一局，他要賭上一切，背水一戰，只有這麼一次的絕望，就算死，也要死而無憾。

也許今晚過後，職業賽場上再也不會出現阿文這個ＩＤ，也不會有人記得他，提起他。

但此刻，全場觀眾，所有人都在歡呼他的名字。

為了這個直到今天還在堅持的老將。

為了他一無所有，也要往前走的勇氣。

連追兩局，ＴＧ的士氣水漲船高。

前期一路高歌猛進，憑藉兩條土龍的加持偷下大龍，經濟領先四千。

二十五分十六秒。

ＯＧ被迫在小龍坑處，四打五的情況下開啟和ＴＧ的團戰。因為裝備劣勢，被ＴＧ打出二換五，三路高地告破。

三十五分鐘，大龍重新刷新。

ＴＧ四個人在打大龍。

均皓緊張：「阿文來了，徘徊在上面，他要搶龍嗎？」

龍血已經過半，話音剛落，阿文義無反顧跳進ＴＧ眾人的包圍圈。

死前和 ＴＧ 的打野同時交出懲戒——

「大龍還剩下一千三百滴血，阿文進去了！他搶到了！龍有了！」

阿文雖然搶到了龍，卻被ＯＧ幾個人瞬間秒殺。其他兩個掩護他的隊友也相繼倒下。臨死前換了陳逾征和奧特曼。

ＴＧ被搶下大龍，剩下三人轉頭直接奔向ＯＧ的基地，配合超級兵在拆門牙塔。

ＯＧ只剩下中單 Roy 一人，趕回家和剛復活的余戈守家。ＴＧ剛剛打完大龍和小團戰，狀態並不好，兩人擊退ＴＧ幾個人。

而ＯＧ這邊也只剩下裸水晶一顆。

阿文搶到大龍，ＯＧ成功續命，憑著 Buff，反推對面幾座外塔和高地，經濟追平。比賽拖到五十分鐘。

均皓解說這場上形勢：「ＴＧ這邊已經越來越乏力了，再拖下去輸出不夠，可能要被ＯＧ翻盤了啊。」

抓住對方回家買裝備的節點，ＴＧ第三次開大龍。

ＯＧ這邊反應也很迅速，知道對方在大龍後，上路直接亮起ＴＰ。

解說嘶吼：「Will 要偷家了嗎！ＯＧ只需要把人留住就行了！他拆的很快！」

下面兩路的兵線都在給壓力，Will 在拆高地。

ＴＧ打龍打到一半，不得不回去守家，然而正想撤退的時候，Van 的酒桶被阿文的瞎子一腳踢回去，余戈接上輸出，Van 直接被秒掉。

現場響起驚人的歡呼，開始不停地有人吶喊ＯＧ和阿文的名字。

茶茶語速加快：「Conquer 復活還有三十秒，來不及了！Will 已經開始拆水晶了！」

只有三個人，ＴＧ只剩下三個人。全部被ＯＧ的人拖住，Will 已經無人可擋。

「差一下，ＯＧ有了！」

ＴＧ水晶炸裂那一刻，正中央的大螢幕放大ＯＧ每個隊員的小窗口，鏡頭特寫轉到阿文。

他捂著頭往後仰，已經忍不住哭了出來。

解說嘉衛是阿文的粉絲，激動之情溢於言表：「阿文曾說自己是無名之輩，但命運不會垂憐無名之輩，所以無名之輩能做的只有拚搏，儘管冰冷的現實總是給他重重一擊，但他永遠不會向命運低頭。」

「六年，阿文等了六年，他在二〇二一年的春天終於等來了屬於他的冠軍！」

ＯＧ一波三折，在連輸兩場之後，終於將ＴＧ斬落馬下。所有隊員都摘掉耳機，衝過去抱住阿文。

幾個解說同時開口，發出由衷的祝賀：「我們恭喜ＯＧ戰隊拿下了二〇二一年ＬＰＬ春季賽總冠軍！」

全場沸騰，歡呼，舞臺上的金色彩帶飄落。

ＴＧ幾個人默不作聲，落寞地坐在電腦前，看著賽後資料面板。

只差一點，就差一點……

ＯＧ的人已經過來，和他們依次握手。

握完手，陳逾征低頭，收拾著桌上的設備。

Killer 過來，拍拍他的肩，「走吧。」

從旁邊通道去後臺，陳逾征漫無目的地看了四周一眼。音樂震動著耳膜，掌聲和歡呼沒停止，臺下的觀眾振臂高呼。只不過一切的熱鬧，都不是屬於ＴＧ的。

走到舞臺中心時，阿文已經哭到不能自己。

很默契的，OG所有人都沒去動那個獎盃。余戈終於露出笑容，推了推阿文，「舉獎盃啊。」

夢寐以求的獎盃，就在眼前，卻依然像做夢一樣不真實。

他贏了，他拿到了冠軍。

阿文手都在抖，低聲對余戈說：「謝謝你，真的，謝謝你。」

所有人都等著，等著阿文舉杯的時刻。

現場有一位中年人也忍不住哭了，他也曾是驕傲的少年。

十年飲冰，熱血終究難涼，阿文終於成為了故事的主角。

♛

回到TG休息室，氣氛很凝重。

陳逾征冷著臉。

領隊扭頭，拍了拍他，嘆息：「你後面幾局已經打得很好了，今天盡力了。」

奧特曼也失去了往日的活力，坐在椅子上，手肘撐著膝蓋，捂著臉。

十幾個人的休息室，連個開口講話的人都沒有。

儘管情緒低落，還是需要去接受賽後採訪。TG的人被工作人員帶去採訪室，依次落座。

槍某電競第一個提問Killer，「你們作為新隊伍，一路打到了決賽，如今惜敗OG，有什麼想說的嗎？」

「挺好的。」Killer勉強笑笑，拿起麥克風，故作輕鬆：「我們粉絲少，所以傷心的人也少。皆大歡喜囉。」

第二個被提問的是奧特曼，問題有點犀利：「你們有關注網路對你們的評價嗎？會不會影響心態？」

「關注啊，網路上怎麼說的我們都知道。」奧特曼臉色沉重，頓了頓，才繼續說，「很多人都不看好我們，打到今天，也只是不想被那些人看不起。」

說完，他眼眶發紅，低下頭掩飾情緒，其他幾個隊員都側頭看他。

採訪室安靜了一下。

輪到陳逾征。

另一個自媒體站起來：「前兩局，你和Fish對線都是劣勢，是對上他有壓力嗎？」

他：「沒睡醒。」

「……」

「……」

這個回答讓提問的人也被噎住，哽了哽，又繼續問，「那你後面幾局是怎麼調整狀態的呢？」

陳逾征敷衍：「沒什麼調整。」

說完，他想到什麼，心不在焉更正，「噢，喝了杯果汁。」

比賽結束，從後方通道走出去。

已經將近十一點，還有一小群粉絲在守候著，看TG的人走近，那群粉絲也沒圍過來，只在不遠處看著他們。

直到上車前，有人喊了一聲：「——陳逾征！」

他回頭。

粉絲抄起大聲公喊：「陳逾征，別給我灰心！我們都等著你拿冠軍的那一天。抬起頭走路，沒什麼丟人的！」

「還有Killer、Van、奧特曼、湯瑪斯，你們都加油！夏賽季我們還要在決賽看到你們！」

眾人情緒都不高，還是對她們揮了揮手。

回去的路上，車裡有人戴耳機睡覺，奧特曼額頭抵著車窗看外面的夜景，靜靜地，幾乎沒人講話。

到飯店，余諾回到房間，窩在沙發上和向佳佳聊了一下天。

一天下來，兩個都累到懶得動。

「唉……」向佳佳長嘆了口氣，翻著手機今天拍的照片，「太憂鬱了……」

余諾安慰她，「沒事的，以後還有機會。」

她陪在余戈身邊經歷過很多低谷。職業賽場上沒有人能一直一帆風順。過去的事情已經過去，能做的只有向前看。TG還年輕，未來也有很多可能。
TG和OG的這場決賽直到十二點，還在熱門話題上。
這次意外的沒什麼罵戰，很多人都真誠地恭喜阿文終於圓夢。
OG粉絲一掃之前連輸TG的晦氣，挺直腰杆在熱門話題歡天喜地搞抽獎。至於TG這個史上最強背景板，第五局被OG一手TP偷家，甚至招來不少人憐愛。
TG官方粉絲團幾個小時內漲了十幾萬粉絲，留言全是整齊的事業粉：
『在？什麼時候給你家隊員開官方帳號？』
『今晚打的不錯了，本來以為要被OG三比零，後面還能追兩局，媽媽粉已經滿足了。』
『T寶別佛系了，趁著熱度高，多發點你們家AD的照片圈圈粉。你爭點氣吧！買行銷會不會？買通稿會不會？標題我都幫你想好了！天才AD的崛起之路，從亞軍開始！』

余諾正在幫手機充電，忽然有人敲門。
向佳佳開門，探頭，是Killer，「吃宵夜，去不去？」
一起的還有小應他們。
余諾很少看到他們換下隊服的樣子，感覺有點新鮮，就多看了兩眼。
陳逾征穿著白T恤，應該是剛洗完澡，頭髮還有點濕潤。
附近有很多露天小吃攤，他們隨便找了一家。
幾個人圍著桌子坐下，余諾左邊是向佳佳，右邊空了個位子。她也有點餓了，玩著筷子，認真研究起桌上的菜單。

過了一下，旁邊有人坐下，幾個人共看著兩份菜單。

余諾看完，準備遞給向佳佳，她正在和小應聊天。余諾轉了頭，把菜單遞給右邊的人，「你點吧。」

正好奧特曼也點完，和余諾同時把菜單給身旁的陳逾征：「你要什麼？」

余諾剛想把手縮回去，陳逾征把她手裡的菜單抽出來。

被晾在一邊的奧特曼：「……」

他哽了哽，強行替自己挽尊，「陳逾征，我也給你了，你是沒看到嗎？」

陳逾征翻著菜單，若無其事：「她先給的。」

「你是在質疑一個職業選手的手速？」奧特曼不服，據理力爭，「大家都看到了，明明是我先給的。」

「是不是？」奧特曼問 Killer，「是不是我先給的？」

Killer 看不下去：「好了，你別自取其辱了。」

「就是。」Van 服了他，「別說了曼曼，再說我都替你尷尬。」

一陣哄笑，他們表面在說奧特曼，實則在調侃陳逾征。

陳逾征翻著菜單，置若罔聞，任他們說，倒是余諾有點尷尬。

還好這個話題很快就結束了。

老闆娘把杯子放到桌上，水就在余諾旁邊，她順手，幫每個人都倒了杯水。

Killer：「余諾，我發現妳好喜歡照顧人啊。我都不好意思了。」

「嗯？」余諾抬頭看他，「沒關係呀，我比你們大這麼多，照顧也是應該的。」

「妳看起來哪裡像比我們大？」Killer嘖了一聲，「當時第一次見妳，還以為妳是個叛逆高中生，那時候染了個粉紅色頭髮吧？挺時髦的。」

「這個……」余諾沉吟。

一直沒怎麼說話的陳逾征突然開口，「妳多大？」

「我二十二了，如果算虛歲，差不多二十三了。」余諾想了想，「比你大三、四歲。」

陳逾征有種淡淡的不爽：「三歲也叫大？」

這個問題讓余諾愣了愣，很認真回答：「我表弟也是十九歲，在我眼裡還是個小朋友呢。」

陳逾征糾正：「我虛歲二十。」

他一說完，Van就大笑，毫不留情地拆穿：「你上個星期剛過生日。」

奧特曼嘆息，拍了拍陳逾征的肩，咬著字說：「聽到沒，陳逾征，你還是個小、朋、友呢。」

夜宵和酒很快上來，幾個男生喝了啤酒，又叫了幾瓶烈酒。幾輪下來，除了不能喝酒的小應和余諾，其他人都倒的差不多了。

奧特曼趴在桌上神志不清地呢喃：「他媽的，老子總有一天要拿冠軍，讓那些看不起我們的人打臉。」

Killer跟著吆喝：「說得好！拿冠軍！」

少年們的願望就這樣被夜風吹散。

幸好飯店離這不遠，互相攙扶著回到飯店大廳。所有人都癱在沙發上不肯動彈。

只有小應一個男生，拚死拚活地，一個個把他們送回房間。

剩下余諾和向佳佳在旁邊照看他們。

Killer 忽然嘔了一聲，跌跌撞撞衝出門口。

向佳佳嚇了一跳，怕出什麼事，趕緊跟上他。

陳逾征坐在沙發上，弓著腰，手撐著頭，看起來也醉了，臉色發白。

他之前也吐了一次，余諾有點擔心，「你要不要喝點水？」

陳逾征慢半拍，搖頭。

「今天……」他聲音低啞，突然開口，又停住。

余諾「嗯」了一聲，等著下文。

「果汁，謝謝。」

余諾：「沒什麼。」

陳逾征盯著她，醉意朦朧的眼睛一層水光，「失望嗎？」

「什麼？」余諾不懂。

「我輸了。」

余諾怔了下，謹慎地回答：「我不失望。」

「替妳哥開心？」

他突然提到余戈，余諾一下有點沒反應過來。

陳逾征看入她的眼裡，又說：「喝了妳的果汁，結果沒打贏妳哥。」

余諾不知道他是喝醉了說胡話，還是什麼，只能半安慰半應付：「你已經很厲害了，我雖然看不太懂，但是你們今天表現的都很好。」她絞盡腦汁想形容詞，「就是，嗯……很精彩，很熱血。」

沉默一下，陳逾征說：「妳說話怎麼這麼官方？」

余諾：「……」

陳逾征講完，又把頭轉了回去。

手機震動，余諾收到一則訊息。

小應傳來的：『麻煩妳了，幫忙照顧下陳逾征，他們有一個人吐到我身上了，我整理一下就下去。』

凌晨一點，英雄聯盟LPL賽區的官方攝影師PO出了一組賽事圖。

有阿文落淚的，有OG眾人舉杯的，有TG幾個隊員落寞的背影。余諾滑到這則貼文，滑著照片，一張一張地看。

第八張是陳逾征，她停了停。

第五局結束，他下臺前低著頭，斂著眼簾，只有側臉。

光線和角度都正好，背景是虛影，陳逾征和舞臺上的獎盃一左一右，只差幾公分。肩膀處的

Conquer 字體被燈光照的閃閃發亮，意境十足。

余諾有種說不上來的感覺。

又看了好幾遍，把這張圖偷偷存下來。

看完這則貼文，自動跳到下一則。

是個影片，剛點開就是一個激昂的聲音：『今天小X就來說一說 Conquer 的那些打臉發言。』

深夜這個時間，飯店大廳很安靜，所以這句話格外突兀。

余諾驚呆了，慌張間想要關掉手機，卻不小心按成音量鍵。急忙退出後，再一抬頭，被「說一說」的當事人正看著她。

「我……那個。」余諾眼神從手機移開，語無倫次，試圖說清楚這個誤會，「那個……」

陳逾征偏頭，目光流連在她臉上，神情懶散，緩慢地說：「偷偷搜我？」

余諾哭笑不得，關掉手機，「不是的，只是不小心點到了。」

「妳剛剛存我照片。」陳逾征說。

余諾：「……」

如果有個地洞，她現在就鑽進去算了。

余諾心跳加速，又快又重，下意識否認，「那個不是你。」

「Conquer 不是我？」

漫長而尷尬的沉默，連空氣都像是凝滯了幾秒。

余諾的臉肯定紅了，強裝鎮定：「陳逾征，你是不是喝醉了？」

「是啊。」陳逾征又重複了一遍，「妳存我照片，我看到了。」

余諾看著他傾身，靠近自己，忍不住往旁邊挪了挪。

「怎麼樣？」陳逾征湊到她面前，停住，「我很帥嗎？」

余諾心慌意亂。

他離得太近，她完全招架不住，隨便答應了一句：「還行……」

陳逾平平靜靜，靠回沙發：「哦，還行。」

余諾視線不安地亂轉，勉強地「嗯」了一聲。

稍稍放下心，同時在心裡暗暗祈禱，希望他清醒之後，忘記今晚發生的所有事，所有對話。

過了一下子，陳逾征說：「那妳看這麼久。」

「……」余諾啞然。

她如坐針氈，思索了幾秒，無奈地問：「你為什麼偷看我玩手機？」

陳逾征斜睨她：「妳不也偷看我照片。」

「我沒有偷看。」余諾說也說不下去，只能轉移話題，「你喝醉了，陳逾征。」

如果小應在場，肯定會痛罵，陳逾征這個人太無恥了，趁著醉酒和女孩子調情。

還沒完沒了！

就在這個時候，有人喊了一聲，「余諾。」

OG幾個隊員的身影出現在飯店門口，看起來也是剛聚餐完回來。

余諾感覺到解脫，立馬從沙發坐起來，逃離似的離開這個地方，三兩步跑過去。

余戈眼神從遠處收回，打量她一下：「妳怎麼跟他在一起？在幹什麼？電話也不接？」

「他喝了點酒，我看著。」余諾解釋，「我沒看到你打電話給我，剛剛出去吃宵夜。」

一群人東倒西歪。余諾看向阿文，「文哥，你今天好厲害。」

阿文喝了不少，推開扶住他的 Will，衝過來想抱著余諾，被余戈及時擋下。

阿文又一個轉身，撲倒余戈身上，「Fish，你太他媽是個男人了，嗚嗚嗚嗚，Fish，我太難了……妹妹啊，哥真開心，妳知道嗎？」

余諾站在旁邊，安慰地說，「知道，知道。」

又說了一陣子，余諾有點放心不下陳逾征：「哥，我先過去把他們送回房間，等等再找你。」

余戈被阿文纏到無可奈何，不耐煩又推不開，「不用了，妳早點回去休息，妳們什麼時候走。」

「應該是明天。」

余戈點點頭，「回去再聯繫吧。」

余諾答應：「好。」

Killer 還在外面吐，余諾回到陳逾征旁邊，小應還沒下來。

她正準備傳訊息給小應。

陳逾征「喂」了一聲，手肘曲在膝蓋上，歪著頭，「妳過去幹什麼？妳現在是……的人。」

余諾正在傳訊息給小應，沒聽清楚，有點愣住。

她只聽到了後半句——「妳現在是我的人。」

余諾茫然：「啊？」

她遲疑著，忍不住又確認了一遍，「你說什麼？」

「我說……」

「欸，我來了我來了！」

小應的聲音從身後傳來，打斷兩人對話。

環視了一圈，小應問：「Killer 去哪了？」

余諾：「他去外面吐了。」

小應打量一下陳逾征，刷起袖子，「行吧，那我先把他送上去。」

余諾陪他們上樓，跟在後面。在想剛剛是不是自己幻聽了。

不過看陳逾征醉成這樣，口齒也不太清楚。

他剛剛說的應該是，她是TG的人……

「余諾。」小應見她沒反應，又喊了一聲，「余諾。」

余諾這才抬頭，「嗯？怎麼了？」

小應費力地回頭：「妳幫我扶一下Conquer，房卡找不到了，我去敲敲門。」

「哦，好。」余諾上前兩步，扶住陳逾征的手臂。

除了余戈，這是她第一次碰到男性的身體。

他的體溫很高，皮膚有少年的細膩，手腕削直的線條，骨頭很硬。

余諾有點不自在，偏了偏頭，躲開他灼熱的呼吸。

陳逾征掙扎了一下。余諾被他帶的整個人都搖晃了一下，後退兩步，趕緊用兩隻手一起把他穩住。

陳逾征忽然喊了一聲小應，正在敲門的小應回頭：「又怎麼了？」

陳逾征問：「我帥嗎？」

小應：「……」

懶得理他，小應繼續敲門，「奧特曼、奧特曼！還醒著嗎，開個門！」

「問你。」陳逾征提高了聲音，「我帥嗎？」

小應被煩到不行，一臉你有病的表情。

陳逾征視線朦朧，又看回余諾，「我不帥，為什麼她……」

余諾意識到他要說什麼，立刻抬手捂住他的嘴，阻止他繼續說話。

「欸，算了……我下去跟前臺要一張——」

小應的話戛然而止。他瞠目結舌：「你們兩個……在搞什麼？」

他的鼻樑很高，再往下……很柔軟的觸感，在手心摩擦了一下。

余諾心底一震，意識到這個動作曖昧，準備把手準備撤下來。

想收回的手，突然被抓住。

她一陣耳熱，用了點力氣，想抽回自己的手。奈何他力氣太大，余諾一時被制住動作。

陳逾征低笑，用只有兩個人能聽到的聲音，問：「幹什麼，占小朋友便宜？」

因為前一晚發生的事，余諾失眠到早上六點，直到天光微微亮起，她才勉強睡了幾個小時。

昨夜大醉一場，所有人都無精打采。

下午三點的飛機。TG眾人醒來之後，從飯店退房，就直接去了機場，還有一個多小時才安檢，領隊隨便在機場裡面找了家豆漿店。

余諾眼底發青，也沒什麼胃口，睏倦地去自助取餐臺拿過粥和豆漿，端著餐盤去找位子坐。

因為人多，分了幾桌座位。

經過Killer那桌的時候，他喊了一聲，「哎，余諾，我們這還有兩個位子，妳過來吧。」

余諾腳步一停。

陳逾征靠著牆，正在聽奧特曼講話，像是有所感應，漫不經心瞄了她一眼。

余諾跟他猝不及防對上目光。

昨夜所有情景的全部浮現，她慌亂了一下，丟下一句：「沒關係，我去找佳佳。」

Killer看著她匆忙離開的背影，不解，「我很嚇人嗎？余諾怎麼看到我跟看到鬼似的。」

小應呵了一聲，「人家哪裡是看到妳。」

Killer微愣：「那她看誰？」

小應意味深長地看了陳逾征一眼，「不好說。」

「你有完沒完？」陳逾征皺了一下眉頭。

小應無辜：「我可什麼都沒說啊，你自己招的。」

其餘人嗅到八卦的氣息，趕忙追問，「怎麼了怎麼了？」

小應一拍桌子，憤慨道：「陳逾征，他昨晚借酒裝瘋，性騷擾女孩子！」

奧特曼張了張嘴，震驚地看向陳逾征，「真的假的？」

陳逾征氣笑了：「什麼性騷擾，你能不能說點好聽的？」

小應換了個詞：「那……輕薄？」

陳逾征丟了一根筷子過去，「弱智。」

Killer滿臉焦急：「怎麼騷擾的，細節呢，快點，說來聽聽。」

小應低頭喝豆漿，「我可不敢說。」

Killer又轉頭，「不是吧陳逾征，你到底把別人家女孩子怎麼了！」

「什麼女孩子，」Van糾正他，「是余諾姐姐。」

說完又催小應：「昨天到底怎麼了，別吊胃口，趕緊說啊！」

小應嘖了一聲，「不是說了嗎？」

「細節，我們要聽細節！」

「就是……就是……」小應看著陳逾征的臉色，說得很含糊，「他強迫余諾，做了一些……肢體接觸……」

此話一出，周遭安靜了幾秒。

見陳逾征不做聲，Killer語重心長：「按我多年經驗，姐姐是最難追的，姐弟戀一般沒有好下場啊……」

湯瑪斯笑的稀奇古怪：「姐弟戀怎麼了？床下叫姐姐，床上姐姐叫，多刺激。」

「停停停，你怎麼這麼噁心。」眼見他們越說越離譜，奧特曼滿臉惡寒打斷，「算我求你好不好？Conquer 才十九歲，你們也太能意淫了。」

「你這個處男，十九歲怎麼了？十九歲都成年了，成年就是男人了。」Killer 嫌棄，「再說了，你懂什麼，小孩別插嘴，是吧，陳逾征？」

陳逾征擺著張臭臉，「你是不是有病？」

「欸，怎麼說著說著你還急了呢！」Killer 振振有詞：「只是隨便討論一下而已，姐弟戀這件事沒說你啊，你可別對號入座。」

飛機回到上海，取完行李。TG的巴士已經等在停車場。

司機把後車箱打開，輪流放行李上去。

輪到余諾時，她的行李箱有點重，搬起來略感吃力，後面有個人傾身想幫她。

余諾使了點力氣，趕緊把行李箱提起來，「不用了，謝謝。」

陳逾征被人晾了一下，沒說話。

放完行李，她沒多停留，錯開他，往車上走。

見狀，Killer 過來勾著他的肩，「你到底做了什麼喪心病狂的事情啊？讓人家這麼怕你。」

陳逾征被弄得有點煩，「關你什麼事，你很閒？」

他渾身環繞著低氣壓，也跟著上車。

白白挨了一頓罵，Killer 有點不愉快，生氣地嘟囔：「在別人那受氣就跟我發火，離譜。」

巴士開到TG基地。

幾天奔波下來，大家都疲憊不已。

宿醉一晚，又鬧到半夜沒睡好。領隊隨便交代了幾句，就讓他們散了。幾個人應了聲音，紛紛上樓準備休息。

余諾拖著行李箱，準備叫車回學校。

她掏出手機，隔著人群掃了一眼，正好陳逾征有意無意看著她，想要說什麼，還沒開口。

余諾極不自然地撇開了目光。

余諾跟齊亞男打了個招呼，走出TG基地。站在路邊等車，低著頭，眼前忽然出現一片暗影。

陳逾征走到她面前。

余諾觀察一下四周，悄悄往旁邊挪了一步，陳逾征跟著，擋住她。

余諾做了一下心理建設，認命地抬起頭，裝傻：「怎麼了，有事嗎？」

他表情睏倦，仿佛沒睡醒，問她：「躲我幹什麼？」

余諾根本不敢跟他對視，「沒有……」

陳逾征慢慢地點頭，「沒有？」

他個子高，儘管沒站直，還是給她一點壓迫感。

余諾「嗯」了一聲。

視線略過她的髮頂，有個小漩渦。盯著乖乖站著的余諾，陳逾征開口：「昨天晚上……我……」

余諾飛快打斷他，「沒事沒事。」

陳逾征停了停，「妳知道我要說什麼？」

余諾垂死掙扎，稍稍抿唇，「昨天你喝多了……」

陳逾征很有耐心，「嗯」了一聲，等著她說。

余諾試探地問，「你還記得發生了什麼嗎？」

陳逾征反問，「發生了什麼？」

她迫不及待地搖頭：「沒什麼。」

「小應說我……」陳逾征想到今早小應盯著他詭異的表情，忍不住又皺了下眉，「我把妳怎麼了？」

「……」看來是全忘了。

余諾心底鬆了口氣，挑了個保守的答案：「你讓我……別占你便宜。」

陳逾征心情好轉，哦了一聲，「妳占我便宜了？」

余諾否認：「當然沒有。」

陳逾征：「還有呢？」

余諾感受到了煎熬，想了想，艱難道：「你還問我，你帥不帥……。」

「是嗎？」陳逾征目光落到她臉上：「那妳怎麼回答的？」

余諾：「……」

她心虛地憋了半天，一個詞都沒說出來。

正好叫的車來了，陳逾征直起身，「算了，逗妳玩的。」

余諾抓緊行李箱的把手：「那、那我走了？」

陳逾征：「走吧。」

司機下車，幫她把行李搬上去。

余諾坐進副駕駛座，稍微平復了一下心情。側頭往外看。

陳逾征已經不在原地。

奧特曼睡了一覺起來，外面天全黑了，也不知道是幾點，他迷迷糊糊下床，看到旁邊的陳逾征戴著耳機玩手機。

奧特曼打了個哈欠，走過去，「在看什麼呢？」

陳逾征眼也不抬：「去刷牙再跟我說話。」

「……」奧特曼被他刻薄到無語。

悻悻地去廁所刷完牙，出去，奧特曼一屁股坐在陳逾征旁邊，「唉，好睏啊，你幹什麼，沒睡覺？」

「看照片。」

「什麼照片？」

奧特曼湊上去，「噢，官方拍的啊。」

眼睜睜看著陳逾征把他自己那張挑出來，存到手機裡。奧特曼笑了一下，「你好自戀，存自己照片幹什麼？」

存完這張照片，陳逾征把手機關了，丟到一邊：「留著欣賞。」

春季總決賽後，TG每個隊員都放了半個月的假期。

OG因為贏下決賽，馬上要出國參加MSI，休整了兩三天，又重新恢復訓練。

余戈抽空和余諾出去吃了頓飯。

吃完飯，余戈看了一下時間，「我送妳回學校？」

余諾：「你晚上還要訓練嗎？」

「今天休息。」

「那我們去公園走走。」余諾拉著他，「你每天都坐在電腦面前，也不運動，很不健康。」

這個時間很多叔叔、阿姨在公園散步，晚風吹得很舒服。他們隨便聊著天。

余戈話不多，大部分時間都是余諾在說。

「對了。」余戈問，「妳在TG工作的怎麼樣。」

「啊……」余諾沒想到他會提起這件事，思考一番，給了簡單的回答，「挺好的，他們人都……很開朗。」

「開朗？」余戈眼裡的嫌棄止不住，「那個 Conquer，叫什麼？陳逾征？」

「嗯……」余諾心臟突然停了一拍，「他怎麼了？」

余戈表情淡淡的，「看起來就挺討人厭的。」

余諾：「……」

走了一陣子，余戈被路人認出來。幾個大哥拿著手機過來，問能不能拍幾張照，余諾被擠到一旁。

要簽名的人很熱情，拉著余戈聊起來，余諾找到附近的長椅坐下。

其中一人發現了她，問：「余神，帶女朋友出來啊？」

余戈簽完名回答：「我妹妹。」

「哦哦。」那人又仔細看了兩眼，由衷地讚美：「挺漂亮的，跟你長得好像。」

余諾滑著社群，習慣性打開 LPL 選手打 Call 榜。

每個現役職業選手都在這個排行榜上，按照粉絲送的獎盃來定名次。

余戈一騎絕塵，高居第一。

每天每個帳號可以免費送五個，余諾點開余戈頭像右側的送獎盃按鈕。

送到三個的時候，她的手忍不住停下，返回送獎盃頁面，又往下滑，到了中間段，才看見 TG.Conquer。

選手小頭像框裡是春季賽定妝照，陳逾征手插在褲子口袋裡，抬著下巴看鏡頭，自然而然的跩。

想到余戈的評價，余諾忍不住笑了一下，在他的頭像旁邊點兩下，把剩下的獎盃送給他。

就在這時，突然彈出一則訊息，是付以冬：『！！！』

余諾：『怎麼了？』

付以冬傳來一個網址：『我發現了一個絕世毒瘤CP話題，妳必須跟我一起快樂，太毒了，我此生沒有見過這麼毒的！』

余諾被她勾起好奇心，點開網址，直接跳到一個名字叫「征余熱門話題」的地方。

最新的第一個文章就是：「@LLL：『這都是些什麼妖魔鬼怪？還有人嗑陳逾征X余戈的CP，他們不是出了名的死對頭嗎？』」

底下留言回覆：『就是死對頭才刺激啊，相愛相殺懂嗎？我之前想了很久都沒想明白，為什麼Conquer打贏余神那麼亢奮？完了還賤嗖嗖地亮標，這是個正常人能幹出來的事？某天晚上我尋思許久，忽然福至心靈，這不就是為了在對方面前刷存在感嗎！距離太過遙遠，只能透過這種方式引起你的注意！陳逾征藏得太深，誰看了不覺得感人呢？』

余諾嘴巴微張，震驚。

這是陳逾征和她哥的CP熱門話題，看一下人數，居然還有三千多人。

余諾繼續往下翻。

@XXX：『為什麼Conquer在前面啊？余神看上去也不弱啊。』

『這你就不懂了吧，年下多香啊。不羈小狼狗高嶺之花，太絕了（不過互也不是不行）。』

『不行，我還是站 Fish，他的氣勢就很強！』

『我站 Conquer，痞子才是絕世寶藏！』

除了這些，熱門話題的精華文章裡，還有他們的各種同人圖。一張比一張沒下限，一張比一張毀節操。

除去同人圖，有一張是在成都體育館，OG贏下比賽後余戈和陳逾征握手的真人照片。兩個人都沒有看著對方。

底下配了一行字：「那一年，我贏下所有人，終於站在你面前。只為了讓你多看我一眼。」

「妳在看什麼？」

余戈的聲音從頭頂響起，余諾嚇了一跳。按掉手機，迅速藏到身後。

余戈：「……」

余諾趕緊站起來：「哥，你的粉絲走啦？」

余戈看著她一臉做賊心虛，「妳剛剛在看什麼？」

余諾：「沒什麼，是冬冬傳給我的笑話……我隨便看看。」

「什麼笑話？我看看。」

余諾：「就，不是很好笑。」

余戈：「……」

幸好他沒再追問。

余戈開車送余諾回學校。

路上，余諾過一下子就盯著余戈看。自從滑完熱門話題，她滿腦子的畫面揮之不去。

感覺已經無法直視余戈和陳逾征了……

半個月後，在粉絲的一再催促下，TG終於在社群媒體上發布選手簽約直播平臺的預告。

很快，站魚就分享了這則訊息，

@站魚遊戲直播V：『燈燈燈，TG戰隊正式入駐站魚了！五月十五號晚七點不見不散！』

同時也開了TG五個人的官方帳號。

余諾好奇，點進去看了看，除了Killer和奧特曼發了幾則和粉絲互動，其餘人只分享了一則即將直播的消息。

余諾用小號關注了他們的帳號。

十五號晚上，TG全員在站魚首次直播。站魚首頁專門給了推薦位，剛開播時人氣不算低。

Killer和Van開了鏡頭，奧特曼和湯瑪斯本來沒開，在直播間粉絲的強烈要求下，還是打開了鏡頭。

幾個大男孩們只知道玩遊戲，第一次直播，在鏡頭面前略顯拘謹，話不太多。

余戈也在這個平臺直播，余諾之前儲過值，背包裡還剩下一些禮物，各別發了一個給他們。

到陳逾征直播間，只有一個電腦桌面，他沒開鏡頭。

余諾蹲在裡面看了一下，被粉絲的熱情驚訝到。

其實人氣不算太高，但是留言滾動得特別快，幾十秒就破百則，大小禮物也不斷。

問題很多，遊戲還在登錄畫面，陳逾征隨便挑了幾個回答。

粉絲紛紛要求他開鏡頭。

陳逾征打開遊戲，正在排隊，敷衍了一句：「今天沒洗頭，不開了。」

直播間粉絲紛紛刷起來——

#陳逾征逆子#

#百善孝為先，陳逾征把鏡頭給媽媽開了！#

Conquer 征的讓人很傷心#

#再不開鏡頭，粉絲征的無法笑著活下去#

接連不斷地刷了半天，陳逾征終於打開了鏡頭，只不過小視窗裡只有手和鍵盤。

陳逾征：「看操作吧，我賣藝不賣身。」

余諾也蹲在他的直播間，忍不住笑了笑，他有時候還挺氣人的。

就在這時，粉絲注意到他的鍵盤，純黑色的，破破爛爛，QWER 幾個鍵帽甚至脫了漆。

潛伏的黑粉立刻趁機跳了出來：

『還有比陳逾征更窮的職業選手嗎？鍵盤都買不起？用這個破爛東西？』

『兄弟們，把窮給我打在螢幕上！』

『窮窮窮窮窮窮窮窮窮窮窮窮窮窮窮！』

過了不到兩分鐘，突然來了個ＩＤ叫「征的很行」的皇帝開始刷超級火箭。

一發、兩發、三發……

站魚禮物分了等級，最貴的就是兩千人民幣的超級火箭，下一檔是一千一百一十四人民幣的遊艇，然後是五百人民幣的普通火箭，一百人民幣的飛機，還有其餘幾塊錢的小禮物等等。

每一發超級火箭都有全站提醒。

這一位不知道從哪冒出來的土豪，悶頭連續不斷刷了幾十發，讓直播間人氣瞬間飆升到一千萬，許多八卦路人都進來圍觀。

留言也瘋了：

『征，你出息了。』

『陳逾征你要紅了嗎？』

『Conquer是被哪路富婆看上了？』

『還在刷，還沒停，都幾十萬了吧……』

『征，答應媽媽，拿著今晚賺的錢，去買個鍵盤吧。媽媽心疼你。』

陳逾征拿出手機傳訊息給表姐：『有錢就發紅包給我。』

表姐：『別管我』

陳逾征：『？』

表姐：『第一次直播，排面這塊要給我弟整起來？』

「征的很行」送到兩百發超級火箭才停手。

此時陳逾征直播間熱度已經排在ＬＯＬ區第一。

遊戲正式開始，房管封了幾個黑粉。

陳逾征玩起遊戲就不跟粉絲互動了，連禮物也不怎麼念。

同站一個舞蹈區的很有名的女主播也過來送了兩個超級火箭。順便表白了兩句。

陳逾征打著遊戲，直播間安靜如雞，只有遊戲聲音和鍵盤敲擊的響聲。

女主播待了一下子就走了。

之後引起一大批節奏。

直到一局遊戲結束，留言還在刷：『剛剛送你超級火箭的女主播看見了嗎？』

陳逾征隨意道：「看見了。」

『你還挺高傲，你知道人家女主播有多少粉絲嗎？』

『征，你怎麼還沒紅，大牌就先耍起來了？』

『人情世故這塊，還要粉絲教你？你怎麼像塊木頭？看見了也不知道謝別人幾句！』

陳逾征又排了一局遊戲，拿過一根菸，叼在口裡，「忘了。」

啪嗒一聲，是打火機的聲音。

『你是不是在偷偷抽菸？給大家看看，想看。』

陳逾征聲音有點輕佻：「對啊，抽菸，直播間沒辦法播，兒少不宜，別看了。」

余諾洗完澡，吃了點東西，把耳機戴上，閒著沒事，又打開陳逾征的直播間。

她看他打了一下遊戲。

想起剛剛忘記送禮物，她打開背包，剛好還剩下最後一個飛機。她隨手點出去。

粉絲還在不停留言要陳逾征露臉。

怎麼這麼久還沒停？

余諾跟著留了一句：『你怎麼不露臉？』

梁西在身後喊她，余諾轉過身，跟她講了幾句話。

過了一下子，耳機裡突然傳來陳逾征的聲音：『愛吃飯……謝謝愛吃飯的魚的飛機，』他似乎笑了一下，『謝謝老闆。』

粉絲疑惑：

『？？？？？？？？』

『陳逾征，你不對勁。』

『飛機你都謝，剛剛超級火箭不謝？』

『愛吃飯的魚是誰？老闆那麼多，你為什麼只謝她？』

余諾不知道剛剛發生了什麼事。

怎麼他隨口謝個禮物直播間也能有這麼大反應。

她有點茫然，又聽到陳逾征說，『妳再送一個，我就露臉。』

一聽他打算露臉，留言立刻爆炸，熱火朝天地刷著，刷著刷著，最底下一行小白字顯示：『用戶愛吃飯的魚已退出直播間』。

第五章　他們能被所有人看到

不知道出了什麼事，余諾宿舍的網路斷了一下。

直播卡住了。

手機自動切成4G，再進去的時候，留言全都在說：

『愛吃飯的魚老闆，再來點禮物吧！』

『怎麼可以走了！』

『征：看臉嗎？老闆：不必。』

『愛吃飯的魚老闆來了嗎？她來了，她又來了！』

余諾驚了一下，怎麼都在刷她的名字？

留言都催著她再送一個禮物。

余諾打開站魚的背包，裡面沒禮物了，只剩下一點免費的螢光棒。

她送了幾百根。

就在這時，陳逾征遊戲畫面黑了一下，系統提示他死了。

留言飄過幾句：『心亂了，手抖了？操作不起來了？』

身後，梁西湊過來，「妳在幹什麼啊？」

「嗯？」余諾把手機舉了一下，給她看：「……在看直播。」

「誰的？」梁西拿起來她的手機，看了一下，「啊，他呀，長得挺帥啊？」

余諾：「……」

手機重新回到手上。

陳逾征短髮散落在額前。他曲起手指，正在撥著鏡頭，調整一下位置，側臉全部露出來。

遊戲復活，他忙著買裝備，沒空看留言。

『求了你一晚上？你終於露臉了』

『就……挺突然的……』

『啊啊啊啊受不了受不了，眼睛好舒服，好帥，老公你好帥！』

幾分鐘過去。

陳逾征一邊清兵線，一邊說著：「愛吃魚送了什麼，沒看到。」

留言替余諾回答：『幾百個螢光棒……』

「這麼多啊？」陳逾征似有若無地「嗯」了一聲，「那等一下幫老闆加成房管。」

直播間的粉絲以為他剛來站魚不知道，紛紛跟他介紹：

『你有事嗎？大哥，這是免費禮物，不要錢的！』

『幾百個螢光棒加一個飛機就能上房管？不合適吧。』

『救命，這個愛吃魚到底是誰？』

直播間的飛機和螢光棒刷刷地送起來。

陳逾征專心打著遊戲。任由直播間變成一片飛機場，也沒再提幫誰上房管的事情。

幾天過去，余諾翻了翻日曆，發現余戈生日快到了。

她特地去諮詢了阿文，阿文推薦了幾個靈敏度和流暢度、手感各方面都比較均衡的品牌。

余諾有點選擇困難，最後千挑萬選，幫余戈在某個水果官網上訂製了一個鍵盤，準備當今年的生日禮物。

買完之後，突然一頓，想起陳逾征前幾天直播用的鍵盤。

余諾心情有些複雜，正愁他之前送的手鏈太貴。

思慮再三，她去訂了一個和余戈差不多的機械鍵盤。

到時候找機會送給他，算是補補手鏈的差價，免得她總是良心難安。

最近LPL處於休賽期，各個戰隊都在基地訓練，順便補補直播時長。余諾也跟著休假。

某天下午，余諾剛睡完午覺，向佳佳突然在聊天軟體上找她：『諾諾，妳有時間嗎，可不可以幫我個忙？』

余諾：『什麼忙？』

向佳佳：『就是，最近宣發那邊想出一個春季賽的賽事記錄片，我忙了兩天了，但是剪影片的人手不太夠，忙不過來了。上次我們去成都，好像妳也會後製？我就想到妳了！』

余諾遲疑：『可以是可以，但是我可能不是很專業……TvT』

向佳佳馬上回覆：『不要緊的！真的不好意思，麻煩妳了！』

余諾：『沒事，你們什麼時候要？』

向佳佳：『妳現在有空嗎？正好今天星期五，我們打算今天下午弄完了晚上發。』

余諾從床上爬起來，整理一下儀容。

看外面天氣，好像還行。她換了一件白色長袖，牛仔褲，叫車去TG基地。

走到基地門口，余諾腳步一頓，有一隻瘦骨嶙峋的小貓，喵喵地窩在花壇旁邊嗚咽著。

余諾的大學附近也有很多無家可歸的流浪貓。她和室友看了不忍心，總是會餵點東西給牠們。久而久之，她包包裡也習慣地放了點麵包。

余諾低頭，把麵包拿出來，在掌心碾成碎屑，蹲下身子，耐心地餵著流浪貓。

小貓咪趴在草皮上，有點怕生，齜牙咧嘴對她喵嗚了幾聲。

余諾伸出食指，試探幾番，在牠腦袋上揉了揉，嘴裡也跟著喵喵嗚嗚地哄著牠。

看著牠吃了，她又打開一瓶礦泉水，在瓶蓋裡倒了點水，給貓咪舔舐。

「喂。」

有人叫她，余諾茫然側頭。

陳逾征不知看了多久，他拿著杯咖啡，慢慢走過來，「妳在幹什麼？」

余諾從地上站起來，指給他看了一下：「我餵貓咪。」

「噢……」陳逾征垂眸，打量一下那隻醜貓。

余諾看到他就想起了一件事。她今天專門揹著平時上課用的運動雙肩包，特地用來裝鍵盤。這裡正好沒別人，余諾卸下雙肩包，把鍵盤拿出來，「對了，這個，給你。」

陳逾征沒接，「這什麼？」

「我買的鍵盤。」

陳逾征挑了挑眉，「妳買鍵盤給我幹什麼？」

「呃……」余諾怕傷到他的自尊，沉吟一下，「就是，當你給我手鏈的回禮。」

陳逾征瞧她著表情，懂了，「妳那天看我直播了？」

「我看了。」余諾說，「不是還送了禮物給你，你忘了嗎？」

陳逾征伸出右手，接過來，看了包裝盒上的商標一眼，「謝謝老闆。」

余諾趕緊說：「你別這樣叫我。」

陳逾征：「那我怎麼喊妳？」

「名字就行了。」

「愛吃魚？」

「余諾……」

陳逾征像是有點好奇，又問，「這個鍵盤多少錢？」

「不貴。」

「多少。」

余諾說了一個數：「一、兩千。」

「這還不貴？」陳逾征隨口說，「我之前都用幾百塊的。」

余諾被這句話難住，躊躇一下，斟酌地安慰著他，「沒事，你不是剛打職業嗎，我哥剛開始打職業時也是有點……」

陳逾征若有所思：「有點什麼？」

余諾覺得自己說錯話了，糾結吐出一個詞：「拮据……」

頓一頓，陳逾征恍然，「拮据？」

「不是不是，我不是這個意思。」余諾看他表情變了一下，解釋，「你還小，拮据一點是正常的……以後好好打，會賺到錢的。」

陳逾征頷首。

「所以……」余諾說，「你以後別買那麼貴的手鏈了。」

陳逾征瞇起眼睛，笑了，「手鏈啊，我貸款買的。」

「啊！」余諾被震驚了，「你貸款買的？」

她腦子裡很快出現了那些網路上貸款少年的各種不歸路。

陳逾征很淡然：「是啊，怎麼了？」

余諾急了：「不然你退了吧，我、我真的不用。」

陳逾征看著她急得像熱鍋上的螞蟻，依舊是那副漠不關心的樣子。

她憂心地拿出手機：「我查一下，這個還能退嗎？」

陳逾征滿臉探究：「妳怎麼這麼呆？說什麼妳都信。」

他們剛進去就碰到Killer。

Killer滿臉曖昧喲了一聲，「你們怎麼在一起？」

陳逾征一聲不吭，余諾說，「我們剛剛在門口碰到的。」

Killer瞅到陳逾征手上的東西，隨口問了一句：「你手上拿的是什麼？」

陳逾征唇角微微揚起：「女粉絲送的。」

余諾：「……」

TG官方晚上六點準時上傳了賽事紀錄片。

過了十幾分鐘後，又上傳了一則彩蛋。十幾張照片，除了隊員，還有領隊，以及各種幕後的工作人員。

最中間一張，被風吹動的樹下，長髮及腰的女孩微微仰頭，墊著腳，把祈願牌的紅繩綁在樹梢。

下一張是祈願牌，上面清秀的一行字跡——「希望有一天，他們能被所有人看見」。

很快，留言區都在問：『這個女孩是誰？也太有心了吧！』

官方回答：『是我們TG的工作人員哦！』

『這句話怎麼這麼感人……我也希望我愛的少年，有一天能被所有人看到。』

隨後，TG幾個人都點讚了這則官方貼文，包括陳逾征。

余諾陪著向佳佳忙完了，已經接近晚上八、九點。

剛剛下了一場小雨。基地門口的路燈壞了兩個，余諾摸著黑往前走。

前面有個臺階，下樓的時候，余諾不小心一滑，身體失去平衡，摔倒在水泥地上。

一陣鑽心的痛，余諾吃痛著，勉強地從地上爬起來。

這個時間附近沒有計程車。

她感覺兩隻腳都扭到了，蹲下身，打開手機的手電筒照著光，查看傷勢。

拉起褲子，膝蓋已經破了一大塊皮，隱隱滲出血絲，她伸出手碰了碰，有點紅腫。

余諾蹲在路邊休息了一下，一輛車停在面前，按了聲喇叭。

她抬頭。

車窗降下來，陳逾征問：「妳怎麼了？」

余諾忍著痛回答：「剛剛摔了一跤，腳好像扭了一下……。」

他拉開車門下來。

余諾想起來，腳踝又傳來陣痛，她輕輕倒抽一口冷氣。

陳逾征蹲在她身邊，打量了一下，問：「還能站起來？」

余諾勉強答：「可以……」

陳逾征把手伸出來，他彎了腰，遷就她的高度。

余諾愣了愣，咬咬牙，搭上他的手臂，借助他的力量，從地上站起來。

她小聲說了句謝謝。

黑夜裡，陳逾征的表情不太明顯，她看到他皺了皺眉，「走吧，送妳去醫院。」

這個時候的郊區，路上來往的車輛很少，陳逾征開了遠光燈。

兩邊的車窗全部降下，余諾頭髮被吹得亂飛。她緊張地抓緊安全帶。

遇到一個彎道，她深吸了一口氣，忍不住道：「你、你開慢點。」

車到一個紅綠燈前減速，停下。

陳逾征不以為意，一隻手扶著方向盤，手指緩慢地敲打著。另一隻手撐著腦袋，「怎麼？怕？」

余諾緩了口氣：「你、你能兩隻手開車嗎，我覺得有點危險。」

綠燈亮起。

他瞥到她的反應，笑了笑，踩下油門，車子又轟鳴一聲，加速。

余諾嚇了一跳，意識到他是故意的，有點崩潰，「雨天路滑，小心一點。」

車子終於慢下來。

余諾問：「你剛剛去哪了？怎麼開車回來的？」

「和朋友吃飯。」

余諾點點頭，沒再問別的，整理一下被風颳亂的頭髮，她突然想到一個很嚴肅的問題：「對了，陳逾征，你有駕照嗎？」

陳逾征開著車，回答地很理所當然：「沒有。」

余諾嚇住了，「那你這樣，不太好吧。」

陳逾征瞄她一眼：「我說什麼妳都信啊？」

余諾：「……」又是這句話。

緊張過後，她放鬆心情，靠在椅背上，開始打量車裡裝飾。

中控臺上有個很精緻的小人偶，穿著TG隊服，上面寫著Conquer。

余諾看了幾秒，欸了一聲，「這是你的車嗎？」

「不然呢。」

聽到他的回答，余諾臉色突然變得很奇怪。

她悄悄瞥了方向盤的標誌一眼，如果沒認錯的話……應該是很貴的牌子。

想到自己早上還安慰他一番，余諾有點……

陳逾征似乎知道她在想什麼，說：「貸款買的。」

余諾：「……」

不知道他是不是在諷刺她。余諾坐立難安，勉強笑了笑：「你好喜歡開玩笑……。」

陳逾征打了個方向盤，「怎麼？不信？」

「呃……」余諾硬著頭皮說，「你早上太正經了，說手鏈是貸款買的時候，我以為是真的。」

陳逾征笑了，「之前不是說了嗎？」

「什麼？」

陳逾征開著前方路況，「我沒妳想的這麼慘。」

到了醫院，醫生查看了她的傷勢，開了處方，讓她去拍個ＣＴ。

檢查結果出來，余諾的腳有輕微的骨折，左腳還好，右腳比較嚴重，不過幸好不需要打石膏。

醫生看著她，「妳這兩天就待在家裡休息，別亂動了。有沒有人照顧妳啊？」

余諾：「我還在上學，住校。」

「那妳請個假吧，這個星期最好別下床。」

兩人說著，陳逾征推門進來，拿著剛剛繳費完的單子。

醫生整理了一下桌面：「好了，跟妳男朋友回去吧。」

余諾聽到這個稱呼有點尷尬：「他不是我男朋友。」

醫生又打量他們一眼，也不在意：「哦，你們是兄妹？」

陳逾征順勢回答：「姐弟。」

醫生點點頭：「了解，帶你姐姐回去吧。這幾天別讓她亂走。」

兩人從診間出去。

陳逾征慢悠悠跟在余諾身旁，看著她有點艱難地挪動著。她兩隻腳都受傷了，根本站不穩，只能扶著牆壁借力。

陳逾征故意問：「妳還能走嗎？」

「……」余諾說：「能。」

陳逾征在前面，半蹲下來，側頭看她，「上來。」

余諾哪裡好意思，立刻擺手拒絕：「不用，我自己走吧。」

「妳想走到明天？」

雖然上次也有過肢體接觸，但那次陳逾征意識不太清楚。這次兩個人都清醒著。

陳逾征的手墊在她的大腿下，余諾臉發熱，儘量後仰了一點，減少和他的接觸面積。

陳逾征穿了外套，裡面是低領T恤，她的手腕不小心蹭到他的鎖骨。余諾不太自在，手往回縮了縮。

陳逾征把她往上顛了一下，「別亂動，要掉下去了。」

余諾不敢再碰他，雙手交叉，騰空勾在他脖子前，也沒個著力點，其實她也有點吃力。

地下車庫很安靜，兩人近的呼吸可聞。余諾望著他的側臉，擔心地問，「我是不是很重？」

「確實有點。」

「……」她被他噎得沒話講。

余諾想起一件事：「對了，剛剛的醫藥費多少？我等會轉給你吧。」

「不用了。」陳逾征停下腳步，「有空去我直播間送兩個禮物。」

余諾：「……」

他騰出一隻手，準備摸鑰匙。

余諾的腿根本不敢用力夾著他的腰，他手一鬆，她立刻垮了，差點掉下去。

陳逾征好不容易接住她，側了側頭：「幫我拿一下鑰匙。」

「在哪？」

「上衣口袋，左邊。」

余諾往下瞄了瞄，伸著手摸，他的口袋有點大，她費力地找了一下。

陳逾征懶洋洋地喊了她一聲，「姐姐。」

余諾動作一頓，驚覺自己的手在一個尷尬的位置。

她剛想移開，聽到他問——「妳在摸哪呢？」

余諾一僵。指尖觸到鑰匙，她立刻拿出來，跟他道歉：「對不起、對不起，我不是故意的。」

說完，余諾根本不敢看他表情，臉、脖子、耳後根都在發熱。她在心裡不停提醒自己，老天爺……他才十九歲，才十九歲……

車門拉開，陳逾征把她放上去。

倒車的時候，陳逾征看了後視鏡一眼，「妳的臉怎麼這麼紅？」

「是嗎？」余諾有點窘，「可能……是因為熱。」

「幫妳開個空調降降溫？」

他的好心讓余諾更加窘迫：「不用了。」

車開出停車場，陳逾征問，「妳住哪，送妳回去。」

「住學校。」余諾拿出手機看了看時間，已經過了十二點，「不過門禁已經過了。」

「那妳去哪，開房間？」

余諾：「……」

也不知道為什麼，聽他說話，總覺得哪裡不太對勁。

她翻了翻包，又摸了摸身上，長嘆口氣：「我沒帶身分證。」

家裡的鑰匙也放在學校，余諾一時間不知道該怎麼辦。

車停在路邊，陳逾征等著她。余諾有點不好意思，她想了想，「不然你先回去，把我放在路邊就行了。」

陳逾征：「妳要爬回去？」

余諾：「……我可以叫車。」

陳逾征提醒她：「妳的手機響了。」

「啊？」余諾低頭一看，手機螢幕亮著光。不知道什麼時候靜音了，她看到來電顯示，立刻接起來：「喂，哥？」

余戈語氣有點凶：『妳去哪了？打電話也不接。』

短暫的安靜。余諾心一跳，壓低聲音：「我剛剛手機靜音了，沒看到。」

『妳不在學校？』

「什麼？」

『我剛剛打電話給妳室友，她們說妳還沒回去，你去幹什麼了？』

余諾忐忑地解釋：「我剛剛不小心摔了一跤，去醫院了。」

『哪個醫院，我過去接妳。』余戈想到什麼，『摔得嚴重嗎？只有妳一個人？』

「嗯……」余諾看了陳逾征一眼，「還有一個。」

『誰？』

陳逾征輕描淡寫：「妳哥啊？」

余諾默默點點頭。

電話裡，余戈問：『男的？』

余諾很心虛：「就是……那個，陳逾征……你認識吧？」

電話那頭安靜了一分鐘。

『妳說呢？』余戈冷笑：『在哪，我去接妳。』

陳逾征看她接電話乖乖的樣子，有點好笑：「怎麼說，把妳送到妳哥那裡？」

余諾點點頭，詢問余戈：「哥，我今晚能到你們基地住一下嗎？學校進不去了。」

等了一下，她說：「好……我到了傳訊息給你。」

後知後覺地，腳又開始有點痛。

察覺到車裡過於安靜，余諾又看了時間一眼，找了個話題：「都這麼晚了，今天……麻煩你了。」

陳逾征：「順手。」

余諾是那種很怕麻煩別人的性子，也不愛欠人情，「等我好了……請你吃飯。」

到了目的地，車停下。余諾還在傳訊息給余戈，副駕座的車門突然被拉開。

陳逾征撐著車門，低下頭，問：「妳哥在哪？」

余諾舉了舉手機：「我正在問。」

陳逾征剛想把余諾扶下車，肩膀被人拍了拍，他轉過頭。

余戈淡淡的：「讓開。」

陳逾征：「……」

余諾喊了一聲哥。

余戈彎腰，蹙眉，打量一下她腳上纏的繃帶，把她從車裡打橫抱起來。

她細瘦白淨的手臂順勢樓上余戈的脖子。

陳逾征靠著車邊，從口袋裡摸了根菸出來，嫻熟地點上。

余戈頓了頓，聲音冷冰冰，對他說：「謝謝。」

陳逾征眼睛微微抬起：「不用謝。」

時間也不早了，余諾囑咐他：「你早點回去休息，路上開車小心。」

余戈抱著余諾往回走，後面有人喊了一聲，余諾立馬轉頭。

車停下，陳逾征夾著菸的手遞出一個袋子，「妳的藥忘了拿了。」

余諾匆匆掃了一眼，對他說：「謝謝。」

陳逾征似笑非笑：「那我走了啊，姐姐。」

說完，也不等兩人反應。車子一下子開出去老遠，只剩下車尾氣噴了余戈一臉。

很久的沉默，余戈「嗤」了一聲，問：「他叫妳什麼？」

余諾頭皮發麻，很快道：「只是……喊著玩的。」

「姐姐？」

余諾：「……」

余戈：「他是不是有什麼毛病。」

余戈幫余諾請了幾天的假，讓她留在基地。

臨近畢業論文交稿，余戈去學校幫她拿了筆電，順便拿了幾件衣服和日常用品。

余諾拿到東西，翻了翻，躺在床上，哭笑不得：「哥……你沒有拿電腦的充電線。」

余戈：「……」

他們就要出國打比賽，最近訓練也很緊張。余諾不想再麻煩他跑一趟：「算了，沒事，應該還有點電，我把之前的稿子轉到手機上。」

她問：「對了，你們基地還有空電腦能借我用嗎？」

「有。」

余諾：「好。」

又躺了兩天，她終於能下床了。不過行動不是很方便，需要拄著拐杖。

下床第一件事，余諾洗了個頭。

基地開著中央空調，有點冷，她隨便披了一件外套，頭髮就這麼半乾披在肩上。

一隊和二隊平時訓練的地方不同，余戈他們一般是晚上十一點左右訓練。

下午空出來的電腦很多，余諾趁著沒人，用一下余戈的電腦，打開畢業論文的檔案開始修改。

OG基地有一隻布偶貓叫咪咪，很喜歡余諾。她稿子改著改著，咪咪跳到她的腿上。

余諾摸了摸牠的背。

下午五點多，Will走進來。他「欸」了一聲，「妹妹，妳怎麼在這？」

「我寫畢業論文。」余諾看著他，「你們今天這麼早就開始訓練嗎？」

「不是，我今天要補一下直播時長。」Will 笑了笑，「不然要扣薪水。」

余諾了然點點頭。

Will 開電腦前問她：「等一下我要打個水友賽，妳要不要戴個耳機？我怕到時候吵到妳。」

「沒關係。」余諾說：「你忙你的，不用管我。」

站魚星期六辦了一個明星職業選手對抗賽，為了話題度，特地邀請了TG和OG的幾位職業選手。剩下的就是其他分部熱度比較高的大主播。一共有三場，參與的人很多，有「絕地求生」遊戲的，還有舞蹈唱歌區的一姐、二姐。

因為最近OG全員都停播在專心訓練，粉絲許久沒見到他們，Will一開播人氣就很高。

他隨便排了幾局，跟留言聊著天，直播開了鏡頭，粉絲很快注意到只有一個背影的余諾。

『基地怎麼還有個女孩子？』

『誰，是誰，誰坐在余神的位子上，我沒看錯吧，還是個長頭髮，女的？』

Will 笑得很溫柔，解釋：「她是 Fish 的妹妹。」

余戈的社群帳號沒關注余諾，但粉他們比較久的都知道余戈有個妹妹，只是不知道長什麼模樣，也不知道是誰。留言問了一下之後就安靜了。

余諾寫著論文，有點卡住。她發了一下呆，推了一下桌子，艱難地拿到旁邊的拐杖，準備去倒杯水。

Will 喊住她：「妳要幹什麼？」

余諾蹦蹦跳跳，停住，回答他：「我去倒杯水。」

她不知道 Will 開了鏡頭，直接轉過頭跟他講話，也沒避嫌。

Will 站起身：「坐著吧，我幫妳。」

他去旁邊飲水機倒了杯溫水給她。

余諾接過，說了聲謝謝。

Will 習慣性摸了摸她的頭，交代：「有什麼事就叫我。」

余諾乖乖點頭。

他們的互動全部落在粉絲眼裡，等 Will 坐到位子上，直播間瘋狂地打著一排排問號：

『這還是我認識的 Will？你這個壞蛋，什麼時候這麼溫柔過！』

『Will 直說，你是不是想認 Fish 當大舅哥？』

『Fish，危！』

『余戈拔刀吧，OG上路AD，決裂就在今晚！』

奧特曼還是個新手，第一次參加這種線上活動。之前比賽交手過幾次，但由於奧特曼跟著陳逾征走下，對 Will 的路數也不是太清楚。知道 Will 等一下也要參加，於是偷偷摸摸地開了小號，去他直播間看看底細。

此時 Will 直播間全是愛心，紅的黃的綠的，滾個不停。

奧特曼蹲了一陣子，像發現了什麼不得了的驚天大八卦，叫了一下：「什麼？Will 和余戈妹妹談戀愛了？」

「余戈妹妹……」Killer 從電腦前轉頭，興高采烈：「余諾？他們？不可能吧！」

奧特曼：「我不知道啊，我看 Will 直播間都在說。」

Killer 看了看陳逾征，幽幽道：「那個 Will 是余諾男朋友？」

「不清楚……」奧特曼又觀察了一下，「好像是粉絲在開玩笑？」

比賽晚上七點正式開始。

大家提前進入官方的語音頻道，每支隊伍都帶了同站的三個主播。還專門請了兩個解說。

第一場，紅色方戰隊是TG的兩個人，陳逾征加奧特曼，上次送禮物給陳逾征的女主播也在。

藍色戰隊是 Will 和 Roy。

開始前，大家都在各自的語音頻道聊了一下天。

為了節目效果，幾個人的話都多，語音裡一片歡聲笑語。

隊伍裡只有一個女孩，一個男主播問：「欸，齊齊，妳怎麼不講話？」

齊齊聲音很柔：「嗯……第一次和職業選手打比賽，有點緊張。」

奧特曼立刻安慰：「別緊張別緊張，大家都是隨便玩的。」

男主播也說：「Ultraman 和 Conquer 都很秀，等下抱著他們大腿就行了。」

齊齊：「啊……我知道，有看過他們比賽，我是粉絲。」

男主播繼續閒聊：「咦，妳還是TG粉絲？有特別喜歡的選手嗎，在不在啊，今天剛好要個簽名吧。」

齊齊笑了笑，配合地說：「有啊，他今天在。」

直播間粉絲記得她上次送過超級火箭給陳逾征，看著他還不主動，紛紛恨鐵不成鋼：

『都暗示到這個地步了，Conquer 怎麼還不給點反應？裝起來了？』

『陳逾征，收起你的高傲，就是今晚，簽一千張簽名送到齊齊家！』

奧特曼打了個圓場，主動問：「妳是喜歡 Conquer 嗎？」

齊齊委婉道：「嗯，他挺厲害的。」

男主播採訪另一個當事人：「Conquer 怎麼說？」

「什麼？」陳逾征「哦」了一聲，「謝謝。」

語音裡一片令人尷尬的沉默。

奧特曼關上麥，催促身邊的人：「你倒是多講兩句啊！」

看見陳逾征那張沒什麼表情的臉，他問：「你今天怎麼了，心情不好？」

齊齊遲疑著問：「怎麼大家都不說話了？」

奧特曼連忙道：「Conquer 他害羞呢。」

重新恢復歡笑，男主播調侃：「畢竟被美女當面表白，能理解能理解。」

遊戲開始，進入選人階段。

齊齊打輔助，跟著AD走下路，選英雄的時候專門問了陳逾征：「我玩什麼英雄呀？」

陳逾征：「隨便玩。」

男主播選了一個狐狸打中路，另一個人選了武器大師打上路。倒數第二個，輪到陳逾征，他秒鎖下獅子狗。

奧特曼疑惑：「你玩打野？」

陳逾征「嗯」了一聲。

因為是娛樂賽，又有業餘主播參加，大家都是隨便選的位子。奧特曼也沒說什麼，選了個盧錫安打AD。

此時留言：『Conquer 真的好直男……好好的機會不帶女孩子，跑去打野？這個寡王，注孤生。』

遊戲開始。

風平浪靜地進行了幾分鐘，Will 玩了一個發條走中路。對面是熟人，Will 玩的很隨意，甚至空藍的時候還上去騷了幾波，跳了個舞。

這場遊戲的平靜終止於第八分鐘。

Will 剛剛把兵線帶到對方塔下，殘忍的一幕出現了。

一隻獅子狗突然從草裡跳出來，直接E上去，接一發平A，Will 當場去世。

這只是一個開始。

接下來十分鐘裡，Will 戰績直接從一比零變成一比五。被抓崩幾次之後，他終於忍不住，在公共頻道打了個問號：『大兄弟，你有事嗎？』

問號傳過去，螢幕又黑了。

系統顯示：你已被擊殺

Cyzzzz 已經無人能擋了！

陳逾征針對的實在太過明顯，連解說都好奇：「Will 是哪裡得罪了 Conquer？」

留言：『可能是愛過。』

一整局，Will 全場黑白遊戲，被殺到崩潰。

基地門口只剩下光禿禿的水晶，Will 攢錢買了個金身。還沒走出家門口。空中又冒出一隻攢滿怒氣的獅子狗，出現的一瞬間，留言都在提醒「前方高能，速速撤退！」，Will 還沒來得及按出金身，螢幕又黑了。

節目效果爆炸，全直播間粉絲都在心疼 Will。

『Conquer 來了，他來了，他殺瘋了』

『Conquer：沒想到吧，又是我。』

『陳逾征今天怎麼這麼殘暴？要幫 Will 戒網癮？』

Will 玩不下去，回到泉水掛機，直接發起投降，「我點了，兄弟們，別折磨我了。」

然而紅色方隊伍並沒有沒什麼人性，等超級兵全部湧上高地，也不點最後的水晶。紛紛守在泉水門口，等待他們復活再虐殺一波。

基地被點爆的前一秒，解說笑了：「Conquer 什麼意思啊，他對著 Will 亮了兩條魚的圖示？」

『這個標是兩條魚，是我想歪了嗎？Conquer 這是在挑釁 Fish ？』

『不是，這個人為什麼能這麼囂張？又又又又亮標，太沒品了！』

『Conquer 真的好毒瘤啊，早點滾出 LPL！』

就連反射弧格外長的奧特曼都發覺了絲絲的不對勁，遊戲結束，他關了自由麥，憋了很久，還是問：「大哥，你是什麼意思啊？這麼針對 Will，找罵嗎？」

陳逾征沒回應。

Killer 圍觀了全場，陰陽怪氣地叫：「急了急了急了，陳逾征他急了。」

「什麼急了？」

「你說呢？」Killer 提示他，「你以為他為什麼要亮標？」

奧特曼大驚：「難道是在嘲諷 Fish 和他隊友都是個廢物？」

Killer：「……」

「你是傻子嗎？」奧特曼下樓去拿奶茶。

Killer 略微沉吟，八卦兮兮壓低聲音，問旁邊的人：「你真對余戈妹妹有意思啊？」

「什麼？」

「別跟我裝傻。」

他聲音平淡，否認：「沒啊。」

「那你瘋狂抓 Will 幹什麼？」

陳逾征漫不經心：「殺著好玩。」

Killer：「……」

雖然只是一場站魚舉辦的娛樂賽，但 Will 和 OG 的粉絲還是氣到不行。抓個一兩次就算了，全場抓這不是故意不讓人玩遊戲嗎？兩家本來已經平息的戰火重新被挑起，比賽打完，社群媒體上一片罵聲。

陳逾征人還沒紅，就被罵上了兩次熱搜。

上一次是聲勢浩大的 Conquer 滾出 LPL，這次是鋪天蓋地的嘲諷：

『欸，某人決賽打不過，水友賽來洩憤了？可笑可笑。』

『舒服了舒服了，看到 Will 被殺穿，一堆 OG 粉絲跳腳，像小丑一樣，舒服了舒服了。』

於是，兩家粉絲又互嗆了兩小時。與此同時，某個不可告人的熱門話題歡天喜地。

『嗑到了嗚嗚，征余是真的。』

『兩極無儀這麼冷門的圖示都能找出來？征的走心了。』

余諾不知道發生了什麼。

忙完了，躺在床上滑了下社群軟體，她倒也沒太在意，隨便看了看就關了。

待在基地的日子還挺熱鬧，余諾閒著也是閒著，平時就幫基地阿姨做飯煲湯，她從小就喜歡在廚房待著，除了做飯，還會做一點自製小零食。

阿文被養得十分滿足，飯後跟余戈感嘆：「Fish，你說你這麼好的妹妹，以後會便宜哪個人啊？我建議你乾脆這樣，我們就在 OG 搞個招親大會，王者榮耀和絕地求生分部的都找來，我們好好挑選一下妹夫，肥水不流外人田嘛你說是不是？」

余戈一如既往的冰山臉，用「你在放什麼屁」的眼神瞥了瞥阿文，不接話。

Roy 感嘆兩聲：「他應該想著讓妹妹一輩子不嫁人最好了。」

「怎麼？」余戈淡淡反問，「我有錢養她，為什麼要嫁人？」

阿文：「……」

Will：「……憐愛一秒你未來的妹夫。」

又過了幾天，OG統一讓一隊的人放了假，讓他們好好休息一天。後天準備出國參加今年的英雄聯盟季中邀請賽。

余諾的腳恢復一些了，也不好繼續待下去，打算明天回學校。

晚上收拾行李的時候，她突然想到一件事，打開陳逾征的聊天室，打了幾個字，又刪除。

十分鐘之後，終於傳過去：『你睡了嗎？』

隔了半個小時，那邊回：『沒有。』

余諾遲疑著，又打下一段話：『上次不是說好請你吃飯嗎……你明天有時間嗎？』

Conquer：『沒有。』

余諾：『那，後天？』

Conquer：『也沒有。』

余諾就算是個傻子也感受到了陳逾征的敷衍，心裡想著，他可能懶得跟她出來吃飯。

她考慮了一下，很識趣地說：『好，我知道啦，你什麼時候有空，通知一下就好。』

傳過去之後，對方顯示正在輸入中，但很久都沒回。

手機放在旁邊，余諾等著等著就睡著了。第二天，早上起床，她睡眼惺忪地去廁所刷牙。拿起手機的時候，發現陳逾征凌晨三、四點回了：『明天。』

余戈臨時被一家自媒體拉去做採訪，託 Will 送余諾回學校。

Will 開車送余諾回學校，陪她把東西放到寢室。

他閒著沒事，詢問余諾：「妹妹，妳帶我在學校逛逛吧？」

Will 高中畢業就沒上學了，一直打職業到現在，所以對大學有種莫名的嚮往。

余諾看了手機一眼，跟陳逾征約好吃飯的時間還早，便答應，「好，不過我可能走得有點慢。」

Will 又揉了揉她的頭，「沒事，慢慢走，我配合妳。」

今天是週末，學校路上來往的學生很多。

余諾帶著他在學生餐廳、教學大樓和操場附近逛了逛。路上還偶遇幾個男生，是 OG 的粉絲，跑上前跟 Will 要簽名。

余諾習慣性走在左邊，隨口跟他介紹著學校的一些建築。

「你想喝東西嗎？」到一家飲料店門口，余諾指了指：「這是我和我室友平時最愛喝的一家。」

Will 答應。

走到點單檯前，余諾問他：「你想喝什麼？」

「跟妳一樣的。」

他們拿著奶茶又逛了一陣子，Will問：「時間也不早了，我請妳吃個晚飯？」

余諾「啊」了一聲，有點不好意思：「我等會約了人。」

Will笑笑：「沒關係，那我送妳去吧，你們約在哪？」

和陳逾征約的地方在一家商業大樓的星巴克門口。

Will停好車，坐著陪余諾等了一下，兩人隨便聊著天，余諾看了看錶，四點半。

Will忽然遞過一個耳機，「妹妹，給妳看一個影片，超好笑。」

余諾：「什麼？」

她剛想戴上，Will想起什麼，體貼地把右邊的耳機換給她，「等一下，妳用這邊。」

余諾愣了愣，「謝謝。」

是遊戲Youtuber上傳的超級瑪利歐的遊戲影片，余諾陪著Will看了一下，桌沿突然被敲了敲。

余諾側頭，安靜幾秒。

陳逾征挑眉，看到桌上兩杯一模一樣的飲料並排擺著，他和Will對視一眼，問余諾：「怎麼，打擾到你們了？」

「啊……」余諾連忙站起來，「我們在等你。」

「……」陳逾征恍然，「三個人吃飯？」

察覺到冷場，Will關掉手機，替余諾回答：「我不跟你們吃。」

他和陳逾征認識，但也沒熟到能一起吃飯的地步。

Will跟陳逾征打了個招呼，又囑咐了余諾兩句，拿上車鑰匙，走人。

從咖啡店出來，余諾跟在陳逾征身邊，問：「我們吃什麼？」

他看著前面，漫不經心：「不知道啊。」

余諾小心地觀察了一下他的臉色：「你不舒服嗎？」

「還好。」

余諾翻了翻美食外送軟體，她傷剛好，走路也走的不快。低頭查了一下手機，再抬頭，陳逾征似乎也沒什麼等人的自覺，獨自走出去很遠。她小跑跟上去，把剛剛找出來的幾家，遞給陳逾征，「那個，你看看。」

他接過去，快速滑了一番，把手機扔給她，「沒什麼胃口。」

余諾慌忙小心接住手機：「那你想吃什麼？」

「不知道。」

余諾好脾氣地繼續問：「那我再找找看？」

陳逾征沒說話。

又沉默著走了一段路，余諾忽然意識到，他今天似乎……心情不太好？難道是前幾天又被罵了一頓的原因？

她翻開美食評論網站，心裡默默思考著，聽到陳逾征說：「今天不想吃了。」

余諾：「？」

陳逾征不知道怎麼了，好像心情很差。話少疏離和前兩天逗她的樣子判若兩人。

他自始至終都沒看過她一眼，「我還有點事，妳回去吧。」

「……」余諾被他冷漠得有些無所適從：「你不是都出來了？」

陳逾征敷衍地「嗯」了一聲。

之前還只是猜測，余諾現在終於肯定了。

陳逾征不知道被誰惹了，她剛好撞到槍口上，成為替死鬼，在這裡當他的出氣筒。

余諾把手機收進口袋，停下腳步，問他：「那好吧，你今天不想吃的話，我就先回學校了？」

陳逾征瞥了她一眼，余諾和往日一樣，很平靜溫和的模樣，也沒多糾纏，等著回答。

他走了。

余諾：「……」

剛剛至少還給她點反應，現在就這麼無視她……走了？走了？

電光火石間，余諾忽然想——難道是因為Will？

細細一思考，越想越覺得有可能。

前兩天他剛剛因為Will被網路上的人罵了，今天她還帶著Will來跟陳逾征見面……

完了……肯定是因為Will，怪不得他臉色那麼臭。

余諾在心裡暗罵自己，她情商真的太低了。

她原地發呆的時間，陳逾征已經走了很遠。

余諾連忙跟上去，小跑起來，腳有點痛，她皺了皺臉，喊了一聲：「陳逾征！」

他聽到了，頓了頓，沒回頭，又繼續往前走。

余諾又喊了一聲：「你等等我。」

她跑上去，連忙攔住他，道歉，「對不起啊……」

陳逾征停住腳步：「什麼？」

陳逾征：「……」

「你……」她脫口而出，「你是不是因為 Will 心情不好？」

見他不講話，余諾更加肯定了自己的猜測，「那個，我沒考慮你的感受，真的對不起。我忘記你前兩天被罵的事了……」

陳逾征：「？」

「抱歉抱歉。」

陳逾征打量她一下，「妳說什麼？」

余諾沉浸在內疚裡，沒注意到他奇怪的表情。她想了個辦法，試圖挽回一下：「你不想去餐廳的話，或者……有沒有喜歡的菜想吃？我要是會的話，可以幫你做……」

沉默良久，陳逾征收回視線，「走吧。」

余諾：「嗯？去哪？」

陳逾征聲音很淡然：「回基地。」

他看她一眼：「妳不是要做飯？」

「哦哦，是的是的。」余諾趕忙答應。

ＴＧ旁邊有個沃爾瑪超市，陳逾征把車停到附近。

余諾解開安全帶，問他：「你要逛超市？」

「妳不買菜？」

余諾默了默，「買菜去超市？」

陳逾征完全沒覺得有什麼不對：「不然去哪？」

余諾告訴這位不食人間煙火的少年，「當然是菜市場。」

「……」

逛菜市場的路上，余諾跟他介紹：「超市的很多東西都不新鮮，然後價格還貴，很坑人的。」

陳逾征看著腳下泥濘的路，旁邊雞飛狗叫，空氣中彌漫著一股難以言喻的味道。他停住腳步，蹙眉，「姐姐，這裡好髒。」

「……」她已然認命地接受了這個奇怪的稱呼，隨口安慰他，「菜市場都是這樣的，不然你先出去，在車上等我？」

「算了。」

余諾詢問他平時吃什麼，有沒有什麼忌口，陳逾征漫不經心地回她。

他好像心情比剛剛好了一點……余諾心裡鬆了口氣。

她停在一個攤販前，蹲下來挑豆角，仔細選了半天後，問老闆娘多少錢，老闆娘說了個價。

余諾沉吟一下，「是不是有點貴了？」

「哪裡貴，我們現在都是這個價。」

余諾不甘心地嘀咕：「上個星期買還便宜一塊多呢。」

兩人講了一下價，老闆娘鬆口，單價便宜了他們五毛。余諾開心地把豆角裝進塑膠袋。

陳逾征幫她拿著，「沒看出來，妳還挺能說。」

余諾講價成功，眼裡亮亮的，「小時候我和我哥出來買菜，別人說多少他就付多少，後來都是我來講。這是我的一項技能。」

「妳爸媽呢？讓你們買菜？」

余諾沉默，笑容褪去，沒說太多：「我爸媽在我很小的時候就離婚了。」

沉默地走了一段路，陳逾征咳了一聲，「那什麼，不好意思。」

「沒關係。」余諾說，「都是很久以前的事情了。」

平時日夜顛倒的電競少年，到晚上七、八點才起來。

Killer 一下樓就聞到一股濃郁的雞湯味，他深吸了一口，循著味跑去餐廳，嘴裡嚷嚷著，「哇哦，今天吃大餐啊！」

最近基地阿姨放假，他們連吃了一個星期外賣，都有點受不了。

一推開門，Killer 看到一桌子殘羹冷飯，心痛道：「陳逾征，開小灶不喊上兄弟們？」

陳逾征靠在椅子上，「關你什麼事？趕緊滾。」

Killer 被他氣到無語：「你、你……」

兩人正說著，余諾戴著隔熱手套，端了一鍋湯出來。

Killer看到她一愣，「妳怎麼在這？」

他反應了兩秒，又指了指陳逾征：「你們……」

余諾把湯放在桌上：「你醒了？正好煲了一點湯，你要嚐嚐嗎？」

Killer咽了咽口水，看到陳逾征的表情，他識相道：「不喝了，等一下我點外賣吧。」

余諾說，「不然我再做一頓給你們？反正等一下沒事，剛剛買了挺多菜的。」

Killer掙扎幾秒，忍痛拒絕，很有眼力的把門給他們帶上：「不用了，不用，你們聊，我先撤了。」

余諾脫下圍裙，坐在旁邊，看陳逾征喝湯，她試探地問：「味道怎麼樣？」

「還可以。」

「……」

余諾煮了不少湯，兩個人喝不完。想著等會TG的人全都起了，還能給他們喝一點。

她起身，又跑去廚房，重新打開火，把湯溫著。

余諾胃口小，剛剛吃幾口就飽了。她想了想，撈出剛剛泡在鹽水裡的柚子。

用刀把柚子切開，剝下柚子皮。

「妳在幹什麼？」

余諾分神回頭，陳逾征抱著手，靠在牆邊，看著她忙。

余諾移開視線：「幫你們做點柚子糖。」

她擠乾柚子的水份，把它們從水裡撈出來，放到加了白糖的鍋裡。

等糖汁收乾還要一小時。

余諾等著也沒事，問陳逾征，「你下午是不是生氣了？」

陳逾征很坦然：「是啊。」

「……」

廚房的燈是暖色調的，余諾頭髮綁起來，只有幾縷碎髮垂在頰邊。她手裡拿著鏟子，翻攪著鍋裡的柚子皮。

安靜了一下，陳逾征盯著她：「姐姐，妳和我吃飯，帶另一個男人，不覺得哪裡不對嗎？」

余諾愣了一下。

沒品出來他的深意，以為他還在說他跟 Will 有矛盾這件事。她老老實實承認錯誤，「對不起。」

陳逾征直起身。

余諾喊住他：「你要去哪裡？」

「抽根菸。」

凌晨三點，TG基地燈火通明。

剛剛訓練完，奧特曼遊蕩進廚房，拉開冰箱的門，忽然注意到角落裡一罐柚子糖。

他拿了幾瓶可樂，把糖也順手帶了上去。

訓練室裡，其餘幾個人還在打 Rank，陳逾征雙腿交疊，搭在桌沿邊，玩著手機。

「誰買的柚子糖啊，好好吃哦。」奥特曼抱著玻璃罐，嘴裡還嚼著，「你們要不要來點？」

陳逾征餘光掃到那罐糖，收起手機，對奥特曼伸手：「我的，拿來。」

奥特曼：「你怎麼這麼小氣，吃兩顆怎麼了？」

Killer「哟哟哟」幾聲，「這可是余諾做的，經過 Conquer 同意了嗎？不懂得讀空氣，趕快放下！」

奥特曼把玻璃罐丟到陳逾征身上，「好好好，你的你的，都給你。」

Van 突然說：「這個柚子糖我怎麼有點眼熟啊？」

其他人聲音消失，都看著他。

Van 翻著手機，一拍大腿：「找到了，這不是 Will 前兩天網路上發過的糖嗎！」

剛往嘴裡丟了一顆柚子糖的陳逾征動作頓住。

Killer 反應過來，有些心疼地問：「征，你還好嗎？心碎了嗎？還撐得住嗎？嘴裡的糖是不是瞬間苦澀了？」

這次ＭＳＩ（英雄聯盟季中邀請賽）的地點在歐洲，一共六支隊伍，分別是來自各個賽區的冠軍隊伍，賽程大概在半個月左右。

緊接著還有一個洲際賽，也是官方舉辦的國際賽事。亞洲的洲際對抗賽有三個賽區，韓國LCK，中國大陸LPL，港澳臺LMS。這次LPL去參加的是春季準決賽的四支隊伍，OG、TG、WR、YLD。

等OG的MSI打完，就要收拾行囊去打洲際賽。時間只有半個多月，很緊湊，其餘三支隊伍也開始集訓。

TG每個人的體檢報告余諾都看了好幾遍，把每個人的食譜寫下來，傳給小應，讓他列印出來交給基地阿姨。

奧特曼貧血，陳逾征低血糖，余諾特地在聊天軟體上單獨傳了幾條注意事項給他們。

奧特曼：『謝謝。』

余諾回了他一個揉臉的貓咪貼圖。

過了很久，陳逾征回了一個：『1。』

余諾特地去網路上查了一下：『回覆1是什麼意思？』

網路答案：1的羅馬拚音是yi，也是英文yes的首字母，表示肯定、同意、知道、好的。

她沉默一下。

他還挺高冷的。

前段時間某個動漫祭的照片出來，余諾把照片整理了一下，上傳到長草的網路帳號上。

她平時不怎麼營業，cos 的人物都是冷門的日漫，風格比較保守，留言和點讚的人數都很少。

發文大概半個小時後，底下有人留言了一句：『TG.Killer：@ TG.Conquer』

余諾有種偽裝掉落的羞恥，他@陳逾征幹什麼……

她趕緊翻了翻自己上傳的九宮格照片，看有沒有什麼不妥。

社群軟體提示 Killer 剛剛關注她。余諾回關就收到 Killer 的訊息。

Killer：『諾姐，什麼時候再來我們基地做飯吧？』

最近是流行起叫姐姐了嗎？

余諾哭笑不得，回過去：『叫我名字就行了，你怎麼知道我帳號的？囧。』

Killer：『妳不是愛吃魚嗎？之前妳轉錢給 Conquer，我們全基地都知道了。』

余諾：『這樣……（捂臉）。』

Killer：『能不能問妳一個問題啊？』

余諾：『什麼？』

Killer 嘖了一聲，喊陳逾征：「要不要幫你問啊？」

「什麼？」

「你不是想知道那個 Will 跟余諾是什麼關係嗎？」

陳逾征連眼皮都沒抬一下，噠噠噠地點著滑鼠，「我什麼時候想的？」

Killer 一眼看穿他的逞強：「你不想？」

陳逾征被他惹得有點煩，把遊戲的聲音調大了點，「閉嘴，別吵。」

Killer 哼哼兩聲，摸了摸鼻子，回覆余諾：『沒什麼』

一局比賽結束，陳逾征摘掉耳機。Killer 已經開始準備排位。

陳逾征起身，去裝了杯水，路過 Killer 的時候，問了一句：「怎麼說？」

「什麼怎麼說？」

陳逾征：「你說呢？」

Killer 回過味來，無辜道：「你不是不想知道嗎？」

陳逾征：「……」

Killer 恨恨地呸呸兩聲，「晚了。」

「什麼意思？」

Killer 開始瞎編，「我問，『妳跟 Will 什麼關係啊？』人家女孩子可羞澀了，也不說話，只發了一個貼圖，還帶粉色愛心的，這肯定是有點問題。」

「什麼貼圖，我看看。」

「你想的倒天真。」

陳逾征把水杯放到桌上，把 Killer 的手機拿起來，「密碼。」

Killer 跳起來想搶。

陳逾征耐心耗盡，側了側身：「快點。」

Van 看著他們鬧，磕了把瓜子，茫然道：「什麼事啊？這麼熱鬧。」

Killer 被陳逾征卡著喉嚨，掙扎著：「陳逾征惱羞成怒要殺人滅口了，救救我，快救救我。」

奧特曼在單排，被吵到玩不下遊戲，大叫：「Killer 手機密碼就是一二三四五六。」

Killer 癱回椅子上，不甘心地喃喃：「你這是侵犯公民隱私權！你有本事，就別那麼膽小，自己去問啊！」

陳逾征看他一眼，壓著火，他打開手機，找到余諾，翻了翻他們之前的聊天記錄。

來來回回滑了幾遍，發現被人耍了。

Killer 笑瘋了：「哈哈哈哈哈哈哈哈，活該，要你裝，你再裝！」

付以冬出差回來，拉余諾出去吃了頓飯。她最近甩了前男友，又新交了一個，連吃飯的時候都在親暱。

余諾在她對面專注地吃著飯。

付以冬和男友聊完，關掉手機，打量了她一下，「諾諾？」

余諾：「嗯？」

「妳幾歲了？」

「二十二呀。」

付以冬一拍桌：「二十二了，還沒有男朋友，這像話嗎？」

余諾無奈：「不是還挺小……」

「最近有沒有看上的？」

余諾仔細想了想，搖搖頭。

付以冬一眼看穿她的遲疑，「是不是有喜歡的了？」

余諾：「真的沒有。」

「好吧……」付以冬嘆息，「等一下傳給妳幾個聯絡帳號，以妳這個呆樣，再單身十年都找不到男人。」

余諾頓了頓，似乎也有個人說過，她很呆……她夾了個蛋塞進嘴裡，「妳怎麼突然關心起我的感情生活了。」

「那有沒有人撩妳？」

余諾：「什麼樣叫撩？」

「就是，經常主動傳訊息給妳，約妳吃飯，送小禮物給妳，約妳幹什麼之類的……」

「啊？」

付以冬期待地看著她：「怎麼樣，妳仔細想，有沒有？」

「……」倒是沒有誰對她這樣，只不過自己……余諾心裡一驚。

她這段時間，動不動就傳訊息給陳逾征，每次都是她主動找他，還約他吃飯……送糖給他。

好像付以冬說的每項都對上了。

余諾有點食不下嚥，拿過旁邊的果汁喝了一口。

她這樣……是在撩陳逾征？

余諾猶豫，咬著吸管：「但如果，傳訊息或者送東西、約吃飯，都是有原因的，這也算嗎？」

「為什麼不算。」付以冬說。

兩人吃著吃著，付以冬突然問：「對了，妳最近是不是天天都能跟 Conquer 見面啊？我最近忙起來都沒時間看他們比賽了，補了一下之前的影片，太帥了。妳什麼時候帶我去 TG 基地玩？」

余諾正在心虛，乍一聽到他的名字，立刻嗆到了。她拿過衛生紙擦嘴，「這個，我要問問，看方不方便。」

「除了 Van，其他幾個有女朋友嗎？」

余諾搖頭：「不太清楚，但是他們職業選手那麼忙，除了訓練就是直播，應該也沒空談戀愛吧。」

付以冬想到什麼，托腮：「沒紅之前都是這樣的，唉，我已經開始擔心了，我們後援會的群組裡，天天都有人傳自拍呢，妹子一個比一個漂亮。妳說等 Conquer 紅了，會不會也去撩粉啊？」

余諾：「……他才十九歲。」

「和年齡有什麼關係？妳沒看他之前有個賽後採訪，跟女主持說了幾句話，多看了別人幾眼，把那個女主持人的臉都看紅了。妳知道吧，Conquer 就是那種很跩，又有點痞，還有點冷淡，那種勾人的帶勁感，很吸引女人的。」付以冬翻了個眼，「算了，跟妳說這些妳也不懂。」

週四晚上TG員工聚會，齊亞男在群組裡傳了地址，在正佳廣場。余諾臨時有個會要開，到的時候有點晚了。

她推開包廂的門，裡面已經坐得滿滿的。

陳逾征一眼就看到她。

今天的氣溫忽然變高，余諾長髮披在身後，穿了一件黑白色的高腰袖，A字米色短裙，腰後還有個大大的蝴蝶結。

她一進來，好幾個人都不說話了。

余諾站在門口，抱歉地笑笑，「有點事，來晚了。」

齊亞男揮手招呼她：「沒關係，找位子坐吧。」

奧特曼和 Killer 同時站起來：「來這裡！」

被他們夾在中間的陳逾征：「……」

Van 和湯瑪斯都心照不宣地開始笑。

齊亞男瞪他們一眼，警告：「夠了啊，別動不動調戲女孩子。」

余諾在向佳佳旁邊坐下。有人遞過來餐具，她道了聲謝，拆包裝的時候，一抬眼，看到坐在正對面的人。想到付以冬前幾天的那番話，余諾不由多觀察了幾眼。

熱鬧的人聲中，陳逾征歪著頭，姿態隨意，一隻手放在桌上，玩著水杯。不知道 Killer 在說什麼，他漫不經心地一邊聽，嘴角還剩下點笑意，淡淡的。

或許是她偷看的久了，察覺到打量的視線，陳逾征收了嘴角的笑，眼睛一瞥。

視線毫無防備的對上，余諾慌張了一下，趕緊別開臉，手上繼續拆著包裝袋。心裡默默想，付以冬說的沒錯，確實挺吸引人的……

吃飯中途，齊亞男和每人喝了一杯。

其實余諾酒量不太好，但是不想掃興，就多陪著喝了幾杯啤酒。

差不多散場的時候，余諾腦袋已經開始發暈。她去廁所洗了把臉，接到電話，是江麗打來的。

喉嚨卡了卡，媽媽兩個字最後還是沒喊出來。

電話一接通，江麗就在哭。問怎麼了也不說話，只是一直哭。

余諾推開門，關上，又問了一遍：「怎麼了？」

『小祥他……他今天去醫院……』

余諾坐在馬桶蓋上，心裡一沉，「別哭，慢慢說。」

江麗抽噎了一下：『他今天去醫院，突然查出了一種慢性病，小諾我本來不好意思找你們的，但是實在是沒辦法了。前段時間……他又出去賭了，家裡根本拿不出錢治病……小祥現在人還躺在醫院，明天下午還要做手術……』

江麗：『小諾，妳問問妳哥，還能不能借點錢給我？以後我一定會還的，這真的是最後一次了……』

話到這裡，她沒繼續說下去。

余諾沒出聲。

『如果真的沒辦法，媽媽也不會來找你們的。我知道妳和妳哥都怨我，但當初如果不是妳爸和那個女人搞上了……我……』

余諾平靜地打斷她：「……妳把帳戶傳給我吧，我手裡現在有幾萬，先拿去墊墊。多的，我也拿不出來了。」

『妳哥呢？』

「別去找我哥。」余諾穩了穩聲音，重複了一遍，「別去找他了。」

眼淚掉在手背上的時候還無知無覺，余諾擦了擦，發現自己哭了。

可能是酒喝得有點多，人也變得很脆弱，忽然想起了很多小時候的事情。

不想哭，可眼淚不停地掉，她心裡倒是很平靜。

向佳佳進來找她，喊了兩聲，「諾諾，妳還在廁所嗎？妳還好吧？」

余諾蜷縮著抱住膝蓋，抬起頭，剛想開口，發現聲音有點嘶啞。

不知道是不是喝多了，她有點難受。懶得整理自己，不想動，也不想見人，回了向佳佳一句，「沒事，我沒喝多。」

向佳佳擔憂，敲了敲門：「看妳上廁所上了好久，真的沒事嗎？」

「真的沒事，我在……」余諾抿了抿嘴，把哭音吞進喉嚨裡，「我在跟一個朋友打電話。」

向佳佳：「那我在門口等妳？」

余諾：「你們先走吧，我還有點事，今天吃飯的錢我等一下會轉到群組裡。」

向佳佳走後，過了一下，手機響起來，余諾沒動。

電話鈴聲一直響。

她迷迷糊糊的，摸起旁邊的手機，是陳逾征。余諾按下通話鍵，低低「喂」了一聲。

陳逾征：『妳還在廁所？』

「嗯。」

『喝多了？』

「不是。」

陳逾征：『他們走了，妳還有東西沒拿。』

「你幫我拿一下……」察覺到自己失態，余諾又哽了哽，才續上剛剛斷掉的話：「放到前臺，我等一下去拿。」

『知道了。』

「謝謝。」

余諾放下手機，把頭埋進膝蓋。大概半個小時之後，眼淚終於留乾了，腳也蹲得麻了。

余諾扶著門慢慢站起來，手機掉到地上。她撿起來，發現電話還通著。

余諾完全失去了思考能力，試探性地「喂」了一聲。

一兩秒之後，陳逾征『嗯』了一聲，『好點了沒。』

余諾心中翻湧，張了張嘴，鼻音有點重：「你沒掛電話嗎？」

『沒有。』

她不出聲。

他的聲音很平淡，比平時低沉些，卻聽不出情緒：『哭好了出來，我在外面等妳。』

余諾兩個眼睛紅腫著，臉上掛的淚痕還沒乾，鼻尖也是紅的，她低著頭，不敢看陳逾征。

他戴著棒球帽，靠在走廊上，手裡還拿著她的包包。

余諾腦袋還有點暈，苦笑，「不好意思……麻煩你了。」

陳逾征往她臉上掃了一眼。

看他表情，余諾這才意識到自己剛剛腦子紊亂，連臉也忘記洗了。

兩人從餐廳出去。剛走了沒幾步，突然圍過來一群粉絲。

余諾退了半步，低著頭。陳逾征眉頭皺了皺，把她扯了一下，拉到身後。

粉絲認出來真的是陳逾征，紛紛求簽名和合照。

這種狼狽的情況下被一堆人圍住，余諾度秒如年。他手抓著她的手腕沒鬆開，余諾想走也走不掉。她有點緊張，把頭垂下來，讓頭髮遮著臉。

與此同時，粉絲也發現了陳逾征身邊的余諾。一個女孩目不轉睛盯著她，冒出一句：「她是誰呀？」

陳逾征單手給她們簽名，淡淡拋出一句：「我朋友。」

幾個人對看一眼，臉色都變得有些微妙。

陳逾征慢條斯理地把自己的帽子扣到余諾頭上，跟舉著手機的女粉絲說：「別拍她。」

第六章　姐姐，妳這麼猛？

忽然暗了一片。棒球帽戴在頭上，余諾的頭垂著，眼睛移到自己的手腕上。身邊圍滿了人，旁邊的燈光不是十分明亮。陳逾征一隻手背在身後，抓著她。兩人的影子交疊在一起。

他的手溫度很高，指尖修剪的很乾淨，骨節又直又長。

沒有用很大力，她呆了呆，手指微微蜷起。老老實實，一動不動地靜默著。

等人群散去，陳逾征把她鬆開。

余諾抓緊了包包的帶子。

旁邊玻璃窗投出霓虹的彩光，和他們的倒影。

陳逾征不說話，她也保持著沉默，沿著繁華鬧市的街道慢慢向前走。

接近打烊的時間，旁邊店鋪傳來斷續的歌聲。余諾埋下頭：「今天……謝謝你。」

「謝我什麼？」

「……」余諾腦子還有點僵，有點轉不過來，不知道說什麼，也不知道該怎麼說。

剛剛在廁所哭完，可能陳逾征也只是順手沒掛電話，可在那一瞬間，余諾鼻頭一酸。

一種無聲的沉默，在另一頭，安靜陪伴著她。

他無意施捨的溫柔，讓余諾覺得自己偷偷掩藏的難過，似乎被安慰了。

余諾偷偷觀察他：「好像……每次在你面前，我都很狼狽。」

陳逾征笑了笑，隨口說：「妳是故意的啊？」

她有點沒反應過來：「嗯？」

「沒什麼。」

「……」

她又看了他一眼，沒有皺眉或者不耐煩，這才稍微放下心。

余諾個性有點木訥，從小父母離婚，繼母性格不好，時間久了，她在家裡做什麼都謹小慎微，怕說錯話、做錯事，就慢慢變得不太愛說話了。

後來和別人單獨待在一起時，朋友說什麼，她總是要想好久才能接上一句，動不動就冷場。

余諾其實想感激一下陳逾征，奈何話到嘴邊，就是不知道怎麼說。

陳逾征停在一家燒烤店的門口。

余諾也跟著他停下，問：「怎麼了？」

他打量一下她，說：「餓了，陪我吃點東西。」

余諾：「你不是才吃完飯嗎？」

「年紀小，長身體。」

兩人進店裡坐下，服務生在旁邊問他們要吃什麼。余諾剛剛其實也沒怎麼吃東西，聞到麵的香味，她看了看招牌，點了一碗雞蛋炒麵。

服務員問陳逾征，他說：「跟她一樣。」

小店裡燈光很亮，生意不太景氣，只有他們兩個客人。余諾有些侷促，視線左顧右盼，打量著店內的裝潢。

陳逾征看了她好幾秒鐘，「妳剛剛哭什麼？」

「嗯？」

「失戀了？」

余諾垂下腦袋，否認：「不是……。」

余諾沉默著。安靜了很久，久到陳逾征以為等不到她的回答了。

「……因為我家裡的事情。」

陳逾征一直靜靜地盯著她，余諾忽然覺得有些難堪，下意識抿起嘴唇，努力控制住自己的情緒。她抓起桌上的水杯，喝了一口，才說，「就是我媽媽找我有點事……其實沒什麼。」

雖然勉強的笑了一下，但她眼裡的愁苦一覽無遺，略有些不自知的可憐，根本瞞不住人。

陳逾征若有所思：「妳爸媽不是離婚了嗎？」

余諾情緒低落，點點頭。

很快上了兩碗麵，熱氣蒸騰。余諾把香菜挑出來，一口一口，吃得很慢。

她吃了一下，悄悄看了陳逾征幾次。他好像……幾乎沒動筷子。

余諾思索著，也停下：「這個麵，不合你胃口嗎？」

「不餓。」

余諾：「……」

又冷場了。她不知道怎麼找話題……余諾頓時整個人都不太好了，悶了一陣子，支支吾吾地問：「陳逾征，我能再喝點酒嗎？」

陳逾征坐在那裡，有點訝異，隨即挑眉，「妳還能喝？」

余諾肯定地點點頭，她不想讓氣氛這麼尷尬無奈……又沉重。

聽付以冬說，她喝了酒，話好像會多一點點。

陳逾征：「妳隨意。」

又上了一手啤酒。余諾倒滿一杯，先是嚐了一小口，深呼吸兩下，一口喝下去。

啤酒味道入喉，有點微微的苦澀，但是味道不嗆，一屏息，就像水一樣，也不難喝。喝完一杯，余諾擦擦嘴角的酒液，又倒了一杯。

陳逾征倒也沒攔著她，不緊不慢地問：「姐姐，妳這麼猛？」

余諾笑得很靦腆，避開他的目光，少有的開了句玩笑，「你就當我借酒消愁吧……」

她本來沒打算喝太多，到微醺還能聊天就差不多了。

只不過喝著喝著，暈乎乎的感覺又上來了。這種感覺很新鮮，好像煩惱都沒了。

喝到後來，余諾手裡的杯子被人抽走，茫然了一下，余諾飄飄然去搶，「我還沒喝夠呢……」

陳逾征倒了杯白開水，拿起來，遞到余諾手裡：「最後一杯，喝完了我們就走。」

「最後一杯嗎？」余諾看著手裡的水，鄭重地點點頭，「好，最後一杯。」

她仰頭灌下去。

陳逾征似笑非笑看著她，「味道怎麼樣？」

余諾臉色發白，眼神清亮：「我覺得……我還沒醉。」她打了個酒嗝，「我還可以再喝幾杯。」

「還沒醉？」

余諾含混地「嗯」了一聲，拿起還剩半瓶的啤酒。

陳逾征擋了一下，余諾啪地打開他的手，「你讓我再喝一點，就跟你講話……。」

口齒倒是挺清晰。

陳逾征停了兩秒，微微俯身，把她從位子上拉起來，「喝多了脾氣這麼大？」

深夜時間，街上的店鋪幾乎都已經打烊。

余諾不肯讓旁邊的人扶著，嘴裡喃喃著：「我真的沒醉。」她推開陳逾征，「你不信，我走直線給你看。」

她睜大眼睛，看著地面上的白線，打開雙手像在走平衡木一樣認真。

陳逾征慢悠悠跟在身後。

走了一陣子，余諾回頭，彎起眼睛叫他：「陳逾征？」

他「嗯」了一聲。

「我走得直嗎？」

陳逾征點點頭。

余諾滿意地繼續走，走著走著，感覺身後有人追她，她又跑起來。黑暗中的不知道撞到什麼東西，她一個撲騰，在地上摔了一下。

上次的傷口被蹭到，她眼裡立刻浮現了一點淚花。

時間好像被無限延長，旁邊有個人把她從地上拉起來。

鼻尖縈繞著一股清淡的菸草味。余諾大腦麻痺，不知不覺閉著眼睛，往這人身上靠了靠。

陳逾征停住腳步，他略略低下頭，抬手，幫她擦掉眼淚，「手機給我。」

余諾坐在長椅上，反應了兩秒。

陳逾征：「打電話給妳朋友。」

余諾立馬搖搖頭：「我不想回去。」

陳逾征耐心地問：「那妳想幹什麼？」

余諾一本正經地說：「我要、要、去海邊……看日出。」

她拍了拍旁邊的位子，「你坐下，我跟你講講話。」

余諾沉思了一下，問：「你想聽故事嗎？」

陳逾征一邊打電話，抽空配合她：「什麼故事？」

「童話故事。」

「……」

表姐在那頭又『喂』了兩聲，『你說話啊，人呢？』

陳逾征神色如常，「開輛車過來。」

『這麼晚了，你要車幹什麼？』

余諾已經開始胡言亂語，「你想聽美人魚、醜小鴨、還是賣火柴的小女孩？拇指姑娘我也知道……」

「妳隨便講。」

「那我講……賣火柴的小女孩。」

陳逾征「嗯」了一聲，把電話換到另一邊，跟表姐報地址。

余諾以為他在跟自己說話，聽不太清，湊上去，「你說什麼？」

她頭腦昏脹，費力地看著他的口型，耳朵裡還是嗡嗡的。

陳逾征盯著她，隨手掛了電話。

見他不再說話，余諾眼裡溢滿了水霧，有點無措：「對不起……我右耳聽力不太好……你能再說一遍嗎？」

陳逾征傾身，靠近她的時候停住，低聲問：「聽得到嗎？」

余諾遲鈍地點點頭。

陳逾征頭偏了偏，眼瞼垂下去，幾乎湊到她耳邊，「我說，妳喝多了……還挺可愛的。」

徐依童把車停到路邊，拿起旁邊的小香包，踩著高跟鞋下車。

抱臂靠在火紅的法拉利上，打量兩秒情況，徐依童喊了聲：「嘿，你是怎麼回事？」

陳逾征剛起身，就被人拉緊衣角。

余諾眼睛都不眨，可憐兮兮地問：「哥，你要去哪？我還沒講海的女兒呢，你不想聽了嗎？」

陳逾征把她歪倒的身子扶了扶，說：「等一下再聽。」

徐依童肩都笑的顫抖，慢悠悠走過來，雙手撐住膝蓋，彎下腰，面對面地打量一下余諾。

小醉貓乖乖地坐好了，只是手還拉著陳逾征的衣服不肯放。她臉頰暈紅，本能感覺有些不安，偷偷瞄了徐依童一眼，小心翼翼地問，「哥，她是誰呀？」

徐依童沒忍住，噗了一聲，「陳逾征，你什麼時候認了個妹妹？」

陳逾征頓了頓，「她喝多了。」

徐依童揶揄道：「出息了，還知道把女孩子灌醉了，想帶去幹什麼呀？」她直起腰，搖搖頭：「你這樣不行，這犯法啊，征。」

陳逾征：「……妳想多了。」

余諾迷迷糊糊的，突然捂住嘴，站起身。跌跌撞撞跑到旁邊，找了個樹，扶著樹幹，蹲在地上吐。

陳逾征視線緊隨，跟上去。他在旁邊半蹲下，拿起剛剛買的水給她漱口，又遞衛生紙給她擦嘴。

凝神多看了兩秒，徐依童樂不可支，舉起手機開始拍，「不行，我要記錄一下，傳到群組裡，給她們都看看。」

陳逾征沒空理她，拍了拍余諾的背。

長這麼大，她沒見過陳逾征這樣。別說對他發酒瘋，就是別人跟他多講兩句話，他都懶得理。什麼時候能對一個女生這麼低聲下氣沒脾氣，嘴裡還哄著。

余諾吐完，搖搖晃晃站不太穩，往後跌了兩步。

陳逾征扯住她，本來只是怕人摔倒，然而余諾竟然倒進他懷裡。

她雙手攀附上他的腰，嘴裡上句不接下句，一下子喊哥，一下子喊安徒生。

徐依童一邊拍，想上來幫忙扶人，被拒絕了。

陳逾征動作稍稍一頓，彎腰，單手穿過她的雙腿，托起她的腰，把人打橫抱起。

他蹙眉，分神喊了一聲看熱鬧的徐依童：「別拍了，把車門打開。」

幾個影片剛傳到閨密群組，幾分鐘之後，立刻叮叮咚咚。

A：『這個是妳表弟？那個喝多的女生是誰？』

B：『嗚嗚嗚弟弟長大了，公主抱！好man喔！』

A：『還記得上次過年出去吃飯，我喝多了站不穩，妳弟跟我說了什麼？他說「別碰我」，他說了別碰我？你弟這個絕世蠢蛋，居然還有這麼溫柔的時候！終究還是我錯付了！』

C：『有生之年居然能看到征征談戀愛，想當初第一次見，他還是個上國中的中二病，唉，我們都老了。』

混混沌沌間，余諾意識慢慢回攏。酒喝多了，嗓子乾燥難忍。她睜開眼，想倒杯水喝，發現自己躺在床上。

床邊的壁燈亮著，有點暈黃的光，她發愣幾秒，驚訝的坐起來，打量一下這個陌生的房間。

掀開真絲被下床，赤腳踩到白色毛毯上。余諾低頭看了看自己，穿著一件白色睡裙。

緩了一下，她拚命回憶，昨晚發生了什麼？

和陳逾征吃完燒烤，她喝了點酒，又在馬路上走……再往後，就沒印象了……

手機放在旁邊，余諾腦子慢慢清醒，拿起來看了看時間。

凌晨三點。

她動作遲鈍，在床邊又坐了一下子，起身，推開門出去，沿著走廊往前走。

外面客廳燈還亮著，角落攤著漫畫書和各種樂高。

徐依童握著遊戲手柄，緊緊盯著電視螢幕，嘴裡嚷嚷著：「欸欸欸，陳逾征你往後退，別又死了。」

玩著玩著，聽到腳步聲。徐依童轉頭，眼睛亮了一下，叫：「欸，陳逾征，你妹妹醒啦！」

余諾：「……」

陳逾征靠坐在沙發上，輕描淡寫看了她一眼。

於此同時，電視機上出現一個血紅的Game Over。

徐依童氣惱地丟開遊戲搖桿，爬到陳逾征身上，用手掐著他的脖子，「就叫你往後退！氣死我了！」

陳逾征頭往後仰，懶洋洋丟開遊戲搖桿，阻止徐依童的動作，「別碰我。」

看著他們打鬧，余諾有點不自在……她好像出現的不太是時候……

「那個……我……」余諾尷尬地指了指自己，「我……」

徐依童：「妳剛剛喝多了，是我們把妳接回來的。」

余諾硬著頭皮道謝，有些難為情：「麻煩你們了，我、我的衣服在哪？這麼晚了……我先回去？」

徐依童跑過來，把余諾上上下下打量了幾番，「不急不急，妳先坐。」

余諾被她扯得踉踉蹌蹌，一屁股坐在沙發上。

陳逾征側頭打量她，「妳有沒有好一點？」

余諾點點頭。她只穿了一件薄薄的睡裙，裡面真空……此刻兩個人都盯著自己。她稍感不自在，罪惡感都寫在臉上，往旁邊挪了挪，侷促地抓過旁邊的抱枕擋在胸前。

徐依童踢開遊戲搖桿，盤腿坐在地毯上。她雙手撐著臉頰，笑瞇瞇看了一會余諾，頗有興趣地問：「妹妹，妳跟陳逾征是什麼關係呀？」

「啊？」余諾先是看了陳逾征一眼，趕緊解釋，「只是朋友……」

「只是朋友？」徐依童明顯不信，「我沒見過阿征和哪個女生單獨出去喝酒。」

陳逾征起身，余諾的視線緊隨著他。

「我……衣服……」余諾問得有些遲疑。

「是我幫妳換的呀！」徐依童興致勃勃地說，「欸，還是我幫妳洗澡的，妹妹妳多大了？身材不錯喲。嗚嗚，我最喜歡妳這種白白瘦瘦的腰細胸還大的女生！平時吃不吃木瓜啊？」

余諾臉爆紅。

陳逾征遞了杯水到她手裡，警告地看了徐依童一眼，跟余諾說，「她是我姐姐。」

余諾謝了他一聲，連忙說：「姐姐好。」

「別叫我姐姐，太老了。」徐依童直起腰，滿臉寫著不高興，「叫我童童！」

余諾喝了口水，強作平靜，回答徐依童剛剛的問題，「我二十二了，平時……不怎麼吃木瓜。」

「啊？妳昨天一直拉著陳逾征喊哥哥，我還以為妳未成年呢。」

余諾臉色一變。她還在喝水，一個沒忍住，噎住了。

她捂著嘴，側頭，猛咳不止，結巴問道：「什、什麼？」

「對呀，妳叫他哥哥！」

順過氣後，余諾完全不敢看陳逾征表情，再也沒有比這一刻更丟臉的時候了，她被公開處刑，窘得頭頂都快冒煙了，倉促地說，「我、我不記得了，可能是喝多了認錯人了？」

陳逾征嘴角隱隱露出一點笑。

余諾低下頭，陷入極度的羞恥之中……完了，以後她在陳逾征面前還怎麼做人……

徐依童調戲夠了，笑得前仰後合，「不逗妳了，妳怎麼這麼害羞？」

她從地上站起來，留戀地用手指勾了勾余諾的下巴，「哎，太可愛了，跟小貓咪一樣。」

「你們兩個怎麼辦？」徐依童打了個哈欠，「今晚都在我家睡？」

余諾立刻說：「我回去吧。」

昨天TG聚餐，她怕又玩到很晚，特地帶了家裡的鑰匙。

徐依童：「妳的衣服都髒啦，我幫妳丟洗衣機了，明天才能乾。」

陳逾征起身：「我去洗個澡，送妳回去。」

余諾看著他的背影，「啊」了一聲：「不用麻煩了，我叫個車吧。」

徐依童忽然想到什麼，抿了一點笑，把余諾的手腕拉起來，「好吧，那讓我弟弟送妳吧，來來，去我房間，我挑一套衣服給妳。」
余諾哪好意思再麻煩她：「我把衣服拿出來吹一下，應該還能穿。」
「沒關係沒關係。」
徐依童拉著她上二樓，推開一扇門，把燈按開。
余諾站在門口，往裡面看。四面都是全景落地窗，遠遠從玻璃看出去，外頭燈火輝煌，幾乎占了半面牆的梳粧檯，歪七扭八隨意躺著的都是極其昂貴的護膚品。
徐依童把衣櫃一個個打開，手撐著下巴沉思。
余諾像個布娃娃一樣任她擺弄。
徐依童取出幾件衣服來，把她拉到鏡子前，耐心十足，一件一件比劃。
余諾側頭，「隨便找一件給我就行了……」
「這可不行。」
余諾連著換了好幾件衣服，徐依童都不滿意，順手又拿起一件，「妳再換這個試試。」
陳逾征敲了敲門，「妳們好了沒？」
裡面沒動靜，他又敲了敲。
徐依童在裡面喊：「等一下，別急！再等兩分鐘！」
陳逾征靠著欄杆，低頭玩手機。
門口傳來響動，徐依童把頭探出來，眨了眨，「弟弟，你準備好了嗎？」
「……」他往她身後瞄了一眼，「準備什麼？」

徐依童讓了一步，「嘿嘿」兩聲，「出來吧！」

余諾根本沒勇氣抬頭，被輕推了一下。她往前走了兩步，有些侷促不安。

徐依童：「怎麼樣！」

陳逾征短暫地沉默了一下，視線從頭到腳，隨意把她掃了一番。

頭頂的光傾瀉而下，余諾臉頰柔軟，赤著腳，長髮被鬆鬆挽起，脖子細長瓷白。

她穿著一件短款低胸的雪紡黑色碎花裙，抹胸款式，肩膀以上兩根細吊帶，後面是綁帶設計。兩截蓮藕似的蔥白手臂，不自在地抱起。

沒人說話，余諾乾笑兩聲，跟陳逾征對視了一眼，又不自在地別過頭去。

她從來沒這樣打扮過，猶豫著，問徐依童：「我這樣……很奇怪嗎？」

「奇怪什麼呀。」徐依童嘖了一聲，伸手在陳逾征眼前揮了揮，「某個人眼睛都看直了。」

陳逾征嘴角一挑，收起手機，「走吧。」

余諾側頭，盯著窗外的夜色，道路兩旁的景色飛快往後退。

耳邊有鳴笛聲響了一下，余諾回神，跟陳逾征說：「我家在世紀城那邊……我幫你開個導航吧。」

陳逾征雙手搭在方向盤上，看了後照鏡一眼，「不用了。」

「嗯？」她沒有多想，「你知道位置嗎？」

「不知道。」

車開上高速公路，察覺到路線好像不太對勁。余諾小心地問，「那，我們要去哪？」

余諾：「……」

「妳想去哪？」

「……你不是要送我回家嗎？」

「本來是這麼打算的。」

「嗯？」

「妳穿成這樣。」陳逾征頓了一下，說，「我改變主意了。」

余諾：「……」

余諾不知道陳逾征要帶她去哪，她沒問，默默地坐在副駕駛座上，垂下頭，玩著手指。

精神其實很疲憊，心裡卻覺得很輕鬆。和他待在一起，也不知道等一下要發生什麼，但她莫名有種，能安下心的感覺。

陳逾征突然問：「心情好點沒？」

余諾側頭：「什麼？」

她反應了一下，「我昨天喝多了……是跟你說了什麼嗎？」

「說了啊。」陳逾征輕笑一下，「不停喊我哥哥。」

余諾：「……」

他隨口問：「飆過車嗎？」

「嗯？」

「帶妳試試？」

余諾剛「啊」了一聲，還沒來得及反應。車頂響了一下，頂棚開始從前往後自動縮，四面的風都狂鑽進來。

跑車發出低沉的轟鳴，在一瞬間加速，頭髮被吹飛，余諾幾乎迷了眼。

凌晨的高速公路上，法拉利像一道紅色閃電。失重感瞬間讓她頭皮發麻，撞了一下椅背，感覺整個人都要飛出去了，余諾緊緊閉著眼，控制不住地尖叫起來。

她可憐兮兮地縮在一起，整張臉失去血色。

陳逾征被逗笑了，歪著頭叫她，「姐姐。」

風聲太大，余諾慌張的聲音也斷斷續續：「我不行了，你先停一下。」

陳逾征：「眼睛睜開。」

她不知所措，聲音顫抖：「我不敢……」

他輕輕的低笑就在耳邊，余諾抓緊了安全帶。

車繼續往前開，等失重感過去，耳邊是狂嘯凌冽的風聲。她表情糾結，慢慢地張開雙眼。

余諾瞬間愣住。

遍佈星辰的夜空接近深藍色。絢麗的霓虹燈，闌珊的陰影閃成一條黃色的線從身邊流淌過。

出神看了半晌，余諾轉頭，陳逾征輪廓分明的臉在一明一暗的光線下顯得很英俊，他嘴角還有殘餘的笑意。

不知道因為緊張，還是什麼。余諾的心臟忽然開始失序地跳動著。

余諾趕緊移開視線，她魂不附體，有種劫後餘生的感覺……

悄悄把手挪到車沿邊，手指張開，感覺到風穿梭而過的觸感。

車絲毫沒有減速的意思，余諾有些擔心：「……感覺飆車好危險……不然你先停一下？」

陳逾征斜靠在窗邊，屈肘，用手撐住頭，「再喊聲哥哥？」

余諾腦袋一片空白：「嗯？」

「喊聲哥哥，我就停。」

余諾被他說的面紅耳赤。她沒有和年輕男孩相處的經驗，平時接觸最多的異性就是余戈。陳逾征說完，明明臉上一本正經，卻總讓她覺得有種被人調戲的錯覺……

陳逾征看著她：「怎麼，不喊？」

余諾：「你比我小這麼多……我喊不出口。」

他似乎有點疑問：「妳昨天不是喊得挺順的？」

余諾坐立難安：「……那是因為我、喝多了……」

陳逾征也沒再為難她，車速慢慢降下來，恢復正常。似乎剛剛讓她喊哥哥只是開個不痛不癢的玩笑。

他開著車。車內，柔和的純音樂流淌著，偶爾有機械的導航女聲響起。余諾打起精神，陪他說了一下話。

說著說著，她的腦袋點了幾下，抵擋不住睏意來襲，終於兩眼一閉。昏睡過去。

不知何時車停了下來，也不知過了多久。

余諾是被凍醒的。她疲倦地睜開眼，有種不知今夕是何年的感覺。足足花了一分鐘才清醒，她微微坐起來，身上的外套滑下來。

轉頭，發現身邊的座位已經空了下來，陳逾征人不見了。

外面的天還黑著，將亮未亮，月亮變成半透明的彎牙掛在天空。

余諾翻了翻，找到手機。推開車門下車，空氣很清涼。她打了個哆嗦，攏了攏身上的衣服，深吸了一口氣，整個人都清醒了不少。

風颳過樹葉，發出沙沙的輕響。

余諾四處望瞭望，驚訝地分了一下神。這是在……海邊？

天色漸漸破曉。

余諾用手機打著亮光，慢慢往前面走，踩上柔軟的沙灘，喊了聲：「陳逾征？」

他穿著一件乾淨的短袖，背對著她，聽到聲音，掉轉頭。

余諾走下臺階，過去，在他身邊坐下，「我們這是在哪？」

「夏威夷。」

余諾：「……」

安靜地陪他坐了一陣子。

腳下是細軟的沙子，余諾抬腳，踩出一個腳印，又用腳尖踢了踢，揚起一片飛沙。

她玩了一下，看他不說話，主動問：「我們來這裡幹什麼？」

在她困惑的注視下，陳逾征下巴抬了抬，用眼神示意她往前看。

余諾不明所以，轉過視線，她恍了一下神，然後，屏住呼吸。

遠處半圓形的朝陽從稀薄的雲層後慢慢顯現，自海的邊際線升起，金色的碎光變濃，霞光擴散，撒到波光粼粼的海面。水天相接處被暈染成了亮橘色。

忽然起了海浪聲，海水開始翻騰——在這一瞬間，整個世界都被照亮了。

她持續地失神。忍不住，又去看陳逾征，張了張口，想說什麼，又停住。

他漫不經心瞇著眼睛，嘴裡還咬了根菸，在笑。嘴裡噴出的白色煙霧，朦朧了側臉。

她琢磨著：「你是……帶我來看日出？」

陳逾征眼睛輕輕瞥她。

和他對視，一秒、兩秒……心跳失速的感覺又來了，余諾慌張地想移開目光。

陳逾征：「繼續看啊，看我幹什麼。」

余諾聽話地轉頭，心懸在那，麻麻的。

兩人都沒有講話，繼續看著日出。好像整個世界的聲音都消失了，只有微弱的海浪聲，有種奇異的寧靜。天空的盡頭，耀眼的金色漸漸蔓延開，她心中也有一種很奇怪的東西跟著溢出。

余諾不知道是什麼，也不太明白這種感覺。

但是有一瞬間，她突然萌生了一個念頭，如果時間永遠停留在這一刻，好像也很好。

海邊的日出太美了，美到她沒法用所知道的語言去描述。

只覺得這一幕，很美，很美，美到讓她覺得，自己這輩子都忘不掉了。

余諾把手機舉起來，打開相機，對著日出拍了幾張。

她站起來，欲蓋彌彰地說：「這裡角度不太好，我去別處拍。」

陳逾征沒注意到她的不自然，「嗯」了一聲。

余諾拿著手機，兩三步，跑到後面的臺階上。

手機的鏡頭對準了天邊，拍了幾張。余諾猶豫一下，往下稍微移了移。

焦點模糊一下，重新聚集在某個人的背影上。

海風把他的短髮吹得凌亂，霧霾藍的背景下，陳逾征弓著腰坐在長椅上，微側著臉，指尖星火明滅。

喀嚓一下，這一秒的畫面，就這麼定格在她手裡。

不知道坐了多久，天光大亮，余諾低頭，打了個噴嚏。

附近有來晨練的叔叔、阿姨，陳逾征從長椅上站起來，「走吧。」

「嗯。」余諾被凍得不行，又打了個噴嚏。

他昨晚沒睡，從這裡開回去還需要幾個小時。

余諾不會開車，又怕他疲勞駕駛：「你要不先睡一下？」

陳逾征沒什麼精神，想了想，「妳設定鬧鐘，等一下叫我。」

兩人換了一個位子，陳逾征拉下遮陽板，用外衣蓋著臉，躺在副駕駛座上。

她怕吵到他，把手機調成靜音。這時也不睏，余諾打開相冊，翻了翻剛剛拍的照片。

放在中控臺的手機亮了亮，有來電顯示，是陳逾征的手機，余諾看了一眼，是Killer的電話。

她怕基地有什麼急事，又不忍吵醒剛睡著的他。余諾拿起陳逾征的手機，輕手輕腳推開車門。

站在不遠處，余諾眼睛看著車那邊，「喂？」

那邊靜了幾秒，嘀咕了一句，『打錯了？怎麼是個女孩的聲音。』

余諾：「是我。」

死一樣的寂靜，Killer試探著：『妳……余諾？』

她「嗯」了一聲。

『陳逾征呢？他死了？一個晚上沒回基地，手機怎麼在妳這。』

「不是。」余諾解釋，「他在旁邊睡覺。」

『什麼？』Killer宛若被雷劈了，『陳逾征在妳旁邊睡覺？你們一起過夜了？』

「……不是。」余諾面紅耳赤，想著該怎麼跟他說，「我昨天喝多了，然後……」

Killer更加震驚了：『妳昨天喝多了，然後跟陳逾征過了個夜？』

「不是你想的這樣……」余諾一急，語言就組織不清楚。她還想說，被Killer打斷。

『那沒事了，沒事了，你們繼續，我不打擾你們了。』

「……」她啞然，張了張口，Killer已經掛斷了電話。

余諾回到車上，思考半天，傳了訊息給Killer：『你誤會了，我剛剛沒說清楚。我昨天喝多了，陳逾征把我帶到他表姐家（捂臉）。』

打打刪刪，余諾對著螢幕沉思了半晌，有點神經質地咬著手指。

猶豫了很久，還是沒有告訴 Killer，她和陳逾征來海邊看日出的事情。

余諾從小循規蹈矩，沒做過出格的舉動。

直到今天，她平淡的人生裡，就像突然多出了一個浪漫的小秘密。

可能對陳逾征或者別人都無足輕重，但是余諾卻覺得很珍貴。

珍貴到……不想跟任何人分享。

車上睡得很不舒服，外面人聲吵鬧。陳逾征皺著眉頭，把眼睛睜開。

衣服已經滑到脖子上，他轉了一下眼睛。

余諾趴在方向盤上，頭枕在手臂上，對著他的方向，眼也不眨，不知道在發呆還是在幹什麼。

意識慢慢回攏，陳逾征挑了挑眉。

他還沒說話，她像嚇了一跳，立刻彈起，結結巴巴地道：「你、你醒啦？」

陳逾征抓過手機，看了眼時間。開口，剛睡醒的嗓子有些沙啞，「怎麼沒叫我？」

偷看被人抓包，余諾無比心虛：「……你看上去很累，想讓你多休息一下。」

陳逾征轉了轉痠痛的脖子，坐起來一點，剛睡醒，還不是很清醒。

余諾抿了抿唇，心裡悄悄鬆了口氣。她剛剛數他的睫毛，數的太入神了……

陳逾征把她送到學校門口。

已經接近下午三點。余諾看他臉色隱隱發白，有些擔憂，「不然我帶你去吃個飯？」

「不用了。」陳逾征沒什麼胃口，懨懨地，「我回基地了。」

「那你回去好好休息，到了傳個訊息給我。」

陳逾征「嗯」了一聲。

車開走後，余諾在原地等了一下。

直到紅色的車尾燈澈底消失在視線，她才轉身，慢吞吞往宿舍走。明明混亂了一個晚上，余諾感覺自己可能是迴光返照了，一點睏意都沒有。

洗完澡，余諾站在鏡子前，擦乾淨霧氣，又把自己打量了幾遍。

吹頭髮的時候，余諾在網路查了一下，最近電競的相關帳號全都在討論關於OG在MSI的賽況。

這週過去，他們已經晉級小組賽，晉級淘汰賽。下週連著兩天打準決賽和總決賽。

吹乾頭髮，拉上宿舍窗簾，余諾拿著手機爬上床。忍不住，又翻出剛剛在海邊的照片看。一張一張，她看的很仔細。翻著翻著，翻到陳逾征那張。

她停了一下，拇指輕輕滑過他的側臉。

把手機關機，余諾翻了個身，閉上眼，腦子裡全是昨晚發生的事情。

翻來覆去一陣子，還是睡不著。

她爬下床，蹲下身，拉開一個櫃子。翻找了一下，找出那個精緻的小盒子。

余諾把那條微笑手鏈拿出來。細細的玫瑰金鏈子，在暗處也折射出細碎的光。

在掌心裡端詳了一下，她咬了下唇，把它戴到左手腕上。

那天之後，徐依童要陳逾征把余諾的帳號傳給她，主動找她聊了幾次天。

余諾感謝她那晚的收留，後來還衣服的時候，特地帶了自己做的蔓越莓餅乾，送幾罐給徐依童。

徐依童嗜甜且饞嘴，吃完後又厚著臉皮找余諾要。甚至還約她出去玩了幾次，就這麼一來二去的，兩人熟悉了起來。

MSI的賽程到了尾聲，韓國隊在準決賽的時候爆冷門，被歐洲隊伍淘汰。歷來決賽，LPL在對上歐洲隊伍時候向來勝率驚人，幾乎沒輸過。

得知大洋彼岸OG奪冠的消息，網路上一片歡天喜地。

徐依童因為陳逾征也關注了一些電競號。但她沒什麼興趣，粗略地掃了一眼就滑過。

點開一個美妝影片看了一下，徐依童無聊地長嘆口氣。她最近過的有些寂寞，閨蜜們出國各地飛，沒人可以約。

想來想去，徐依童又在聊天軟體上點開最近的新寵：『妹妹，我好無聊，妳在哪？我去找妳玩？』

隔了一下，余諾回：『跟我哥哥在一起，準備吃個飯。』

徐依童從小嬌生慣養，父母和朋友都無條件寵著她，所以她一點都沒有會不會麻煩到別人的自覺。看到余諾訊息的時候，她立刻非常自來熟地問：『那我能去嗎，我也沒吃飯！跟妳們一起吧。』

余諾向來不太會拒絕別人的要求，跟余戈打了個招呼之後，傳了地址給徐依童。

最近ＯＧ風頭正盛，怕被人認出來。他們吃飯專門找了一個在角落的包廂。余諾跟余戈待在一起，話特別多，什麼事都想跟他說說。

余戈前兩天才回國，昨天才開始倒時差，精神狀態也不太佳，漫不經心地應著她。

兩人正說著話，門口傳來抱怨的聲音，「哎呀，什麼鬼地方，找了我好久。」

虛掩的門被推開，余戈轉頭看過去。

徐依童揹著最新款的愛馬仕包包，踩著十公分的閃亮高跟鞋走進來。

安靜了一下。

余諾站起來，喊她：「童童。」

徐依童根本沒注意到坐在陰影處的余戈，略帶嫌棄地掃了房內的裝潢一眼，「諾諾，妳怎麼來這種地方吃飯，衛生條件看起來好差呀。」

余戈：「……」

相處幾天，余諾已經習慣了她的嬌氣，安慰道：「這是我經常來的家常菜館，很衛生的，口味也好。」

徐依童沒注意這個房間裡的第三個人。在余諾身邊坐下，放下包包，迫不及待給余諾看自己新做的美甲，嘰嘰喳喳地說了一大堆。

余戈從沒見過哪個女生能聒噪成這樣，礙於是余諾朋友，他沒說什麼，拿過耳機戴上，找了部舊電影開始看。

徐依童講著講著，忽然發現對面角落坐了個男人。她的話一卡，被吸引住目光，眼睛眨了兩下。

余戈出門向來穿得很隨意，一件沒有任何圖案的黑色短袖，袖口是 OG-Fish 的標誌。

他低著眼，半垂下眼睫，臉隱在陰影裡，只露出下巴的輪廓。嘴唇很薄。

余諾看她不說話了，問：「怎麼了？」

徐依童回神：「欸，他是妳哥哥嗎？」

余諾察覺了一點異樣，點頭。

徐依童興致勃勃地喊了一聲余戈，「欸，帥哥你好，認識一下，我叫徐依童。」

她把手伸過去。

余戈聽到聲音抬頭，他的視線平淡，移到徐依童臉上，嘴唇微微動了一下，略帶敷衍和隨意地說出兩個字：「妳好。」

他懶得多言的樣子，沒去握她的手，也沒自我介紹，但徐依童是個聲控。

對面男人的低音炮一出來，她瞬間軟了下來。

菜還沒上，徐依童壓低聲音，問余諾：「妳哥叫什麼名字？」

「余戈。」

徐依童：「哪個ㄍㄜ，歌聲？」

「戈壁的戈。」

徐依童盯著余戈袖口的ＩＤ出神一下。

ＯＧ……Fish……怎麼有點眼熟啊……

徐依童按捺不住，找了個藉口，出去上廁所。她翹著腿找個位子坐下，拿起手機，在網路上搜尋一下。

看完之後，她打開聊天軟體，開始瘋狂轟炸陳逾征。

陳逾征傳了個問號過來。

徐依童：『問個事。』

Conquer：『？』

徐依童：『OG那個Fish你認識嗎？余戈。』

Conquer：『怎麼？』

徐依童：『給你十分鐘，我要他所有資料。』

徐依童心滿意足，把手機收起，像公主出巡一樣，在小破店裡逛了一圈，回到吃飯的地方。

她靠著門邊，拿起手機，又重新打開聊天軟體，陳逾征前幾分鐘的訊息映入眼簾：『有病就去治。』

徐依童被氣個半死，咬牙切齒，回過去：『好，你給我記住。』

氣了一下，徐依童推開門進去，菜已經上了。兩人都沒動筷，等著她。

徐依童落座，笑了笑，「不好意思啊，剛剛去接了個電話。」

余諾幫她拆碗筷，「沒關係。」

一頓飯吃下來，余戈基本不說話，都是余諾陪著徐依童聊。

徐依童單手托腮，主動搭話坐在對面的余戈：「你們當職業選手的是不是很累呀？」

余戈：「還好。」

徐依童好奇：「那你們平時的娛樂活動是什麼？」

「沒什麼娛樂。」

「……」

持續冷場。

余諾也感覺出空氣中彌漫著一絲絲尷尬，她打了個圓場：「我哥話比較少，妳別介意。」

徐依童輕輕哼了一身，噘嘴：「他對誰話都這麼少嗎？」

余諾想了想，「是的。」

「那妳哥還挺高冷的。」徐依童又偷偷瞄了余戈一眼，嘀咕了一句：「不過男人話少點好。」

吃完飯，徐依童看著時間還早，提議去附近看電影。

結完帳，余戈跟余諾說：「妳去吧，我回基地了。」

徐依童立馬熱情地說，「你基地在哪，我送你吧！」

余戈反應很寡淡，拒絕她：「不用，我開車了。」

站在路邊，徐依童歪了歪頭：「那你送送我們吧？我想看的電影，附近電影院都沒有場次了。」

余戈按捺住脾氣，「妳不是開車了嗎。」

徐依童：「啊？我沒有呀。」

「那妳怎麼送我？」

徐依童隨手指了一下，非常自來熟地說：「我打算掃個免費單車，騎車帶你回去，還能順便鍛煉下身體。」

余戈：「……」

余諾默默等在旁邊看熱鬧。這種場景她也算很熟悉了。從上小學開始，再到高中，余戈每次接她放學，都有同班的女生趁機跟他搭話。到後來，甚至發展到有同年級其他班的女生，特地拜託她送情書給余戈，但無一例外，都碰了一鼻子灰。

除了自己以及OG基地煮飯的阿姨，余諾長這麼大，也沒見過余戈身邊出現過親近的女性。他就像天生的性冷淡，自動隔絕身邊所有異性。

電影開場前，余諾取票，徐依童跑去服務區買了兩杯可樂加一桶爆米花。

余諾伸手去接的時候，徐依童瞄到她左手腕上的手鏈，咦了一聲，隨即，笑容曖昧地問：「哎，這個是陳逾征送妳的吧？」

「嗯？是的……」

徐依童一臉高深莫測：「所以，你們現在是什麼情況？」

「什麼什麼情況？」

「唉，他不跟我說實話，妳也跟姐姐裝傻？」

「不是裝傻。」余諾說著有點底氣不足，「……我們……我們現在就是朋友。」

「現在？」徐依童一下抓住重點，「那以後呢？」

余諾滿臉通紅，「這個，我……」

「他要是追妳，妳千萬不能答應，知道嗎？」徐依童滿臉沉痛，「真的，妳不知道他有多渣，我不能因為他是我弟，就昧著良心騙妳。」

「啊？」

徐依童心底充滿了報復陳逾征的快感，「陳逾征他高中，哦，不對，他從國中開始，就開始談戀愛，談戀愛就算了，就因為長得帥，同時跟好幾個女孩子玩曖昧。我不只一次看見他被女孩拉著哭，每次都還不是同一人。妳說他缺不缺德？」

余諾被震驚了，「這……真的嗎？」

「這還能有假？再說了，我騙妳幹什麼。」徐依童一臉正經，攬過她的肩膀，「妳要是想聽，我跟妳詳細說說，他從小到大幹了多少壞事。」

徐依童喋喋不休，講了陳逾征十幾分鐘的壞話。一邊聽她說，余諾回想起某次吃飯，付以冬在她耳邊的嘮叨。

「Conquer 和 Fish 那種帥的感覺不一樣。Fish 多禁欲啊，一看就不近女色。但是陳逾征呢，他不同。以我多年精準看男人的經驗來說，他身上就是那種混而不吝的小壞，俗稱渣男氣質，妳懂吧？」

「就像高中很多女生都偷偷幻想過的學渣校草，經常蹺課打遊戲，換女朋友換的勤快。平時什麼都不當回事，心情來了就懶洋洋地撩一撩妳，撩得妳春心蕩漾，然後拍拍屁股走人。妳呢，就算知道他不把妳當回事，還是忍不住心動。」

「這種男的碰不得，一碰就毀一生。」

電影是土耳其翻拍的《七號房的禮物》。余諾淚點比較低，看的途中忍不住眼淚嘩嘩了好幾次。散場的時候，余諾還沉浸在電影裡，去網路搜最近的影評。

徐依童也懶得動，坐了一下。側頭，偷偷舉起手機，拍了張余諾的照片傳給陳逾征：『來，征，給你看看甜妹。』

影院的光線很昏暗，余諾抱著膝蓋上的一桶爆米花，拿著衛生紙擦眼淚。

一、兩分鐘後。

Conquer：『她怎麼跟妳在一起？』

徐依童：『你管呢？整天正事不幹，瞎操心一些有的沒的。』

Conquer：『？』

徐依童：『來，再給妳看看美女。』

她在相簿挑選了幾張和余諾剛剛照的自拍，在P圖軟體上貼了幾朵花，特地把余諾的臉擋住，傳過去。

Conquer：『妳很無聊？』

徐依童：『你不是要我去治病？』

她兩眼放光，劈哩啪啦地飛速打字：『對了，陳逾征我跟你說，你最好別惹我，趕快把余戈的資料整理成Word寄到我的信箱，不然我肯定要跟小諾諾說點什麼，順便介紹點適齡帥哥給她，你一輩子都別想追到她。』

調戲完陳逾征，一套熟練的拉黑。徐依童想像了一下他在那邊氣急敗壞的樣子，心滿意足地收起手機。

從商場出去，徐依童看余諾還抱著爆米花在吃，有點好笑：「妳晚飯沒吃飽？」

「嗯？」余諾略微有些拘謹，「因為只剩一點了，想說把它吃完，免得浪費。」

徐依童：「……」

徐依童從小在國外讀的書，大學畢業了之後回來就在家裡的公司渾水摸魚上個班，身邊全是跟她一樣奢侈浪費的大小姐，平時討論最多的就是哪家又出了新款的包包、鞋子。

她很少見到能見到像余諾這樣有點單細胞的呆萌女孩。

心裡默默感嘆了一下，深深覺得自己剛剛說陳逾征壞話也是應該的。

——他不配。

余諾不想麻煩徐依童送，站在路邊準備叫個車回學校，手機一震，收到陳逾征的訊息：『徐依童跟妳說了什麼？』

余諾先是看了旁邊正在打電話的人一眼，回覆他：『沒什麼……』

Conquer：『少跟她混在一起，她腦子有點毛病。』

徐依童想起什麼，側頭問：「諾諾，妳哥哥有女朋友嗎？」

余諾趕緊收起手機，回答：「沒有，他平時有點忙。」

徐依童眨著大眼睛，期待地說：「那妳把他的帳號給我行不行？」

余諾答應：「好。」

回到家，徐依童在閨密群組裡跟大家通知：『姊妹們，官宣一個驚天好消息，我，徐依童，即將泡到一個絕世帥哥。』

閨密紛紛恭喜撒花。

徐依童洗了個澡，塗完身體乳，信心滿滿地去加余戈好友：『你好呀，我是今天跟你一起吃飯的那個，可以認識一下嗎？』

幾分鐘過去，毫無反應。

徐依童絲毫不氣餒，又在好友驗證的聊天框裡傳了一大堆賣萌的顏文字。

怕他看不見，她加了好幾次。

半個小時過去，發送的好友請求還是石沉大海，毫無反應。

徐依童丟開手機，鹹魚躺在床上，盯著天花板。

真是應了張震嶽那首歌——天氣熱的夏天，心像寒冷冬夜。

徐依童心死如灰，又憂鬱地打開了閨密群組。

徐依童：『姊妹們，我，徐依童，失戀了。』

A：『恭喜。』

B：『一個小時不到，妳又失戀了？』

C：『是哪個狗男人有眼無珠，有照片嗎？敢對我們徐大美女擺臉色？』

徐依童：『是的，我失戀了，我有我的驕傲。』

A：『一個帥哥倒了，還有無窮無盡的帥哥等著妳。童，我們萬萬不能在一棵樹上吊死。』

徐依童去網路上找了一張余戈的照片傳到群組裡。

照片傳出去，閨密群組安靜了幾分鐘。

首先是A傳了一個問號，緊接著B：『徐依童，既然他已經成了妳的前男友，不如把聯繫方式給我，我去試試。』

徐依童：『妳別想。』

C：『欸？這個人，我好像有點印象，這不是那個LOL的一個特別有名的選手嗎？我男朋友天天在我面前說他……』

A：『童，不然妳再接著試試？我覺得這個男的，有搞頭。』

徐依童看著群裡亂七八糟的訊息，自閉了一下，又重新傳了兩次好友驗證給余戈。

——徐家人，永不言棄。

追男人，要瞭解他的全部。為了以後的共同話題，徐依童連夜下載了英雄聯盟。

第二天下午，徐依童盤腿坐在電腦前。

登錄剛剛下載完的英雄聯盟，首頁掛著恭喜OG奪冠的消息。

一張全員的定妝照，余戈雙手插口袋，就站在C位。

徐依童盯著他那張面無表情的臉，冷哼一聲。

一個人玩太無聊，徐依童叫了余諾，兩人開了語音。

余諾玩得不多，之前剛過了新手教學，她說：「我只會寒冰一個英雄。」

徐依童：『那我玩個輔助，我們一起走下路。』

於是兩個人磕磕絆絆開啟了第一局匹配。沒有任何意外，在低分段被揍得鼻青臉腫。

遊戲結束，徐依童和余諾兩人被隊友罵得狗血淋頭。

她火氣上來了，從小到大吵架還沒輸過，在房間裡和路人對罵了十幾分鐘。

罵完人倆落退隊。

兩人又重開了一局，和上一局一模一樣被暴揍的劇情。

連續輸了好幾局，徐依童有些沮喪，「這破遊戲怎麼這麼難啊。」

余諾安慰她：『不然我們跟電腦打吧？對面可能不是新手，會有一些代練，或者是帶朋友玩的，會玩小號什麼的，我們打不過也很正常。』

「什麼？那這不是要賴嗎？」徐依童沒受過這種委屈，越想越氣，「那我也要喊人。」

她傳訊息給陳逾征：『速速，喊兩個人來陪我玩LOL。』

那邊沒理，自從上次陳逾征被拉黑，他沒再理過她一句話。

徐依童截圖了隊伍的房間傳給陳逾征：『你是不是不理我？知道愛吃飯的魚是誰嗎？知道我在跟誰玩嗎？你來不來？』

余諾等了一下，看到徐依童還沒開遊戲，問：『那我們還玩嗎？』

「玩。」徐依童應了一聲，「等我喊幾個人。」

又接連轟炸了一番陳逾征，他傳給她一組房間號：『過來。』

快到月底，大家都在補直播時長。Killer、奧特曼和陳逾征本來在三排，語音的小房間突然進來兩個人。

徐依童『喂』了一聲，跟他們打了個招呼：『Hallo！』

Killer訝異了一下：「嗯？誰喊來的女孩子？陪玩嗎？」

奧特曼：「不是我。」

徐依童自報家門：『我是陳逾征喊來的。』

Killer：「他還挺有情趣。還有一個人呢，怎麼不說話？」

余諾把自由麥克風打開，『我在。』

奧特曼聽出她的聲音，「余諾？怎麼是妳。」

Killer長長地哦了一聲，「那我懂了，來來來，上號，帶妳們玩。」

她們在一區沒有帳號，幾個人去電五重新開了小號。

留言：『三個職業選手帶著兩個妹子血虐新手場？』

選人的時候，奧特曼問：「妳們玩什麼？」

徐依童剛剛被虐慘了，馬上說：『我不想玩輔助了，要玩能殺人的。』

奧特曼：「好，那妳隨意發揮吧，余諾呢？」

余諾不好意思地說：『我，我沒練過輔助……只會寒冰一個英雄。』

奧特曼：「妳想走下路是吧？」

還有三十秒，余諾滑動著英雄列表：『我都可以。』

奧特曼深知陳逾征對輔助的要求極其嚴格，想起上次水友賽，他寧願去打野也不跟女主播走下路，於是自告奮勇：「那妳隨便選個輔助，我玩AD，帶妳打穿下路。」

余諾答應：『好，那我玩什麼輔助？』

一直沒說話的陳逾征開口：「選妳會的。」

余諾為難：「我只會寒冰……」

陳逾征：「選。」

余諾鎖下寒冰。

奧特曼還沒說話，還在找AD，看到陳逾征選了一個牛頭。他愣了一下，以為自己眼花了，「不是，陳逾征，你玩輔助？」

他們都開著直播，疑問一出來，三個人直播間全是留言一排問號：

『有生之年，居然還能看到 Conquer 為別人打輔助……』

『LPL的天才AD不去打職業揚名立萬，在這個破黑鐵局給妹子當狗？#陳逾征，你到底在幹什麼#』

第七章　祝你愛我到天荒地老

節奏帶得太瘋狂，陳逾征直接關閉了留言和鏡頭。

與此同時，又有人提出疑問：

『cyz 為什麼要關鏡頭？怕我們看到他帶妹帶的春心蕩漾？』

『愛吃飯的魚好像有點印象啊，這不是我們家那個送飛機就上房管的老闆嗎！』

遊戲開始，Killer 買完裝備，出門，跟余諾和徐依童說：「看著啊，今天不把對面打出屎，算他們拉的乾淨。」

「……」

奧特曼在自家野區打完，在河道處逛了一圈，跑到下路的草叢裡蹲著看情況。

余諾縮在塔下，偶爾動彈兩下，補一、兩個兵。

身為職業選手，最基本，最忌諱，不能接受的，就是誰漏兵。

眼看著炮車小兵接連漏掉，奧特曼實在受不了她這麼爛的補兵，甩了幾個技能，幫忙清了一下兵，「余諾，妳要出塔，算一下小兵的血量再點，不然這樣多浪費，妳吃不到經濟，裝備怎麼起來？」

他還在巴拉巴拉地傳授經驗，告訴余諾這該怎麼玩，那該怎麼點，腳底下出現了一連串的黃色問號，然後是幾個撤退訊號、危險訊號。

公共頻道：

［所有人］Cyzzz（牛頭酋長）：『？』

［所有人］Cyzzz（牛頭酋長）：『？』

［所有人］Cyzzz（牛頭酋長）：『？』

奧特曼話頓住。

作為陳逾征的老輔助，他只要這麼一發問號，指定是要開口罵人了。奧特曼不解：「什麼意思？打問號幹嘛，再發我遮蔽了。」

「你幹什麼？」

「我教余諾補兵。」

陳逾征聲音有點不耐，「去中，別來下。」

『奧特曼！你趕緊滾！不要打擾他們下路雙人組約會！』

『奧特曼，我都替你著急，你有沒有點眼力？人家余諾還要你教？走就是了！』

『往日恩情不再了是嗎，Conquer 你已然是忘記了那年奧特曼用命幫你擋過的技能。心疼我們奧特曼！』

奧特曼太他媽委屈了，質問陳逾征：「不是，你自己不吃兵就算了，你身為一個ADC，底線都沒有了，節操都沒有了。活生生看著別人漏兵，你也是神了。」

說著說著，他心態崩了，找 Killer 評理，「你說陳逾征離譜不離譜？你還記得嗎，我上次不小心點了他一個炮車，害他漏掉一個兵，他有多刻薄，他把老子罵了半局，讓我再吃他一個兵就滾回泉水掛機，完了還讓我去練技術。」

奧特曼：「……」

Killer 悠悠地嘆了口氣，安慰道：「唉，好了，別說了。不過是被嫌棄曼子的一生罷了。」

Killer：「來，曼曼，你來中路，哥不嫌棄你。」

余諾專心在遊戲裡，看到對面兩個人晃來晃去就害怕，神經處於高度緊張中。

他們在聊天，她就分神聽了幾句，也不太明白補兵意味著什麼，有點抱歉地跟奧特曼說：「不好意思，我剛玩，不太會，有空我也去練練技術。」

陳逾征淡淡道：「別理他。」

奧特曼：「？」

語音裡，他被氣的大吼一聲，「你有必要這樣嗎陳逾征？」

奧特曼連說了三個好，「你記住，陳逾征。我今晚就轉會，我這輩子都不給你打輔助了，老子今晚就走，從此 TG 再無 Ultraman。」

陳逾征直播間。

牛頭直接一個 WQ 二連，把對方頂起來，定住，加上E的被動眩暈。對面兩人無路可跑。

大家就這麼看著他瘋狂當著打工仔，擋住了一切槍林彈雨，一直用W加平A輸出，把對面消耗的差不多了，然後喊，「愛吃魚。」

「看到那個美人魚沒？」

「看到了。」

他耐心地說：「嗯，按Q，上去。」

余諾膽顫心驚，跑上去，緊張地躲在牛頭背後，也不會走位，就傻傻地站在原地平A，收下人頭。

看著他們在下路纏纏綿綿，留言實在忍不住了：

『征，你給人當狗的時候居然這麼卑微嗎？你的囂張呢？你的驕傲呢？你的冷酷呢？兵不要了，人頭也一個都不K，全讓了？全他媽讓了？』

『Conquer，你直接轉輔助位吧，我看行。』

『……我男朋友都沒這麼寵過我，我酸了。』

『陳逾征，你是怎麼了？怎麼比陪玩還舔？』

『什麼情況？我本來是進來學技術的，結果你在黑鐵局玩輔助撩妹鬧著玩？辣眼睛，走了走了，太晦氣了。』

一整局下來，余諾就在旁邊圍觀陳逾征一打二，偶爾打點傷害，加個治療。等陳逾征喊她，然後快速跑上去，收下幾個頭。

輕輕鬆鬆地直推到對方水晶，余諾感覺跟剛剛玩的根本不是同一個遊戲，難度直接降了好幾個level。

她不知道發生了什麼，覺得玩的還挺開心的，有點小雀躍，發自內心地佩服：「你們好厲害。」

「不不，那還是陳逾征比較厲害。」

Killer 這邊的直播間也有粉絲在說，都在問這個愛吃魚是誰。他忍笑，翻著賽後資料，陰陽怪氣，「跟他玩 LOL 這麼久，還沒見過他這麼舔過。」

奧特曼：「還來嗎，再開一局？」

徐依童還沉浸在被職業選手帶飛的快樂之中，立刻答應：「好啊好啊。」

余諾看了手機訊息一眼，跟他們說：「你們玩吧，我先不玩了，等一下還有點事。」

「好，拜拜拜拜。」

余諾退出語音。

她的心情不錯，關了電腦後，拿出零食吃了一下，切到大帳號，忍不住把剛剛十一比三比三的戰績 po 出來。

@愛吃飯的魚：『今天和朋友打了幾局，發現好像英雄聯盟沒那麼難。開心！』

沒過一多久，新增粉絲的提示音叮咚叮咚地響。

她點開私訊，一大串都在問：

『妳就是愛吃飯的魚？剛剛跟 Conquer 打遊戲的那個嗎？』

『我靠我靠，翻了一下之前的照片，妳好漂亮呀！嗚嗚嗚終究還是陳逾征那個逆子高攀了』

平時冷冷清清的留言區也熱鬧起來：『好傢伙，職業選手都給妳當狗，能不簡單嗎……』

余諾沒想到這麼多人從直播間摸過來她的帳號。眼看著問陳逾征的人越來越多，余諾心底擔憂。

她不太清楚TG那邊的規定，但是隱隱記得余戈曾經跟她說過，他們隊內有個隱性規定，打職業期間不能談戀愛。雖然現在關注TG的人不多，奧特曼和Killer也經常口無遮攔地瞎調侃，但是余諾還是怕給陳逾征惹上什麼麻煩。

猶豫一下，她把剛剛發的文刪了。

MSI結束，週末有個官方舉辦的出征儀式，然後下週LPL的春季賽前四名的隊伍要參加洲際賽。

這也是TG第一次出國打這種國際賽，齊亞男在群組裡發了通知，要後勤組的人星期四去基地開個會準備準備。

剛好有之前有認識的攝影師，約余諾週四上午去拍場照。主題是JK，到膝蓋的制服裙，短袖白襯衫，余諾的妝畫得很淡，看起來像個高中小女生。

拍攝不是很順利，換了幾個地點，最後挪到天臺。忙完已經接近中午，快到開會的時間，余諾來不及重新換身衣服，叫了車趕到TG基地。

在門口碰見向佳佳下來拿飲料外賣。看到余諾，拉著她聊了幾句。

余諾指了指旁邊那群穿藍衣服的工人：「他們是幹什麼的？」

向佳佳解釋：「基地的電錶壞了，來了幾人在修。」

余諾點點頭，她熱的滿頭是汗，縮在角落裡躲太陽，用手搧風，突然聽到向佳佳一聲尖叫，「水管爆了。」

幾個人手忙腳亂往旁邊撤，余諾就在水管旁邊，反應不及，從頭到尾被噴了一身，連頭髮都沒能倖免。

向佳佳拍了拍胸口，圍過來，「妳沒事吧？」

余諾抹了一把臉上的水，苦笑，「沒事。」

幸好今天氣溫高，被淋濕了也不覺得有多冷。向佳佳把余諾帶到基地裡面，「妳先在這等等，我拿完外送去找個吹風機給妳。」

余諾答應：「妳去吧。」

她把頭髮撥到前面，擋住胸。又低頭，擰了擰打濕的裙角，準備去三樓的洗手間打理一下自己。上了幾個臺階，站在樓梯轉角處，余諾遲疑地頓住腳步。

倚著牆邊的人也聽到動靜，眼抬起來。

「你……在這裡抽菸？」話音剛落，她就感覺自己問了廢話。

陳逾征立在那，微偏著頭，打量了她一下，回答道，「是啊。」

「……」

就在這時，Van和奧特曼端了杯水路過。

余諾睫毛還掛著小水珠，和他們愣愣對視。剛剛有點熱，她襯衫的釦子解到鎖骨下，JK短裙下，兩條又細又白的腿被水打濕。

Van吃驚地張了張嘴，還沒來得及說什麼，眼睛被奧特曼一把捂住，「兒少不宜兒少不宜。」

奧特曼也背過身去，提醒不動的陳逾征，「你還繼續看呢，下不下流啊！」

余諾的臉爆紅，意識到自己這樣確實不太雅觀，連招呼也沒打，立刻兩部步跑上樓。

等她急匆匆離開，奧特曼把手放下。他咳嗽一聲，刻意地瞟了瞟陳逾征的下身，曖昧地問：「你還好嗎？」

Van邪笑著，慢悠悠走到陳逾征身邊，停住，出其不意伸出手去摸，「讓我來感受感受，應該是不太好了吧。」

陳逾征叼著菸，把他的手拍開，「有病？」

Van一臉震驚，擔憂地問：「怎麼回事啊征征！怎麼好像有反應了啊？」

奧特曼無聲地笑起來，陳逾征神色自如，把抽了一半的菸掐了，丟進垃圾桶。

基地阿姨在樓下喊吃飯。

他們後天下午就要去場館參加出征儀式，今天專門調了作息。強行被從床上拉起來，都有點精神不濟。

Killer起的最晚，睡眼朦朧，趿著拖鞋最後走進餐廳，「怎麼了，在說什麼呢？」

Van和奧特曼心照不宣對視一眼。

Van：「也沒什麼事，就是我們征哥剛剛差點走火了。」

「走火？」Killer渾渾噩噩，腦子沒轉過來，「走什麼火？」

奧特曼表情耐人尋味，念了一句臺詞：「我開火前的瞬間，便是極樂的巔峰。」

「……」Killer 咬了一口饅頭，語調一下子變了：「哦，這個走火啊，懂了，陳逾征血氣方剛啊，看A片了？槍壓住了嗎，還是說去廁所極樂了一發？」

陳逾征靠在椅子上，看了他一眼。

奧特曼：「看什麼A片，那東西能有余諾管用嗎？」

「余諾？」大約察覺了什麼，Killer 也八卦起來，「什麼情況，來，曼曼，跟哥詳細說說。」

湯瑪斯打斷他們，「好了好了，你們一群大男人們，天天開 Conquer 和人家女孩子的玩笑，有完沒完？下星期就要比賽了，能不能好好訓練。」

「這不是枯燥的生活中唯一一點樂子了嗎，你這個人真是無聊。」Killer 不忿，「陳逾征這人很不對勁，上次余諾喝完酒他還把人帶回家過夜，這沒發生點什麼，誰信啊？」

奧特曼：「什麼？」

Van 驚呼：「都到這一步了？」

陳逾徵用腳踹了 Killer 一下，「少造謠。」

「你裝個屁，我還看不出你那點心思？老實交代，你到底跟余諾什麼情況，你可要想清楚啊，她可是 Fish 妹妹！你還真的打算認他當大舅哥啊？」

陳逾征：「認你妹的大舅哥，說了沒什麼。」

「嘖嘖嘖，你看他，他急了他又急了。」奧特曼懂了，「那就是看上了，追不上。」

Van 吶喊：「都這個年代了，你還玩暗戀這套？」

陳逾征：「……」

「征，你這樣不行，太軟了。」Killer搖搖頭，深深地嘆了口氣，「追妹子，就是要硬。男人這麼軟，怎麼追？」

奧特曼繼續起鬨：「畢竟是余戈妹妹，余戈是誰？LPL除了退役的Wan神，誰還有他人氣高？帳號粉絲都一百多萬了，陳逾征追人家妹妹，想當人家妹夫，這不是趕著抱大腿嗎！」

陳逾征沒說話，抬眸，涼涼地盯著他。

奧特曼訕訕：「我閉嘴，我不說了。你去抱Fish大腿吧，蹭個熱度，說不定還能養活全隊，曼曼支持你。」

Van舉手表態：「VV也支持你。」

湯瑪斯：「一群蠢貨。」

余諾跑進洗手間，關上門。抬手，摸了摸自己的臉，好燙。

向佳佳拿過來兩個吹風機，幫著余諾吹完衣服和頭髮。隨便聊了一下天，等余諾打理完。時間差不多了，兩人去會議室等著開會。

齊亞男說了一下洲際賽和夏季賽的事情，把下週的行程表一人一份發給他們。

余諾還專門拿著了小筆記本，認認真真，把注意事項都記下來。

會議開了半個小時。散會後，余諾收拾完自己的東西，下樓。剛到門口，有個小貓咪跑過來，黏在她腳邊喵喵嗚嗚。

余諾腳步停了一下，靠花色認出是上次的流浪貓。她有點驚喜，蹲下身打量了一下。

小貓咪身上乾淨了不少，渾圓的眼睛睜著，鬍鬚一抖一抖的，還長胖了一點。她伸手摸了摸，跟牠玩了一陣子。

Killer 拿著一袋貓糧過來，踢了踢旁邊的鐵盆，在余諾旁邊蹲下來，「陳托尼，開飯了。」

「牠叫……陳托尼？」余諾覺得這個名字有點奇怪，側頭問，「這隻貓被你們收養了嗎？」

「啊？」Killer 不甚在意，隨口說：「不是我們收養的，是陳逾征不知道從哪撿來的醜貓，太醜了，妳看看陳托尼這個大小眼，還有這一身的雜毛，尾巴跟斷了半截似的，陳逾征這人就是審美不行。」

「……」

陳托尼明顯很抗拒 Killer 的觸碰，對他齜牙咧嘴，渾身毛都炸起來了。Killer 笑了，「喲，你還聽得懂人話啊？醜還不讓人說了，脾氣夠壞的，跟你主人一樣德行。」

話音剛落，屁股就被人踢了一腳，Killer 唉喲一聲，整個人差點沒翻過去，惱火道：「你怎麼這麼喜歡踢人，玩盲僧玩上癮了？我實在是受夠了你的凌辱！」

陳逾征：「讓開。」

聽到他的聲音，余諾神經一緊，下意識直起背。

Killer 看了余諾一眼，咳了一聲，悻悻然起身。

剛剛那一幕在腦子裡浮現，余諾正胡思亂想著，陳逾征在旁邊半蹲下來。

他沒說話，拿起小盆子，往裡面倒水。抬手的時候，手不經意擦過她裸露的小腿。

余諾心一跳，屏住呼吸，悄悄扭頭，發現他沒在看她。

陳逾征的五官和氣質都偏張揚，沒什麼表情的時候，看起來會有點不近人情。

余諾主動搭話：「這隻貓，是你收養的？」

他簡短地「嗯」了聲。

兩人都沉默著。不知為何，余諾明顯感覺他現在似乎……有點心情不佳……她默默地看了一下陳逾征餵貓咪喝水。

心裡猜測，難道是剛剛被 Killer 說了一頓？

余諾想了想，說：「這隻貓，其實挺可愛的，名字……名字你也取的很好聽。」

「是嗎？」

余諾肯定地點點頭，「嗯。」

這句話好像取悅了他，陳逾征嘴角提了一下，攤開手。

托尼喵喵兩聲，很溫順地把頭蹭進他的掌心。

等托尼喝完水，陳逾征起身。

余諾也跟著站起來，跟他道別：「那，我先走啦。」

陳逾征雙手插口袋，喊：「姐姐。」

余諾一聽這個稱呼就耳朵發麻，穩了穩心神，「嗯？」

陳逾征眼神下移，絲毫不掩飾，掃了她的腿一眼。

余諾神經緊繃，不自在地退後了一步。

他輕描淡寫：「沒人告訴過妳嗎？」

「啊？什麼？」

陳逾征微微低下頭，在她耳邊說：「男人多的地方，裙子記得穿長一點。」

余諾躺在床上，翻了個身，盯著手腕上的項鍊。下午陳逾征的那句話，在腦子裡揮散不去。想著想著，臉又開始燙。

她最近對上陳逾征，都不敢怎麼跟他對視，自己臉紅的次數太多了。

心底隱隱約約浮現一個猜測，余諾心跳越來越快。明明宿舍開了空調，她還是覺得渾身燥熱。

余諾忍不住，在聊天軟體上找付以冬。

余諾：『冬冬，我想問妳一件事。』

付以冬：『但說無妨。』

余諾：『如果一個男生，讓一個女生裙子穿長一點，這代表什麼？妳覺得曖昧嗎？』

付以冬：『誰讓妳裙子穿長一點啊？妳哥？』

余諾：『不是我，是我一個朋友……』

付以冬：『好了，別裝了，這個男的有沒有對妳表示過好感？』

余諾：『……沒有。』

付以冬：『？』

下一秒，付以冬的電話就打過來了。

余諾找了耳機戴上。

付以冬：『我上次問妳，妳不是跟我說沒什麼嗎？』

「不是不是。」余諾怕吵到室友，壓低了聲音，「我沒什麼事，只是問問妳。」

『那個男的是誰啊？我認識嗎？』

余諾沉默。

付以冬：『這男的多大啊？比妳小幾歲？』

余諾說了數字：「十九。」

『這麼小！』付以冬聲音拔高了，『小奶狗還是小狼狗？』

「……」余諾嘆了口氣。

付以冬不解：『妳這麼憂鬱幹什麼，妳終於要迎來春天了小魚魚！』

「他……」余諾不知道該怎麼說，「他好像把我當姐姐。」

『啊？』付以冬安靜了一下，『什麼把妳當姐姐啊，都是放狗屁，現在這些小渣男的心思我可太懂了，他沒說過喜歡妳嗎？』

余諾頓了頓，「沒有。」

『那，暗示呢？』

「什麼暗示？」

『就是經常在妳面前有意無意地說自己很寂寞，想找個女朋友，或者又問妳有沒有男朋友什麼的？』

余諾想了想，「……也沒有。」

說完，她又補了一句：「但是，我感覺他對我還挺好的。」

付以冬：『所以妳現在是單相思嗎？』

聽這話，余諾心裡一驚，「單相思？」

『不然呢，妳怎麼這麼……』付以冬嘖了一聲，『妳都來問我這種曖昧不曖昧的問題了，自己心裡沒數？』

余諾有些結巴：「我真的不知道。」

付以冬又問：『所以那個男的，真的對妳一點表示沒有？』

余諾：「沒有。」

『那這不是就是在養魚嗎！』

余諾：「……」

『快逃，姐妹。真的，連夜逃。』付以冬指導她，『這種海王我見多了，妳一定要把持住。他可能是對妳有點意思，但是又不想收心，所以時不時給妳一種他在跟妳曖昧的錯覺，讓妳天天魂不守舍，折磨妳！』

余諾聽她說的有點難受，心一點點涼下去，她手指無意識揪著被子，「……我也不是想跟他談戀愛，他沒折磨我。我就是覺得……」

她低下頭，「覺得他對我挺好的，真的挺好的，可能是把我當成姐姐了吧。」

付以冬：『……』

就在這時，手機叮咚一聲，付以冬傳了『愛上渣男怎麼辦』的網路答案給她：『愛上了渣男，該戒還是得戒。人要懂得取捨，及時止損，愛上人渣是很多人會經歷的事情，但離不開人渣就是你的問題了。離開錯誤的人，就等於給了自己重生的機會。』

付以冬語氣沉痛：『看到了嗎？諾諾，聽我一句話，渣男不值得，拜拜就拜拜，下一個更乖。』

余諾：「……」

和付以冬打完電話，余諾又失眠到半夜。

第二天起來，發現生理期來了。小腹痠痛，幫自己泡了杯黑糖水。

唉……怪不得最近這麼多愁善感。

沒過兩天，徐依童約余諾去看星期天的洲際賽開幕式，徐依童在訊息上問她開幕式的事情。

余諾：『妳想去嗎，我可以直接把妳帶進去。不過可能沒辦法去前面，只能在後臺。』

徐依童馬上回覆：『不用不用，我專門從黃牛那收了VIP座，好貴。』

這次開幕式主辦方專門請了幾個小明星來參加，提高話題度，還搞了一場和職業選手的表演賽。四個戰隊齊聚，來的粉絲又多又雜。

余諾跟她解釋：『這次的票好像有點難搶，所以很貴。』

徐依童：『小事小事，我還幫妳也買了一張呢。然後還要拜託妳一件事，就是比賽結束，把我帶到後臺去看看可以嗎？』

余諾以為她想去看陳逾征，答應：『應該可以。』

徐依童傳了一個擊掌的貼圖。

齊亞男把下週出國比賽的飯店地址給了余諾，讓她查查附近的中式菜館。

週日那天，余諾把整理出來的東西帶到TG基地，正好跟他們一起出發去場館。

還是熟悉的巴士。

其餘人都還沒來，司機在底下蹲著抽菸。余諾陪著他聊了一下，上車。

一路走到自己和向佳佳常坐的位子上，倒數第三排。

發車的時間還早，她靠窗坐下，閒著沒事，翻出背包裡的小說和零食，漸漸看入迷了。

過了一陣子，旁邊有人坐下，她還以為是向佳佳，吃著甜甜圈，含糊地打了個招呼，「佳佳。」

沒人回應。

余諾正好看到精彩的地方，也沒在意。她一旦專注地開始做什麼事情，就對周遭發生的一切無知無覺。

午後的陽光很好，藍色的車簾拉起一半。余諾肩膀處落了點陽光，髮尾也被染成金色。

她專注地看著書，又咬了一口甜甜圈，覺得味道不錯。她跟向佳佳也熟悉了，隨意把手遞過去，「佳佳，妳也吃一口，還滿好吃的。」

余諾把膝蓋上的書翻了一頁，旁邊沒動靜。她轉頭，「妳不吃……嗎？」

她有點驚訝：「陳逾征？」

陳逾征低垂下眼，瞧著嘴邊的甜甜圈，挑了挑眉。

余諾剛想把手縮回去，他固定住她的手腕，停了幾秒，湊上去，慢悠悠咬了一口。

——她剛剛吃過的地方。

余諾被他嚇到，慌亂之下，下意識鬆開手指。

被咬了幾口的甜甜圈啪一下，掉在陳逾征腿上，碎屑飛濺，又滾落到地上。

前面有人過來，余諾急忙把自己的手抽回來，小聲地跟陳逾征說，「抱歉。」

他嘴裡含著東西，沒說話，細嚼慢嚥，用眼睛瞥她。

余諾僵了一下，拿出面紙，稍微俯身，想把地上的甜甜圈撿起來。

東西落在陳逾征腳邊。她怕碰到他，停止了摸索的動作。

陳逾征把腿開了一點，留出空間給她。

余諾深呼吸一下，費力地勾著，手指剛勾到甜甜圈，頭頂突然傳來咳嗽聲。

Killer 又重重地咳了一聲，「那什麼，你們，注意一下場合啊。」

他拍了拍陳逾征的肩。

余諾趕緊把東西撿起來。

車發動，晃來晃去，看書看的頭有點暈，余諾把書闔上，小腹又開始隱隱作痛。她現在不知道為什麼，有點亂。身邊坐的人讓她更亂。

陳逾征開口：「妳的甜甜圈哪買的。」

余諾：「隨便在路上一家店買的。」

「噢，還挺好吃。」

她勉強地笑了一下。

陳逾征：「下次帶我去。」

余諾說：「我把地址給你吧，就在你們基地附近，應該可以找到。」

「……」沉默了一下，他忽然問：「妳今天心情不好？」

「嗯？」她反應了幾秒，眼神逃避，搖搖頭，「沒有。」

陳逾征表情平淡，「哦」了一聲。

氣氛一下子就冷了下來。

余諾把口袋裡的耳機摸出來戴上，盯著前面座椅發呆。餘光裡，陳逾征轉了幾次頭。

她裝作沒看見，閉上眼睛，假裝睡覺。

可能是感受到了她的抗拒，陳逾征也沒再問什麼。

一路無話，到了洲際賽出征儀式的場館。余諾下車，跟齊亞男打了個招呼，要了兩張臨時的工作證，傳訊息給徐依童。

她們在入場的地方會和。

兩人找到位子坐下，徐依童抬起手，遞給余諾看她的新手環，「我從網路上訂製的，好看嗎？」

深藍色的底，有兩條魚，背面是一片沙漠戈壁，上面印著花體的Fish。

余諾仔細端詳了一下，真誠道：「好看，這是我哥的名字嗎？」

「對。」

場館裡很吵鬧，徐依童的聲音很大，她眼尖，把余諾的手腕反抓住，疑惑了一下，「欸，諾諾，陳逾征送妳的手鏈怎麼不戴啦？」

余諾愣了一下。

徐依童本來只是隨口問問，看到她這幅表情，直覺有點不對勁，「你們怎麼了？」

余諾不願多說，搖頭：「沒什麼。」

她雖然笑著，眼裡根本瞞不住事。

從今天見面開始，徐依童就覺得余諾情緒有點低落，但她也沒往深處想。

徐依童很直接地問：「是不是陳逾征惹妳了？妳跟我說，我去收拾他。」

「不是不是。」余諾說，「他沒對我做什麼事。」

徐依童語出驚人，「他現在難道不是在追妳嗎？」

「什麼？」余諾知道她誤會了，連忙解釋，「沒有的。」

徐依童嗤了一聲，「我比妳瞭解他。長這麼大，我沒見他帶哪個喝醉的女生來找我，也沒見過他買禮物給哪個『朋友』。」

她特地加重了朋友兩個字。

余諾沉默。

徐依童聯想了一下最近的事，恍然記起什麼來，大驚：「小諾諾，妳不會把我上次的話當真了吧？」

「嗯？」

「就是上次跟妳看電影，我說陳逾征同時跟幾個女孩子玩曖昧這件事。」徐依童趕緊說，「妳別當真啊，我那只是說著玩的。」怕她不信，徐依童發誓，「真的，我不是替我弟說話。主要是陳逾征這人從小又寡又獨，對誰都一張臭臉，成績也不好，脾氣又差，還喜歡跟別人搞對立。他除了一張臉還行，身上基本是沒什麼優點了。但是我能保證，他們陳家祖祖輩輩，上到老下到小，都還挺專一的。」

徐依童掰著手指頭細數：「從我叔叔說起吧，再到我外公、表舅、表哥，反正他們姓陳的都是這樣，一家子脾氣都硬，只對老婆好，老婆說什麼就是什麼，基因特別強大。」

余諾哭笑不得。

徐依童滿臉深沉：「雖然我不知道陳逾征談戀愛是個什麼情況，總不可能到他就基因突變了吧？」

余諾：「他以後的女朋友，應該也會很幸福。」

「那妳就考慮考慮他呀。」徐依童笑得很曖昧，「當我弟妹？」

「啊？」余諾遲疑，「這個……」

「妳是不是嫌棄他脾氣不好？」

余諾否認：「不是。」

話在口，幾度要說，卻不知道從何說。其實余諾一點都沒覺得陳逾征脾氣不好，除了有時候喜歡逗她，其餘時候，甚至都給她一種，他很溫柔的感覺。

比如收養流浪貓，默默等在廁所外，聽著她哭完，讓粉絲別拍她，帶她去海邊看日出……

確實惹出了她很多不應該有的遐想。

余諾小時候父母離婚，繼母對待她和余戈並不好。加上余將重男輕女，所以余諾從小就養成了卑微的討好型人格。

付以冬經常說她缺愛。她也知道自己就是這樣。誰只要對她好一點，她都全部放在在心裡。要很珍惜地，反覆回味很久。

可陳逾征，明顯跟她不是同一種人。

從徐依童的隻言片語裡，余諾也能推測到，他應該有一個健康幸福的家庭。從小無憂無慮，不缺旁人的關心，不缺別人的愛。

而余諾知道自己不太討喜……做什麼都要小心翼翼。

徐依童看余諾沉默住，本想再勸幾句，但現場的燈光突然暗了下來，她的注意力被吸引走。

包括喜歡一個人。

隨著場館內粉絲的騷動，主持人介紹了幾句。

場中央的大螢幕顯示了一行字幕，放出二〇二一年LPL洲際賽的出征影片。

四支隊伍都選了三個選手拍攝。

先出現一個男人的背影，鏡頭緩慢下移，到了他的背後，露出 OG-Fish 的標誌。

隨即，他的頭轉過一半。

僅僅一個側臉，立馬引發全場尖叫。

徐依童激動地捶腿，跟著吶喊：「好帥啊！」

半分鐘之後，TG 專屬的黑白金三色出現，陳逾征和 Killer 坐在一張椅子上。Killer 的手搭在他肩上。陳逾征黑色短髮被水淋濕了，攝影機鏡頭拉近，給到近景。他垂下的頭慢慢抬起，隨意掃了鏡頭一眼。

水珠從下巴一路滾到喉結，隱沒在衣服邊緣。

徐依童「噗」了一聲，湊到余諾身邊討論：「我怎麼覺得怪怪的，妳有沒有這種感覺？」

余諾：「什麼？」

「不行，太好笑了。」徐依童樂不可支，「妳看陳逾征這迷離的眼神，像不像在拍性感寫真？」

余諾：「……」

出征儀式結束後，徐依童接了個電話，跟余諾說：「妳把工作證給我，我要去外面拿個東西。」

余諾在包裡找了一下，遞給她，「要我陪妳嗎？」

「不用不用，妳先去後臺，我隨後就到。」

徐依童訂了一大束空運來的沙漠玫瑰，她脖子上掛著臨時工作證，大搖大擺地跑去後臺，靠在通道處。

玩了一陣子手機，一抬頭，TG的人路過。

徐依童喊住陳逾征。

他剛開始沒注意到她，聽到有人喊自己名字，停住腳步，皺眉，「妳怎麼在這？」

徐依童左手抱著一大束誇張的玫瑰，笑瞇瞇的，「弟弟長大了，真是人模狗樣的。剛剛在臺下，好多女孩子對你花癡哦。」

Killer沉吟了一下，問：「這位是？」

徐依童自我介紹：「我是陳逾征表姐，上次跟你們玩遊戲的那個！」

Killer哦哦兩聲，打量她懷裡的花，「表姐妳……妳怎麼搞得這麼隆重？」

陳逾征的嫌棄之情溢於言表。

他早就習慣了她的無厘頭，有點不耐煩：「妳又在搞什麼？這麼土的東西，別給我。」

話音剛落，徐依童忽然兩眼放光，抱著一大束玫瑰花，和陳逾征擦身而過：「欸欸，余戈，余戈！等一下、等一下！等我一下！」

陳逾征：「……」

他轉過頭。

徐依童歡快地跑過去，穿過人群，興沖沖地扯著余戈的衣角，「欸，別走別走，等你好久了！」

OG幾個人頓了一下，以為是哪個女粉絲跑到了後臺。

他們看到火紅的玫瑰，先是被震住了，不知道是哪齣。

余戈停住腳步，低頭，看自己被拽住的衣角，視線又上移，停在徐依童臉上。

她嘿嘿笑，也不管他接不接，強行把玫瑰塞到余戈懷裡：「送給你！」

徐依童一臉你不要太感動的表情：「這可是沙漠玫瑰，從戈壁那邊空運來的！」

余戈：「……」

徐依童也不覺得丟人，開心地跟他解釋：「你的名字不就是戈壁嗎，戈壁的玫瑰花最適合你啦。」

饒是見過余戈被各種各樣女粉絲表白示愛，還從來沒遇到徐依童這麼直白彪悍的。阿文和 Will 忍不住噴笑出聲。

這裡人多，余戈眉心隱隱抽動了一下，跟她說：「謝謝。」

「不用謝不用謝。」

余戈想走，又被徐依童伸手攔住。

他默了幾秒，按捺住脾氣，淡淡地問：「妳要幹什麼？」

「我沒想幹什麼呀，只是想加你好友。」徐依童可憐兮兮，「我都加你幾十次了，你又不拉黑我，那我就只能繼續加，你什麼時候才能通過呀。」

余戈：「……」

出征儀式結束後，ＬＰＬ官方訂了一間餐廳，準備讓四支即將比賽的隊伍去吃飯。

坐在巴士上，余諾聽完剛剛發生的事，想像著那個場景，忍著笑，問，「所以我哥後來加妳了嗎？」

徐依童撇了一下嘴，「他沒理我，丟下我走了！」

余諾安慰他，「我哥這個人看起來高冷，其實有點害羞，肯定是不好意思了。」

徐依童也不沮喪，「唉，不過他把玫瑰花帶走了，我還算欣慰。」

余諾笑。

徐依童又想了一個辦法，「諾諾，不然妳等一下幫我偷一下妳哥的手機，加我好友？」

「呃……」余諾細想了一下，提出疑問，「要是他發現了，再把妳刪了呢。」

徐依童：「……」她長長嘆了口氣。

她們正說著話，TG在外面抽菸的人陸續上車。徐依童起身，招了招手，「陳逾征，過來，你坐我這裡。」

下臺之後，陳逾征就把長風衣脫了，身上只剩下一件短袖。他走到後面，看了靠窗的余諾一眼，沒說什麼，在她旁邊坐下。

徐依童跟他們隔著一個走道。

她雙手交叉，搭在前面椅背上，越過陳逾征，跟余諾隔空對話：「唉，小諾諾，既然妳當不成我弟妹，那我就來當妳嫂子。」

陳逾征：「……」

巴士開動，大家都有點疲倦，沒人說話。

余諾默默側頭，看了看窗外變幻的風景。街邊影影綽綽的燈光滑過，她把耳機戴上，調了幾首歌聽。

陳逾征視線往旁邊瞥：「妳在聽什麼？」

「啊？」余諾扯下一隻耳機，因為車裡安靜，她下意識壓低了聲音，回答他：「我在聽歌。」

「什麼歌？」

「嗯……」余諾一時間忘記歌名，按亮手機，遞給他看，「這個，劉家昌的。」

「噢。」陳逾征說，「給我聽聽。」

余諾：「……」

她腦子裡不知為何，突然出現了付以冬那句話：快跑，姐妹，遠離渣男！

余諾頓了頓，遞給陳逾征一隻耳機，「那我調一下，你從頭聽。」

他拿起耳機，看了看，卻沒有戴上。

「怎麼了？」

「換換。」

「嗯？」

陳逾征把左邊的耳機遞給她，抬了抬下巴，示意她把另一個拿來。

她先是愣了一下，不明白他的意思。不過還是跟他換了過來。

余諾本來坐在陳逾征左邊，但現在她聽左邊的耳機，他聽右邊的，耳機線的長度有限，導致兩人不得不靠近，肩膀近得都快碰到了。

余諾心裡警醒了一下。

她真的不太擅長處理這種事情，她知道自己現在對陳逾征的心思有點不對勁，應該跟他保持一點距離，但也不清楚……什麼距離才是合適的。

歌在放著，余諾卻沒怎麼聽。思緒神遊，突然停了一下——她有個小習慣，每次聽歌都是戴左邊的耳機，因為她右耳聽力不太好，有時候感冒發燒，很容易耳鳴。余諾思考了一下，她好像也沒跟陳逾征提過這事……

放完劉家昌的歌，自動跳到下一首。

一段悠揚的前奏響起，男聲輕輕哼唱著。余諾還在發呆，耳朵裡傳來沙啞的聲音：「祝我一不小心掉進你的溫柔。」

手臂被人碰了一下，余諾轉頭，對上陳逾征的視線。

余諾不明所以，「怎麼了？」

車裡沒開燈，夜色忽明忽暗的光影投在他臉上。陳逾征眼裡有不太明顯的惡意，緩緩問：「這什麼歌？」

余諾：「……」

這時，奧特曼和 Killer 又在後排打鬧起來，余諾收斂了一下心神，小聲回答他，「就是……顏人中的歌。」

他又問了一遍：「歌名？」

余諾把手機遞到他眼下，直接給他看名字。

陳逾征的腿岔著，有一條伸在外面，坐姿很懶散，他慢慢念了一遍，「祝你愛我到天荒地老。」

余諾點點頭，「嗯。」

陳逾征像聽到什麼好笑的事，控制不住，勾起嘴角，「真的假的啊？」

余諾看著他笑，愣了愣。

——祝你，愛我到，天荒地老。

——嗯。

回味了兩秒他們的對話後，她心底一滯，輕抿著唇，「你以後，別開這種玩笑了。」

陳逾征難得頓住，「嗯？」

余諾沉默。他沒說話，等著她的下文。

在看不見的角落，余諾握緊了左手，她語氣認真：「我會……覺得有點奇怪。」

盯著她，陳逾征神情有一瞬間是困惑的。接著後知後覺，自己好像過了。他表情淡了點，收斂起剛剛的懶散，「我這人有點混帳，妳別往心裡去。」

余諾：「……」

這首歌結束，陳逾征把耳機摘下來，拿在手裡玩了一下。

余諾沉默，也把耳機取下來。

他們之間拉開了距離。

她埋下頭，臉上半隱在陰影裡，看起來有點疏離。從認識到現在，她向來都是帶點拘謹，溫溫柔柔挺好說話的樣子，很少這樣。

陳逾征反思一下自己，又有意無意，多看了她兩眼，他摸了摸鼻子，「今天早上吃妳的東西，還有剛剛，就是想逗妳一下。」

聽到他這句話，余諾轉過頭。

陳逾征頓了一下，說：「好像做過頭了，不好意思。」

他突然來這麼一句道歉，余諾還有點不知所措，「沒關係……」

陳逾征「嗯」了一聲，把耳機還給她。

對話就此結束，沒了下文。原本跳躍的心臟，又咚地一聲，沉回了原地。

余諾眼神黯淡，接過來之後，勉強地笑了笑，不言不語看著窗外。

剛剛短暫的曖昧散盡，有種很明顯的感覺，摘下耳機後，有道難以捉摸的疏離分割了他們兩人。

可余諾思維遲鈍，心亂如麻，想開口說什麼緩和一下，喉嚨卻發不出聲音。

她其實理不清頭緒，但是知道自己脫口而出的那句話，本意不是指責。就算再愚鈍，也察覺了陳逾征這段時間對她有意無意的曖昧。

念頭一旦有了，便越發控制不住。

她只是，有點想試探……試探這一切是不是都是自己自作多情的揣測。

他道歉的時候，其實她就後悔了。

余諾有點無力，無力自己的沉悶，甚至感到……自卑。

這種情緒一直存在，卻從來沒有像此刻這樣，那麼強烈。強烈到讓她想回到剛剛這一切發生之前，她沒有對陳逾征說出那句話。

Killer 和奧特曼拉著前面座椅，從縫隙中瞧了一陣子情況，又對視一眼，互相催促，「你先。」

奧特曼嘖了一聲：「你先，不然我們石頭剪刀布。」

Killer 小聲嚷著「瞧你這個膽小的樣子」，他伸出手，很快地拍了一下陳逾征腦袋，又飛速收回手，裝作什麼都沒有發生。

等了兩分鐘，前面沒有動靜。Killer 擺頭，「快點，到你了。」

奧特曼又謹慎地觀察了一下子，迅雷不及掩耳之勢拍了一下陳逾征的頭。又坐下，若無其事地看向窗外。

前面還是沒傳來動靜。

Killer 納悶了，微微起身，剛想伸出手，被一把抓住，奧特曼哈哈笑出聲。

陳逾征從位子上站起身，把 Killer 的手腕反擰著，「手欠？」

Killer 痛的唉喲兩聲，站起來跟他扭成一團，「輕點，征哥，輕點，痛痛痛！不是我，是奧特曼打的！是他！」

奧特曼連忙否認：「我沒有，是 Killer 出的餿主意！我真的什麼都沒幹。」

聽到動靜，余諾轉過頭，看他們三個打鬧。齊亞男從前面轉頭，喊：「鬧什麼鬧，都給我坐下，開著車呢，危不危險。」

Killer 委屈地喊回去：「男姐，沒鬧啊！是隊霸欺負人啦！」

他們又吵鬧了一陣子。

過了幾分鐘，車裡恢復寧靜。偶爾傳來陣陣低語。

陳逾征剛剛走到後面，就也沒再回來坐下。

余諾出神地看著身邊空出來的位子。

她會因為跟一個人走近而感到不安。下意識地抗拒了，好像……就把他推開了。

耳機線掉到手臂上，輕輕一劃，余諾心好像也痛了一下。

到了吃飯的餐廳，巴士停住。徐依童拉著余諾下車，到處張望，「妳哥他們來了嗎？」

「不知道。」余諾翻了翻手機，「我問問？」

徐依童：「沒關係，我們先上去吧。」

吃飯的地方在四樓，TG一行人坐電梯上去。WR和YLD的人已經到了，正混在一起聊天。

余諾正好接到余戈的電話，她把手機放到耳旁，「喂」了一聲。

余戈：『妳跟TG他們來吃飯了？』

「嗯，剛到。」徐依童在旁邊手足舞蹈，跟她比口型，余諾費力地辨認，沉吟一下，問，「那個，哥。」

余戈：『怎麼了？』

「你們那邊，還有空位嗎，我、我想過去跟你一起吃。」

徐依童點點頭，又指了指自己，「還有我還有我。」

余戈：『有啊。』

余諾連忙加上一句：「還有我一個朋友。」

余戈：『……』

湯瑪斯直到坐下來才發現少了兩個人，他轉頭找了找，問陳逾征：「咦，你姐跟余諾呢？」

他抽了根菸叼著，沒點燃，「我怎麼知道。」

Killer：「她們去找余神了吧。」

湯瑪斯也沒在意：「哦哦，還挺好笑，你姐居然是 Fish 的粉絲？」

陳逾征沒接話。

冷場了一下，湯瑪斯察覺到什麼，壓低聲音問奧特曼：「Conquer 怎麼了？」

奧特曼：「什麼怎麼了？」

「你沒發現他心情不好？」

奧特曼抓了一把桌上的瓜子，邊嗑邊迷茫：「有嗎？不是挺好的嗎？」

湯瑪斯白了他一眼。Killer 撞了撞他的手臂，壓低了聲音：「我知道。」

湯瑪斯立馬好奇地湊上去，「什麼？」

Killer：「他跟余諾吵架了。」

「啊？」湯瑪斯有點驚訝，「她看起來脾氣挺好的啊，怎麼吵起來的，吵什麼了？」

「我怎麼知道吵什麼了？反正肯定是吵了。他上車前還好好的，下車之後就一直繃著臉，一句話都不說。」Killer 老神在在，突然靈光一現：「難道是在車上表白被人家拒絕了？」

桌上推杯換盞，余諾吃了兩口就沒了胃口，看著滿桌佳餚，用筷子戳著碗裡的米飯。余戈喊了她幾聲。

余諾沒聽見，繼續發呆。

他聲音提高了一點：「余諾。」

余諾回神，「啊？怎麼了？」

余戈斜瞥她，「妳不吃了？」

「有點飽了。」

余戈蹙眉：「妳才吃了幾口而已？」

余諾提起筷子，聽話道：「那我……再吃一點。」

徐依童單手支著下頷，見狀，嘿嘿了兩聲：「妳哥哥對妳好好哦，我也想有個哥哥。」

余戈裝作沒聽見，不理她。

這一桌都是OG的人，徐依童一個都不認識，也不覺得不自在。她剛剛還拉著阿文聊了十幾分鐘，阿文剛好也是個話多的。現在他們熟得各自說起了七大姑八大姨的各種八卦。

阿文站起身，給每個人倒酒，「來來，今天高興，都喝點。」

看見余諾杯子空著，阿文問：「妹妹，妳要不要來一點？」

她還沒說話，余戈冷著張冰山臉，擋住杯子，「別倒，她不能喝。」

阿文勸道：「你怎麼管妹妹跟管女兒似的，小酌怡情嘛。」

徐依童笑起來：「是的，小諾諾酒量可不太好。」

阿文本來也只是說著玩玩，「算了算了，不倒不倒。」

徐依童湊到余諾旁邊，超級小聲地說：「這次妳哥在，妳要是喝醉了，就輪不到我那個便宜弟弟撿漏了。」

余諾：「……」

被徐依童這麼一提起，她神遊一下，又想起了那次的日出。

他坐在霧藍的大海前，被清晨的風吹鼓了T恤。嘴裡咬著菸，回頭輕輕瞥她，笑的那一下。

余諾心臟一縮，有種酸酸澀澀的感覺蔓延開。她不自覺有點失落，飯菜在嘴裡，都吃不出什麼味道。

一頓飯結束，徐依童還是沒加上余戈的好友。

不過也有了實質性的發展——她把阿文的好友加上了。

四捨五入，余戈應該也是不遠了。

另一頭，TG幾個人剛好也吃的差不多了。

桌上的女孩子走了兩個，管理層跟他們不在一起。全都是十幾二十歲的男生，湊到一堆，玩起來，說起話來也越來越沒有顧忌。

Killer和奧特曼最嗨，兩人划拳喝酒，玩大冒險。趁著散場，最後來了一把。

奧特曼一聲吆喝，輸了。

他今天已經站起來舉起手臂大吼了三次：「我是超人，我現在要回家了。」

奧特曼滿臉「實在丟不起這個臉」，跟Killer商量：「殺哥，看在隊友情面上，你放曼曼一把，我今晚已經成了一個傻子了。我不能再幹丟臉的事了。」

Killer 拍了拍他的肩膀，「放心，你湊過來，哥讓你不做那些白癡的大冒險了，我就讓你跟一個人說一句話。」

奧特曼很謹慎：「跟誰說？說什麼？對象僅限於男性啊。」

「男的男的。」Killer 勾著奧特曼脖子，望著一整晚都沉默的陳逾征，跟奧特曼低語了幾句。

「什麼？」奧特曼大驚，「這麼毒嗎？這也太殺人誅心了。」

Killer 不耐煩：「快點，願賭服輸。」

奧特曼退縮了：「他會殺了我的。」

Killer 安慰他：「沒事，殺哥替你收屍。」

飯吃完，那邊散了，徐依童過來TG這邊找陳逾征。

湯瑪斯：「余諾呢？她沒跟妳一起？」

徐依童正在回訊息，隨口道：「哦，跟她哥走了吧。」

聞言，陳逾征側頭，往OG坐的地方看了一眼。人群中，她低著頭不知道想什麼，余戈正在跟她說話。過了一下子，余諾抬起頭，對余戈笑了笑。

陳逾徵收回目光，有一下沒一下玩著手上的打火機。

肩膀忽然搭上一隻手，陳逾征眼皮撩起，問：「幹什麼？」

奧特曼臉頰鼓了一下，「征哥，我要跟你說一句話。」

Killer 使勁憋著才沒笑出聲。

陳逾征現在沒心情理他們，「不想聽，滾開。」

奧特曼保證：「我說完就滾。」

徐依童從手機螢幕抬頭，好奇：「你要說什麼？」

酒意上頭，奧特曼滿臉通紅發光，一臉正經：「陳逾征，你知道嗎？」

他聲音中氣十足，引來旁邊人圍觀。Killer 拿著手機拍影片，捂著肚子，憋笑憋得捶桌。

陳逾征：「？」

眾目睽睽之下，奧特曼醞釀了一下子，語速極快，對著眼前的人一頓輸出：「你真的太可憐了，你現在就像一個、一個被愛情折磨的憂鬱小丑！」

陳逾征：「……」

晚間十分，Killer 在個人社群上傳一個影片，『@TG.Killer：現場直播下路決裂。』

影片畫面有些晃，抖動了兩下，奧特曼和陳逾征兩人一站一坐。身邊都是人在看熱鬧。停頓一下，奧特曼嘴巴張了張，對著面前的人不知道說了句什麼，陳逾征瞬間僵住，臉色一青。

Killer 手抖了一下，奧特曼說完就跑，影片裡面的人都在狂笑，蓋過了他們的聲音。

粉絲對了半天的口型，也沒猜出奧特曼到底在說什麼，紛紛留言：

『說了什麼？Conquer 瞬間破防了？』

『奧特曼：陳逾征，你就是個鐵孤兒。』

『奧特曼：你知道嗎？你昨晚被我綠了，你老婆沒了。』

『奧特曼：Fish 才是 LPL 第一 ADC，你就是個小兵，像一個小丑小丑小丑小丑！』

『哈哈哈哈哈樓上！』

余諾晚上回學校，也滑到了這篇貼文。點進去看了看，發現有陳逾征。她凝神，稍微聽了幾秒，也沒聽清楚他們說什麼，就退了出去。

余諾把下巴埶在桌上，看著前幾天列印出來的海邊照片。

又被勾起了回憶，好幾分鐘後，她伸出手指，慢慢地摸了摸。

明明也沒過去多久，可現在想起喝醉的那天晚上，和陳逾征待在一起，發生的一切，都讓她有種不真實的感覺。

凌晨的高速公路，遍布星辰的夜空，從指尖穿梭而過的風，淡金的朝陽……一切都變得特別模糊。

模糊到，讓余諾覺得這些零零碎碎的東西，好像一切都是自己的幻想。

那天陳逾征把她送回學校。

余諾洗完澡，爬到床上去，用被子把自己裹好，就盯著手機的那個螢幕，看著海邊的照片。

特別捨不得睡，特別捨不得閉眼但又克制不住睏意。

她記得當時的感覺就是，怕這一覺一醒，發現只是自己做了個夢。

Van回到基地，躺床上跟女朋友視訊了半小時，彙報完畢，滾去浴室洗澡。

洗了個戰鬥澡出來，他有點口渴，準備下樓找瓶飲料喝，路過訓練室時，腳步一頓。

裡面燈亮著，Van推開門進去，發現奧特曼和陳逾征在裡面。

走過去，看了一陣子，他們開了個自訂的房，正在一對一練習對線。Killer正在旁邊獨自打rank。

Van咂了咂嘴，「你們要不要這麼拚，今天喝成這樣還訓練？」

奧特曼抽空看了他一眼，「跟你女朋友甜膩完了？」

走神的功夫，奧特曼一轉眼，看到黑掉的電腦螢幕，哀叫了一聲，「又被單殺了。」

Van觀摩一下陳逾征的操作細節，「嘖，你們還要打多久？」

陳逾征頭也不抬，點著滑鼠，「不知道。」

Van也知道最近全隊壓力都比較大，尤其是奧特曼。

TG下路是默認的優勢路，而奧特曼身為輔助位，操作在一群職業選手裡其實並不算突出。打比賽的時候，由於陳逾征個人色彩太過強烈，操作極限，風格暴躁。奧特曼時常會配合不上，導致失誤。

賽後奧特曼也只能等別人都休息了，他再多練練，勤能補拙。

陳逾征這個人雖然平時脾氣不行，但每次都會抽空，單獨陪練奧特曼。

外界的各路粉絲，或者路人，圈內人，都覺得陳逾征天賦極高，一出道就狂妄到不行，腳踩LPL各家ADC，誰都不放眼裡。

就算之前被全網噴，被OG和余戈的粉絲發私訊辱罵，也沒影響過他發揮。

但TG的幾個人都知道，陳逾征不止有天賦，最重要的是他比大多數職業選手都拚。他不在乎有沒有罵他，不在乎有沒有粉絲，只在乎比賽能不能贏。

他們作為新隊伍，今年剛出道，還沒有打國際賽的經驗，這次洲際賽，又關乎的是LPL的集體榮譽。一旦發揮不好，國內輿論又將是一次暴風雨。

Van被激勵了，把手邊的飲料放下，坐到自己的電腦，「行吧，我也開幾局排位，衝衝在韓服的排名。」

幾個人在訓練室一坐就是一晚上，直到外面天光微亮。

Killer有些撐不住了，揉了揉痠痛的脖子，對他們說，「好了，差不多了，睡不睡啊你們？」推開椅子站起來，瞟到陳逾征電腦，發現他和奧特曼又雙排了一局。

Killer看了看時間，勸道：「都六點了，你們還來？」

奧特曼：「你先去睡吧，我最後一局。」

「行吧，那我再陪你一下。」Killer拿手機點了個肯德基的早餐，「你們要不要吃什麼？」

「幫我點杯豆漿。」

Killer應了一聲，點完早餐，滑一下社群。

翻到昨晚那段影片底下的留言，Killer樂不可支。他點開文章，又去看了訪客記錄。往下滑，忽然看見一個熟悉的ＩＤ。

Killer叫陳逾征：「哎哎，征哥。」

陳逾征正在選英雄，「幹什麼。」

「就我昨天發的那則貼文。」Killer神秘兮兮，「余諾她看到了欸，我訪客記錄有那個愛吃飯的魚。」

陳逾征：「……」

「把你那篇破文刪了。」

奧特曼轉頭催促：「你快選人啊，聊什麼天，發什麼呆。」

話音剛落，他看到陳逾征鎖下的英雄，「你怎麼下路選了亞索，這麼奔放？故意折磨隊友？」

排位房間裡，其他人的問號已經打了出來：

『？』

『gemen,wozhebajinjisai ,biegao,plz。』（哥們，我這局晉級賽，拜託別搞）

奧特曼瞠目，小心地問：「征哥，我們這局的陣容，你選個亞索，是不是不太合適？」

陳逾征滿臉風輕雲淡：「有什麼不合適，剛好切後排。」他順手在房間打字，回覆剛剛那人：

「dengwoC。」（等我Carry）

奧特曼沉默幾秒，滿腦子問號：「你認真的嗎？」

Killer：「他C個屁，是聽到余諾心就亂了，手抖了，亂選了一個英雄。」

那天之後，余諾的情緒持續低落了好幾天。

知道她過幾天要隨隊出國，付以冬來學校專門找她，陪她去屈臣氏買點旅行日用品。

她們逛完商場，隨便找了家甜點店，坐下休息。

余諾生理期快到尾聲，不過也吃不了太涼的東西，點了一杯熱可可。

看她神情鬱鬱，付以冬好奇：「諾諾，妳最近怎麼回事啊，得憂鬱症了？」

「什麼？」

「妳今天跟我在一起，每隔兩分鐘就嘆口氣，妳沒事吧，最近遇到什麼事了，要不要跟我說說？」

余諾打起精神，笑了一下，想解釋，欲言又止：「……我不知道怎麼跟妳說。」

「直接說。」付以冬坐得靠近了點，「那我猜猜，難道是因為最近那個海王弟弟？」

「他不是海王。」過了片刻，余諾低垂下眼，「妳誤會他了。」

付以冬心中詫異，突然說：「那妳喜歡他囉？」

余諾被問的一愣，答：「我不知道。」

「喜歡一個人就是這樣的呀，會患得患失，會憂鬱，會不自覺替他說話。所以，你們到哪一步了？」

余諾遲疑：「我前幾天，跟他說了句話，他好像不高興了……」

「什麼話？」

余諾不願意講細節，只道：「就是讓他別跟我開玩笑之類的。」

付以冬「唉」了一聲，「所以妳現在是暗戀吧？」

余諾咬著吸管，嘴裡流淌過熱可可，感覺很甜，就像陳逾征……

她本來沒敢動這方面的心思，只是嚐到了一點甜頭，好像就喜歡上了這種感覺。想要的，越來越多……

余諾斟酌著用詞，沒頭沒尾地說了幾句：「我不知道，但是跟他待在一起，會覺得，很有趣。但是我不會主動，又很無聊。我們兩個可能不是很適合。」

聽她這麼一說，付以冬有點氣惱：「什麼合適不合適啊，喜歡一個人多不容易啊。管他以後怎麼樣，不要考慮那麼多行嗎？在妳遇到能和妳結婚的那個人之前，要一直這麼理性，不談戀愛了嗎？」

聲音有點高，引來旁邊桌的注目。余諾扯了扯她衣角，「妳小聲一點。」

付以冬罵完她，又嘆息一聲：「我本來呢，是想勸妳，離這種吊著妳的男生遠一點，但我後來想，反正妳還年輕，還能被傷幾次。渣男就渣男，誰沒愛過幾個渣男。」

余諾苦笑，覺得自己詞窮。

「余諾。」付以冬叫她的名字。

「嗯？」

付以冬心中湧起感慨，鼓勵她：「不要暗戀，人生沒有那麼多時間給妳演內心戲，愛他就去告訴他。真的，妳不要怕，在一個人面前翻一次船不會怎樣的，包袱不要太重。感情裡，少一點得失感比較好，敢愛敢恨灑脫一點嘛，喜歡就是喜歡。不被喜歡的人又不丟人。問心無愧就行了，也比錯過了後悔要來的好。」

「如果妳覺得沒面子，那我追我初戀的時候，在樓底下唱情歌，不是丟臉丟到底褲都沒了，節操都掉盡了？但我一點都不覺得自己丟臉呀，我覺得很幸運，我覺得我眼光好，沒有喜歡別人，而是喜歡他了。到現在我都不後悔。」

余諾：「……」

付以冬繼續滔滔不絕：「妳不要放不開，畏畏縮縮，規矩那麼多，最後把自己限制住。喜歡就喜歡，想聯繫就聯繫，想他就傳訊息給他，就算是小事也說出來分享，到時候萬一成不了，該散就散，一輩子能有幾個真的心動的人？」

說完，付以冬攬住她的肩：「如果難過了就來找我哭，我不說話，就聽妳哭，我還可以陪妳喝酒。」

余諾沉默。

「當然啦，我也可以看妳走向幸福。」

杯中的熱可可已經見底，余諾還是不發一語。付以冬感覺自己把口都說乾了，試探地問：「我說的妳聽進去了沒啊？」

余諾點了一下頭，回答：「嗯，聽進去了。」

「所以？」

余諾咬著唇，之前的回憶一幕幕閃過，很多畫面，讓她心裡的感情都要漫出來了。

她一直覺得自己是個很容易滿足的人，誰對她好一點，她都會開心很久。

直到遇見陳逾征……

她不忍心，沒信心，自卑……有很多很多的理由可以疏遠他，但是，余諾還是捨不得。

良久，她做下了決定。

付以冬還在一旁耐心等著。

余諾握緊了杯子，開口，慢慢地說：「要是有機會……」

頓了頓，她直視著付以冬，把剩下半句說出來：「我希望，能和他試一次。」

第八章　我好看就行了

回學校的路上，付以冬又傳授了一大堆追男人的經驗給余諾。

余諾聽得一頭霧水，在心裡默默記了幾個。

回到寢室，梁西正和另一個室友一起喝飲料看劇。余諾跟她們打了個招呼，在自己的位子上坐下休息。

她把耳機戴上，打開電腦，做了一下畢業答辯的 PPT。翻著電腦的硬碟，突然看到一個 TG-Conquer 命名的檔案。這是之前寫給他的食譜，她滑滑鼠的手指頓了頓。

出神幾秒後，感覺心裡總是空著一塊。

耳機中，歌曲跳到顏人中那首，余諾把手機拿起來，按下單曲循環。

上網搜尋一下陳逾征，又點進他的帳號。他還是只分享了上次TG的官方貼文，關注清單顯示是零。

余諾翻了翻他的點讚紀錄，忽然看見自己的照片。

是春季決賽時候，在成都的大慈寺，她微微仰頭，站在樹下綁著祈願牌的紅繩。

余諾心跳漏了一拍。

時間過去有點久，她有點不敢點開那張圖。其實余諾知道自己長相不醜，但是她總對自己的一切都不太有自信，剛開始上大學和別人拍照，甚至都有些畏縮，不怎麼敢看鏡頭。室友舉著手機拍她，余諾都下意識擋住臉。

後來因為付以冬的原因，帶著她嘗試拍了一些COS照片。余諾才不再那麼抗拒別人拍她。做了幾秒的心理建設後，她點開自己那張照片。

角度、光線，和意境都很好，只有小半張白皙的側臉露出來。

余諾悄悄鬆了口氣。

也不知道，陳逾征第一眼看到這張照片，會是什麼反應……

盯著那個頁面幾分鐘，她把手指移到螢幕左下方的加號上，關注了他的帳號。

關注完，又有點心虛，余諾順著TG官方又關注了幾個人，把陳逾征壓到關注列表下面一點。

關掉手機之後，余諾有點苦惱，思索著如何緩和跟陳逾征的關係。

她從小就少根筋，沒追過人，眼下這種情況，也不知道跟他保持哪種距離是最好的。

余諾把記事的小本子拿出來，咬著筆頭，寫下付以冬告訴她的第一步：

一、主動一點找話題，跟他聊聊天，關心一下他。適當耍點小心機，讓他主動幫自己點小忙，拉近兩人距離。

余諾趴在桌上，玩了一下小風鈴。

過了一陣子，振作精神，打開聊天軟體，傳了訊息給奧特曼、Killer幾個人：『馬上就要打比賽了，最近記得好好吃飯。』

最後打開陳逾征的聊天話面，她思考一下，把後半句改了改：『馬上就要打比賽了，最近有好好吃飯嗎？』

幾分鐘過去，Killer 幾個人都熱情地回覆了她，除了陳逾征。

余諾又等了一陣子，還是沒回覆。她有點低落，猜想著，他是沒看見，還是看見了不想回？

手機忽然一震，連帶著余諾的心都震了一下。她趕緊拿起來看。

Conquer：『1。』

余諾上次就上網查過，還是明知故問：『1是什麼意思？』

Conquer：『有。』

她想了想：『你在幹什麼？可以多打兩個字嗎？』

Conquer：『洗澡。』

余諾腦子裡稍微想像一下，臉一下就熱了，揮散掉那些旖旎的畫面，連忙回覆他：『那你洗吧，我先不打擾你了。』

過了一下，陳逾征傳了一則語音。

余諾把歌曲中止了，盯著那則三秒的語音看了一下，然後點開。

那邊隱隱約約有稀哩嘩啦的水聲，陳逾征聲音有點欠，『怎麼，妳找我有事？』

余諾：『沒事……你不用回了，專心洗澡吧。』

傳過去，下一秒，陳逾征的語音就來了。不過還沒等余諾點開，他又撤回了。

余諾等了一陣子，確定他沒再傳什麼的打算，就關掉了手機。

雖然沒能和陳逾征聊上幾句，但心情似乎……一下子就好了點。

余諾把頭髮綁起來，吃了晚飯，還收到付以冬傳來的戀愛寶典大全。

她抱著學習的心態點進去看了看。看來看去，還是覺得自己有點不太敢實施。

臨近洲際賽的關頭，余諾怕打擾到陳逾征訓練，也沒有再主動找他聊過天。

一晃眼就到了週五。

TG所有人出發去機場，和OG還有YLD他們都是同一趟航班。

幾個隊伍到的時間差不多，他們各自身上都穿著訂製的隊服，揹著運動背包，肩膀和背後都印著隊名和ID。WR和TG都是黑金色系，OG和YLD是紅白。都是二十歲左右的大男孩，從巴士上下來，拖著行李箱，浩浩蕩蕩的大部隊，身邊還圍著一些粉絲求簽名和合照。

一進機場大廳就吸引了路人的目光。

處理行李托運前，余戈獨自過來TG這邊，忽略旁人若有似無的打量，跟余諾說：「把妳的機票給我。」

余諾：「嗯？」

「幫妳升艙。」

余諾愣了一下，指了指身邊的向佳佳：「不用不用，我剛剛都選好位子了，我們坐一起。」

Killer八卦地聽了一下兄妹倆的對話，低聲跟陳逾征討論：「嘖嘖，你別看Fish平時挺高冷，對他妹妹倒是挺好的啊。」

見他不說話，他又撞了撞陳逾征肩膀：「跟你說話呢，沒聽見？有沒有禮貌？」

陳逾征繼續打著手裡的遊戲，隨口道：「所以呢，你要我說什麼？」

Killer看不慣他這個樣子，「你裝屁呢，別以為我不知道，你就是打算撬Fish牆角！」

聞言，陳逾征手上的動作停了一下，看他一眼，「你可以再大聲一點？要不要幫你找個喇叭？」

Killer看他沒否認，順杆子往上爬，嘿嘿兩聲，「所以你牆角撬得怎麼樣了？」

陳逾征面無表情，吐出三個字：「撬不動。」

余諾坐在椅子上，檢查著包裡的行動電源、保溫杯、耳機線、OK繃、暈車藥。

機場裡的機械女音一遍一遍播放著公告。

TG的幾個人已經托運完行李，準備一起過安檢。余諾從椅子上站起來，還在包包裡翻找著海綿耳塞，不知道是不是沒帶，還是塞到了行李箱裡。

這次去巴黎長途飛機，要坐十幾個小時，她怕耳鳴又發作。

她有點焦慮，落在隊伍後面，低著頭在包包裡翻來翻去，一邊走路也沒察覺旁邊的狀況，不小心撞到路人。

手裡的包包掉在地上，余諾小聲說了一句抱歉。

被撞的人皺眉，拍了拍肩膀，嘀咕了一句：「走路記得看啊。」

等人走後，余諾蹲下身，把散落在地上的零碎物品一樣一樣撿起來，撿到一半，忽然感覺到眼前一暗。

陳逾征也沉默著，幫她撿。他單膝蹲著，戴著口罩，下半張臉被擋住。露出的一小截鼻樑高挺，黑羽似的睫毛低垂，遮住了眼底的情緒。

余諾撿東西的動作頓了一下。

旁邊有幾個女粉絲端著手機湊在一堆，嬉笑著，在拍陳逾征。

TG其他人沒注意到後面發生的小插曲，打打鬧鬧地走出去很遠。

他撿完，把東西交到她手裡。

余諾小心地看了他一眼，「謝謝。」

陳逾征眼睛漆黑，掀起眼皮掃她一眼，手肘撐一下膝蓋，站起身，「不用謝。」

感受到他的疏離，余諾緩了緩，又加快了收拾的動作，把東西都裝回包裡。

側過頭去看，陳逾征雙手插著褲子口袋，已經走了很遠。

過完安檢，還有一個多小時才登機。

Killer 作為婦女之友，最喜歡跟女孩子聊天，湊在向佳佳身邊，跟她們插科打諢。

奧特曼閒著無聊，也湊過來。

向佳佳聊起最近在追的小明星，翻出照片給余諾看：「我覺得他長得有點像妳哥，妳覺得呢？」

余諾看了一下，眉眼之間似乎真的有點像，她點點頭：「好像是有點。」

Killer 也品了一番，說：「他怎麼看起來有點娘啊，跟 Fish 哪裡像了？」

向佳佳感覺跟他沒共同語言，繼續滑著社群軟體，白了他一眼：「什麼娘，人家這是有少年氣，少年懂嗎？就是白白淨淨的，很惹人愛，你們直男不懂。」

「不是，這個時代到底是怎麼了？還有救嗎？你們女生的審美怎麼畸形成這樣了，我感覺這小明星還沒有陳逾征帥呢。」

Killer故意看了余諾一眼，「我們Conquer，不也是少年嗎？十九歲少年，多朝氣蓬勃，多英俊，還一點都不娘，充滿男人味的大帥哥，妳追什麼星啊，不如追我們隊的AD！」

向佳佳：「……」

Killer又轉頭問余諾：「妳覺得呢，余諾姐姐？」

余諾沉默一會兒說：「呃……我覺得……」

奧特曼在旁邊聽了一陣子，受不了，大叫了一聲，「殺哥，你太噁心了，你滿臉滄桑，鬍子亂七八糟的，叫人家余諾如花似玉的女孩子姐姐，你變不變態啊！」

余諾：「……」

向佳佳問：「諾諾，妳沒有喜歡的明星嗎？」

余諾老老實實地說：「沒有，我平時看動漫比較多。」

「啊？」向佳佳有點擔憂，「怪不得妳還沒找男朋友，我身邊喜歡動漫的妹子，覺得虛擬的男主角太完美，以至於現實裡都不太想跟男生接觸了。」

余諾：「我還好。」

奧特曼趁機問：「那妳有喜歡的人嗎？」

余諾靜了兩秒，點點頭，「有。」

「什麼？」

余諾被奧特曼的聲音嚇了一跳，不知道他為什麼這麼激動：「怎麼了嗎？」

奧特曼感覺自己即將要知道一個驚天大八卦，急道：「他是誰？」

余諾：「……」

「透露一點嘛？高的，還是矮的，胖的，還是瘦的？」

向佳佳無語了，也不知道這群男的怎麼能這麼八卦。

在他們灼灼的注視下，余諾有些呆滯，感受到了一點煎熬。她吞吐著，還是回答：「嗯……有點高，瘦……好像還好，但是不胖。」

「那，那比妳大還是比妳小……」奧特曼還想繼續追問，被 Killer 一把拉開：「你這個笨蛋，節奏帶得亂七八糟。滾開，讓我來。」

Killer 坐在余諾身邊，嚴肅地看著她，「妳喜歡的那人，有陳逾征帥嗎？」

余諾：「嗯？」

「如果沒有的話……」Killer 沉吟一下，沉痛道：「建議分手。」

余諾：「……」

陳逾征剛抽完一根菸回來，奧特曼抬手擋住：「等一下，你先別坐下。」

陳逾征：「？」

奧特曼指了指不遠處：「看到那臺飲水機了嗎？去，去倒杯水給我。」

陳逾征：「……」

Killer 翹著二郎腿，慢悠悠地：「倒完也別閒著，再倒一杯給你殺哥。」

陳逾征冷著臉，不知道他們又在發什麼神經，撥開奧特曼的手，自顧自在旁邊坐下。

奧特曼轉頭：「殺哥，你看看他多跩，太讓人生氣了。」

Killer 跟他一唱一和：「本來還幫他跟某人打聽了點東西，他這個態度，我什麼都不想說了。」

陳逾征轉眼：「你們他媽的又跟她說什麼了？」

Killer 笑了：「嘖，你至於這麼急嗎，還爆粗口？」

奧特曼指揮他：「征，你先倒杯水給我，我再考慮告不告訴你。」

他們正調戲著陳逾征，余諾過來了。Killer 和奧特曼齊齊閉嘴，陳逾征壓住火氣。

Killer 問：「怎麼了嗎？」

余諾有些拘謹，也不太敢直視他們，「我帶了點吃的，分給你們。」

奧特曼有些驚喜：「我上次吃的那個餅乾還有嗎？」

「有呀。」余諾答應。

奧特曼和 Killer 還有 Van 幾個人，一點都不嫌棄自己吃女孩子的東西丟人，紛紛圍到余諾身邊。

等他們心滿意足分完，回到位子上，余諾一抬頭，看到陳逾征離開的背影。

她忍了忍，還是出聲，喊他：「陳逾征。」

陳逾征頓住腳步，側過頭。

左右都是人，余諾猶豫了一下，跑了兩步，追上去，忍著羞澀開口：「那個……我還買了你喜歡的那個糖，你要嗎？」

陳逾征表情有點奇怪，靜了幾秒，還是說：「不用了，謝謝。」

他準備走。

余諾問：「你去幹什麼？」

陳逾征看了遠處偷窺的 Killer 一眼，視線又回到她身上：「倒水。」

余諾「哦」了一聲，問得很小心：「那個糖，你是不喜歡吃了嗎？」

她問一句，陳逾征答一句：「上次的沒吃完。」

余諾：「……」

她的表情像一隻倉惶的小動物，抓緊懷裡的包包，小聲地說：「是不是，我讓你不高興了？」

陳逾征挑了挑眉，好整以暇：「什麼不高興？」

「就是前兩天，在車上……」余諾剛剛喊住他也是一時衝動，但是話都說了，索性說完，「我沒有別的意思，只是，如果我說的話有點讓你不舒服了，或者難受了，我……對不起。」

陳逾征思考了兩秒，有點沒明白，問余諾：「這有什麼對不起的？」

「我……」余諾嘴拙。

陳逾征垂眼，看她的糾結的表情，「我確實有點難受。」

余諾愣住，又說了一句：「對不起。」

陳逾征又說：「不過呢，我的難受，可能不是妳想的那種難受。」

余諾渾然不覺遠處有幾個人在看熱鬧。她臉上出現了茫然之色，不確定地問：「那你是哪種難受？」

打量她數秒，陳逾征問：「妳確定要我在這裡講？」

陳逾征審視著她，直接望進了她眼裡，余諾不敢動，只是呆呆地盯著他。

陳逾征思考了一下，似乎在打著腹稿，停了停，終究，皺了皺眉，「算了。」

余諾：「啊？」

陳逾征：「我去倒水了。」

Killer 坐在位子上，看著陳逾征臭著一張臉，端著水，從遠處走過來，忽然從心底升起了一種勝利者才擁有的爽感。

他滿意地喝了一口，裝模作樣地感嘆，「唉，機場的水，真甜吶，真的是我這輩子喝過最甜的水了，好喝！真好喝！」

陳逾征氣笑了，他忍了一下，「您能說了嗎？」

Killer 裝傻：「啊，說什麼？」

陳逾征平靜道：「你問余諾什麼了？」

Killer 賤嗖嗖地，吊兒郎當，繼續調戲他：「你猜。」

陳逾征：「我猜你個頭。」

「……」Killer 差點被嗆到，拍拍胸口，有點怕怕地問奧特曼：「Conquer 今天怎麼這麼暴躁，生理期來了？人家被他凶了！曼曼，你管不管？」

奧特曼嘆息一聲，也拍了拍陳逾征的肩膀：「怎麼辦，你說這可怎麼辦呢！」

陳逾征轉頭：「她跟你們說了什麼？」

奧特曼臉色嚴肅：「也不怕告訴你，余諾已經有喜歡的人了。比你高，還比你帥。」

「……」

奧特曼痛擊隊友：「要你下手早點，你還在那嫌我們多管閒事，現在好了吧，全完了。」

陳逾征：「誰說她有喜歡的人了？」

Killer繼續補刀：「她自己說的呀。」

奧特曼：「算了算了殺哥，我們不說了，陳逾征的心都要被捅穿了。再說下去，比賽都打不了了。」

到了安檢時間，眾人收拾了一下登機。

向佳佳拿著登機證，找到位子，問余諾：「諾諾，我們坐這，妳想坐裡面還是靠走廊？」

余諾扶著座位椅，偷偷瞅了旁邊一眼。Killer和奧特曼、還有陳逾征正在放行李，他們剛好坐她們旁邊。

余諾：「我坐外面可以嗎？」

向佳佳點頭：「可以啊，那我坐中間。」

余諾在位子上坐下。

她剛剛找到了耳塞，就放在口袋裡。飛機起飛之前，廣播提醒各位乘客把手機關機，小桌板收起，繫好安全帶。余諾有點緊張，把耳塞戴上。

收拾好後，余諾深呼吸了一下，等待著飛機飛上天。周圍的人都在忙著自己的事，她又看了旁邊一眼，陳逾征也坐在最外面。

他戴著眼罩，雙手交叉，環抱在胸前。棒球帽的帽檐扣下，幾乎擋住了整張臉，已經進入休眠狀態。

兩人只隔著一個小走道，余諾控制不住，心裡有點小小的喜悅。

她把目光收回來，開始發呆。

飛機上睡的並不安穩，遇到氣流一陣顛簸。又過去一陣子，窸窸窣窣的聲音響起來，空姐推著餐車出來，低聲詢問乘客需要什麼。

咕嚕咕嚕的輕微滾輪滑動聲，陳逾征扯下眼罩，瞇起眼，適應一下光線，坐起來一點。

空姐正好走到身邊，微微彎腰：「您好，需要喝點什麼嗎？」

陳逾征想了一下，睏倦地問：「有果汁嗎？」

「有的，您稍等。」

空姐拿了一個杯子，倒了杯果汁遞給他。

陳逾征：「謝謝。」

奧特曼在旁邊說：「給我一杯咖啡，謝謝。」

空姐耐心答應：「好的，稍等。」

頭開始隱隱泛痛，陳逾征從口袋裡拿了一塊巧克力出來，丟進嘴裡，等著慢慢融化。

他臉色難看，眼底發青，奧特曼看到，知道他低血糖又發作了，特地湊過來關心了一句，「你沒事吧？要不要吃點東西。」

陳逾征不想說話，搖了搖頭。

餐桌被拉下來，他手裡握著杯子，手指輕點著杯沿，盯著裡面微微晃動的果汁出神。

上次春季賽總決賽，連輸ＯＧ兩場之後，休息室裡被教練罵了一頓。陳逾征身邊環繞著低氣壓，獨自坐在沙發上，也有人買了一杯這樣的果汁給他。

她臉色通紅，額角還帶著劇烈運動的汗。看向他的時候，有點不太好意思，從袋子裡拿出葡萄糖和果汁，小心地詢問他要喝哪個。

陳逾征晃了晃杯子，側過頭去看余諾。她戴著白色的耳塞，膝蓋上還蓋著毛茸茸的毯子，撕了一片麵包放進嘴裡。認真地翻著飛機上的商業雜誌，看得津津有味。

察覺到打量的視線，余諾轉過頭，和陳逾征對上視線，他沒移開目光。

余諾愣了一下，看了看周圍，確定陳逾征是在看自己。向佳佳在旁邊睡覺，余諾怕打擾到她，張了張嘴，用口型問：「怎麼了嗎？」

陳逾征拿起手機，打開聊天軟體，傳訊息給她。

Conquer：『妳吃什麼？』

兩人隔著一個走道，余諾拿起包裝袋，舉起來給陳逾征看了看，然後打字回覆他：『在吃麵包。』

Conquer：『餓了。』

余諾又看了他一眼：『我還有別的，你想吃什麼？』

Conquer：『看看。』

余諾把毛毯掀開，站起來，墊著腳把裝吃的背包從頂艙拿下來，拉鍊拉開，拍了張照片給陳逾征。

他看了一眼，隨便選了一個。

余諾把草莓麵包拿出來，探出身，遞過去給陳逾征。

他慢條斯理地撕開包裝袋，放進嘴裡咬了一口，手機一震，收到余諾的訊息：『好吃嗎？』

剛睡醒的煩躁好像稍微散了一點，陳逾征心情不錯，回她：『還行。』

余諾：『我還有兩個，都給你？』

Conquer：『不用了。』

剛回完余諾的訊息，陳逾征眼睛從螢幕抬起，瞥向奧特曼。

他咳嗽一聲，偷看被人抓包，有點小尷尬，「那什麼，你繼續，我就看看，隨便看看。」

陳逾征沒理他，關掉手機。

奧特曼刻意壓低了聲音，「你們還挺有情趣。」

見陳逾征還是不理他，奧特曼有點忿忿不平：「剛剛問你要不要吃點，你不是說不要嗎？」

陳逾征開口，聲音有點啞，帶著慣常的不耐煩：「你能不能少說兩句話？」

奧特曼：「？」

陳逾征：「吵得我頭痛。」

奧特曼：「……」

奧特曼被噎了幾秒，咬牙切齒：「行吧，我不說了，不過是被嫌棄的曼子的一生罷了。」

十四個小時，飛機從上海抵達巴黎，主辦方專門包了車接他們去飯店。

小應在車上跟他們大概說了一下最近兩天的行程。

這次洲際對抗賽，是來自亞洲三個賽區的十二支隊伍。

第一天車輪戰，有六場ＢＯ１。經過ＢＯ１的對決後，按照賽區積分排出一二三，第一直接進決賽；二、三名對決爭取進入決賽的名額。決賽採取ＢＯ５賽制，贏下的兩支賽區的四支隊伍，由己方教練商討決定出賽順序，先得三分的賽區取得總冠軍。

洲際賽開始前，他們第二天還要早起拍攝宣傳片，時間很緊。

十幾個小時的飛機坐下來，余諾的臉色變得很不對勁。

去飯店的中途，余諾還是沒忍住，請司機停車，下車去吐了兩次。

向佳佳跟上去，拍著她的背，擔憂地問：「沒事吧諾諾。」

余諾壓抑住反胃，蹲在路邊，接過她遞來的衛生紙，擦了擦嘴，勉強笑笑：「沒事。」

不遠處，一車的人都在等她，余諾怕耽誤他們時間，跟向佳佳說：「佳佳，妳幫我拿一下包包和手機，你們先回去，我現在坐不了車。等我緩緩，自己叫個車回飯店。」

「沒事，那我陪妳吧。」

向佳佳跑上車，Killer 扒著窗口往後看了一眼，也有點擔心：「余諾她沒事吧？」

向佳佳走到後面，在余諾的位子上找到包包，拿起來，「沒事，她說她現在坐不了車，你們先去飯店，我陪她走一下，然後叫車去飯店。」

齊亞男不贊同：「不行，都這麼晚了，妳們兩個女孩子單獨在外面多不安全。」

陳逾征忽然出聲：「包包給我。」

向佳佳站在原地，愣了一下：「啊？什麼？」

他從位子上站起來，「我下去陪她。」

余諾咽了一下口水，克制住食道泛起的酸。身邊站了一個人，她下意識以為是向佳佳。一抬頭，陳逾征正低著眼看她。

余諾呆了一下，撐著膝蓋站起來，「怎麼是你……佳佳呢？」

「妳……」陳逾征皺眉，遞了瓶水給她，「妳還好吧？」

「沒事。」余諾苦笑，解釋，「我只是下飛機之後有點暈車，緩緩就好了。」

華燈初上，巴黎夜晚的街頭很有風情。

這個城市就像個絢麗的不夜城，街道燈火燦爛，有些紀念建築上掛滿了閃耀的霓虹小燈。

余諾喝了幾口水，慢慢地走了一陣子，被風吹了吹，感覺好了不少。她被漂亮的夜景吸引住目光，有了精神，忍不住停住腳步，舉起手機拍了幾張。

陳逾征等在一旁，看她拍完，有點好笑：「女孩子都這麼喜歡照相？」

「嗯？」余諾正舉著手臂拍遠處的旋轉木馬，聞言轉頭，靦腆地笑了一下，「還挺好看的……想拍下來記錄一下。」

腦子裡忽然想起付以冬的教導：「適當要點小心機，讓他主動幫自己點小忙，拉近兩人距離。」

她猶豫一下，抿了抿唇，有點忐忑地問：「陳逾征，你可以幫我拍一張照片嗎？」

他攤了攤手。

余諾把手機交給他，「幫我把那個旋轉木馬也照進去，謝謝啦。」

她跑到路邊，轉頭找了找旋轉木馬的位置，舉起手，在臉邊比了個耶。

她每次拍照都喜歡舉這個手勢，第一次見面，她上臺結果認錯了他，也是一模一樣的姿勢和笑容。

陳逾征望著手機鏡頭裡的她，嘴角提了提。

過了一下，余諾興奮地跑過來，「怎麼樣？」

他隨口道：「挺好。」

余諾期待地接過手機，點開相簿，查看他剛剛拍出來的成品。

看了幾張後，嘴角的笑容漸漸凝固住。陳逾征剛剛也不知道怎麼拍的，余諾感覺自己被拍得特別矮，人身比例好像五五分。臉上的笑容也特別傻，甚至有一張連眼睛都沒睜開。

看她不說話，陳逾征挑了挑眉，「怎麼，不滿意？」

余諾不忍打擊他，抬起臉說：「……不然我幫你拍一張，示範一下？」

她調了個濾鏡，走出去兩步遠。

陳逾征戴著棒球帽，擺好了姿勢，靠在樹幹上等著她。

他向來都是這樣，除了上場打比賽，其餘時候一直都懶洋洋沒什麼精神，站沒站姿，坐沒坐姿。倒是和這個城市慵懶的風情融為了一體。

余諾特地蹲下身，幫陳逾征找了一個特別好的角度。

拍完之後，余諾小跑過去，獻寶一樣，把手機遞給他看：「你看看？」

陳逾征她手機拿著，左右滑滑，看了幾張自己的照片，臉上表情一如既往淡定。

余諾期待地問：「你覺得怎麼樣？」

陳逾征理所當然道：「挺帥的。」

余諾：「……」

她忍不住提了一句：「你不覺得，我把你的腿拍得很顯長嗎？」

陳逾征表情似乎有點困惑：「我的腿本來就挺長。」

余諾：「……」

「好吧。」她吃了個癟，訥訥的，也不打算指望他了，把鏡頭的方向調了一下，舉起手機對著自己，還是自拍比較可靠。

余諾剛調整好表情，鏡頭後方突然出現了一張臉，陳逾征歪著頭湊上來。

余諾手一抖，按下了拍攝鍵，她有點慌：「幹什麼？」

「跟妳一起自拍啊。」

余諾「哦」了一聲。心裡想了一下，她耳根有點發紅，低下頭，小聲說了兩句。

陳逾征沒聽清：「什麼？」

余諾鼓起勇氣，聲音大了點：「剛剛那張……沒拍好。」

他不說話。

她小心翼翼瞧著他：「能再來一張嗎？」

余諾跟他身高差的有點多，稍微踮了踮腳，她不敢跟他靠太近，保持著一點距離。

陳逾征站在她後面一點，也發現了身高差這件事。

他看她已經擺好表情，微微俯身，手臂舉著手機放遠了點，腦袋湊到她旁邊。

遠遠看去，就像半個身子都貼上了余諾。

他的頭髮和衣服還殘留著一點洗髮精的香味，很乾淨的氣息一瞬間把她包圍住。

余諾的呼吸都放輕了，看著手機鏡頭裡兩人親密的畫面，緊張地抓著衣服下擺，瞪圓了眼睛，連笑都忘記了。

喀嚓喀嚓，陳逾征連拍了三張。

直到起身，余諾還是維持著剛剛的姿勢，一動都不敢動。

他低著頭，翻了翻兩人剛剛的自拍，笑了笑：「姐姐，妳的表情好像有點僵硬啊。」

余諾趕緊把手機搶過來，也不敢多看，「沒關係，就這樣吧。」

回到飯店已經快十點，拿護照辦好入住，陳逾征回到房間。

奧特曼正趴在床上看劇，浴室裡傳來淅淅瀝瀝的水聲。

等陳逾征洗了個澡出來，奧特曼察覺到他的心情似乎很好，多嘴問了一句：「你跟余諾幹什麼了？怎麼這麼晚。」

他懶洋洋回了一句：「約會啊。」

奧特曼被他不要臉的發言驚了一下。

陳逾征坐在床邊，拿著白毛巾擦拭短髮。

奧特曼丟開手機，爬過去問：「余諾不是有喜歡的人了嗎，還約會，你心理素質夠好的啊！」

陳逾征甩了甩頭髮上的水珠，拿起吹風機，滿臉無所謂：「又沒在一起。」

奧特曼語塞，一時之間居然不知道該說什麼。

眼睜睜看著他吹乾頭髮，奧特曼想了許久，終於問出口：「那要是在一起了呢？」

陳逾征的道德底線向來極其之低，他根本沒思考，依然是那副無所謂的表情：「在一起又沒結婚。」

奧特曼：「……」

他罵了一聲：「陳逾征，你臉都不要了？」

之前大家都是調侃居多，雖然基地的幾個人經常開他和余諾的玩笑，但誰也沒放在心上，就是調戲著好玩罷了。

奧特曼沒想到陳逾征居然是來真的，忍不住提醒：「余諾她可是 Fish 的妹妹。」

陳逾征丟開吹風機，靠到床邊，拿起正在充電的手機看了一眼，「所以？」

「你又不是不知道，余戈粉絲多討厭你。能不能清醒一點？要不然我們還是算了吧，你想想，人家 Fish 已經是圈裡功成名就的職業標杆，我們望塵莫及啊哥。再看看你呢？你現在就是個剛出道的小透明，冠軍沒拿過，粉絲也沒有，錢也沒人家哥哥賺得多。就是要什麼，什麼沒有，拿什麼追人家妹妹啊？拿你一顆廉價的真心嗎？」

「我不是還有臉嗎？」陳逾征淡淡地反問他，「不知道我高中是校草？」

奧特曼：「……」

雖然知道他不要臉，但沒想到能這麼不要臉。奧特曼感覺自己每次都會被陳逾征刷新下限。

他無語凝噎一會，再開口時，語氣有點勉強，「征，靠美色，是不能長久的，你要知道，色衰而愛馳，臉有什麼用？再說了，人家 Fish 長得也帥啊，你以為余諾帥哥看的還少嗎？高中校草怎麼了？你完全沒有競爭力。」

奧特曼著急，在旁邊婆婆媽媽地勸了半天，嘴巴都說乾了，發現陳逾征正拿手機滑著論壇，看著遊戲出裝，一句話都沒聽進去。

他頓時覺得自己一腔擔心都餵了狗。奧特曼有點洩氣，問：「欸，陳逾征，你真的這麼喜歡余諾啊？」

陳逾征靠在床頭櫃上，眼都不抬，懶散地答：「不是挺明顯的嗎？」

這次余諾還是跟向佳佳住同一間房。

余諾窩在沙發裡玩了半天的手機，手機螢幕的藍光投射在她的臉上，旁邊的行李箱都沒開。

向佳佳走過去的時候，她絲毫不覺，不知道在專注地看著什麼。

「諾諾，妳好點沒？」向佳佳關心地在她旁邊坐下，遞了瓶蘆薈口味的牛奶過去。

余諾視線從手機裡抬起來，跟她說：「我好多了。」

向佳佳打了個哈欠，「那妳去洗澡吧，飛機坐這麼久好累哦，反正明天沒我們什麼事，正好可以睡個懶覺。」

余諾點頭答應，打開行李箱，拉開內層的拉鍊，準備拿出睡裙。余諾手頓了一下，上次去大慈寺求的護身符還躺在裡面。

她拿起來，放在手心看了看。

去洗澡的時候，余諾手裡還拿著手機。卸妝的時候，洗手檯上的手機一震，她立刻拿了起來。

Conquer：『今天的照片傳給我。』

余諾考慮了一下，從相冊挑選了幾張，傳了幾張風景照，還有他站在樹下的幾張過去。

過了幾分鐘。

Conquer：『？』

Conquer：『？』

余諾也回了一個：『？』

Conquer：『自拍呢？』

余諾遲疑一下，靠在冰涼的瓷磚上，打字：『我們的嗎？』

Conquer：『妳想傳妳自己的也行。』

余諾：「……」

余諾看了他們剛剛的照片一眼，覺得自己的表情太呆，實在傳不出手，於是回覆：『我剛剛看了一下，好像有點醜 TvT。』

Conquer：『誰醜？』

余諾：『我……』

Conquer：『傳吧。』

還不等余諾回覆，他下一則訊息就來了：『我好看就行了。』

盯著他這一行字，余諾有點氣，又有點好笑。猶豫了一下，還是沒把自拍發過去。

她想了想，回覆他：『你早點睡吧，我要洗澡了。』

Conquer：『不傳照片我怎麼睡。』

余諾是個容易妥協的人。他一再要求，她也不好意思再拒絕，打算等下修圖一下看能不能拯救。思忖了幾秒，應付他：『你先睡吧，我過兩天就傳給你。』

傳完這則訊息，余諾眼睛不小心瞟到鏡子裡的自己，臉頰暈紅，眼裡還有水光，眼角眉梢都是開心。

她嚇了一跳，立刻反省了一下，她今天跟陳逾征待在一起的時候，不會也是這個表情吧……

余諾彎下腰，洗了一把臉冷靜情緒。

她心神不寧，連洗澡的時候都想著這件事。

洗完出去，房間裡大燈已經關了，只留下一盞暈黃的檯燈，向佳佳躺在床上睡著了。余諾輕手輕腳，坐在床邊塗身體乳液。

手機一震，陳逾征傳了一個月亮的貼圖過來。

她笑了笑，回了一個月亮過去。

到達巴黎之後，花了一天時間拍完宣傳片，其餘時間幾乎都留在飯店進行訓練。四個隊伍互相約時間打訓練賽。

很快，就到了洲際賽的開幕式。小組賽連著進行兩天，一共十二場的車輪戰。洲際賽第一天，就是連著兩局的中韓焦點戰。

從S1拳頭官方正式建立英雄聯盟職業賽開始，LPL曾經歷過一段LCK在S賽上漫長的統治時代，年年都與總決賽的冠軍杯失之交臂。以至於恐韓已經成為LPL賽區心中彌留的陰霾。

第一天的比賽日，LPL的教練組直接用了賽區的一、二號種子隊跟韓國賽區打擂臺賽。雖然途中經歷了點波折，有驚無險，OG和TG最後都戰勝了韓國隊。

雖然鼓舞了一波士氣，但WRL和YLD的狀態沒調整到最佳，連著兩天的交手，LCK的總積分還是以些微優勢排名第一。

也意味著LPL要在第三個比賽日和LMS打淘汰賽。

一對一的打四場，誰先取得三場勝利就晉級決賽，如果出現二比二平局的情況，再各自商量，隨機派出一支隊伍打加賽。

在打LMS之前，國內輿論基本都是一邊倒，因為LMS實力和LPL和LCK相差較遠，年年都是陪跑選手。LPL的觀眾基本沒有什麼擔心，各大戰隊的粉絲形成了一種生命的大和諧，就連平時水火不容的OG和TG兩家都開始休戰。

粉絲們甚至已經開始研究起後天打LCK的事情，跑去四個戰隊的官方帳號底下出謀劃策，後天該怎麼怎麼打韓國隊。

第三天的淘汰賽，OG首發。在所有人的預料之內，他們以絕對的碾壓性優勢，乾脆俐落地贏下LMS的二號種子隊。

賽後採訪Will和余戈。

Will不太正經，慣例說了幾句騷話。

輪到余戈，女主持人問：「Fish有什麼想對接下來幾支隊伍說的呢？」

余戈面無波瀾：「打好點，讓我們今天早點下班。」

『哈哈哈哈哈哈哈哈哈！來自老前輩的鼓勵，聽到沒！剩下三個隊爭點氣啊！』

『翻譯一下余神這句話的意思：給我三比零直接拿下，老子不想打加賽了！』

『嗚嗚嗚嗚嗚 Fish 好帥，沒有表情的時候也好帥，說話的時候也好帥！』

這時國內還是一片歡聲笑語，絲毫不慌。

第二場，因為雙方互相不知對方即將派出的隊伍，後臺休息室裡，LPL教練組商量了一番，預判到LMS即將要派出一號種子XC戰隊。決定小賭一把，讓四號種子YLD上去，不論如何，輸了不虧，贏了血賺。

好點的情況就是三比零直接下班，就算YLD輸了一場，剩下WR和TG對上LMS的隊伍，也很大機率率能贏，再不濟也是三比一。

比賽開始，XD的打野狀態火熱，配合三路，在前期 Gank，打出了個三比零人頭。在前期劣勢的情況下，YLD 整體的應對不太行，比賽被 XD 推上高地，三十分鐘結束。

輸了一個小場，解說倒也沒太放在心上，依舊談笑風生：「XD這個隊伍整體實力還是可以的，年年都進世界賽，去年好像是八強吧」

解說B：「是的，我們這邊剛剛得到消息，接下來的一局，LMS那邊應該要派出三號種子隊了，不知道我們這邊會派誰呢？我覺得最穩妥的就是讓TG上，然後WR第四局打四號種子，應該是勝券在握了。」

剛分析完，耳麥裡傳出導播的聲音，LPL這邊也確定了人選，派出WR。

解說A有點疑惑：「咦，第三場要 WR 上嗎？那如果這場贏下，TG 就要打決勝局了，他們畢竟還是今年剛出道的新隊伍，打這種國際賽事會不會有點緊張啊？」

解說B：「教練組肯定有他們的考量，TG雖然是個新隊伍，但是他們今年在很多人不看好的情況下，春季賽一路從小組賽打到決賽，整個隊伍也是非常有朝氣和血性，昨天也和OG一起贏下LCK的隊伍，相信今天也不會讓人失望的。」

在周蕩還沒退役之時，是WR最輝煌的一段時期，那幾年WR橫掃國內各大賽事，替LPL拿下第一個S賽的總冠軍。直到老將凋零，Aaron退役轉行當了教練，WR新隊員繼承了老一輩的優良傳統，打外戰絲毫不退縮，非常爭氣，幾乎很少會出差錯。

第三局開始，WR前期零失誤，二十分鐘平推，把LMS的三號種子隊按在地板上摩擦，輕輕鬆鬆結束比賽。

由於前三場全部打完，預設最後一場就是TG和LCS的四號種子隊LOT打。TG只要贏下，LPL就可以直接進入決賽，後天和韓國爭冠軍。

短暫的休息過去，TG眾人從通道內走上比賽舞臺。

今天來現場看比賽的大多都是國內的留學生，最後一場了，雖然沒什麼懸念，但大家都熱情十足，吶喊和掌聲響起，給足了TG面子。

賽前準備，各方進行設備調試和確認。導播鏡頭轉到TG的幾個隊員，Killer不知道正在和奧特曼說什麼，兩人的表情俱是放鬆和愜意。

陳逾征一言未發，單手撐著頭。

解說A隨口道：「好了，最後一局了，小夥子們加油啊。不過TG幾個人看起來也是勝券在握，絲毫不慌呢。」

解說B笑了一下，調侃：「嘖，你這個發言會不會太早了，說不定等會還有一局呢。」

第四局決勝局。

比賽進行到十五分鐘，ＴＧ建立的優勢已經很明顯。到二十五分鐘，陳逾征此時已經三件套裝在手，輸出無敵，而ＬＯＴ幾乎上中下三線全崩。

甚至連場內的官方解說的語氣都變得隨意起來。

就當大家以為ＬＰＬ即將三比一戰勝ＬＭＳ下班之時，ＴＧ忽然全員都浪了起來。

先是 Van 的奧拉夫一波莫名其妙的 Gank，強行越了上路吸血鬼的一波塔，結果技能丟歪，抗塔的時候沒有和湯瑪斯商量好，被防禦塔的傷害打了兩下，血線降了一大半。大殘血情況下，被對方毆死。

這一波下來直接導致ＴＧ丟了龍魂。

緊接著又是下路陳逾征和奧特曼兩人強行二對三，一頓操作走位後，對方又支援來了上單，被打出零換二。陳逾征的大人頭被終結，賞金直接養肥了對面吸血鬼。

ＴＧ連續幾波浪失誤後，本來已經傾斜的天平又慢慢回檔。

意識到不對勁，TG 眾人 All in，直接轉頭奔向大龍。打算結束比賽。

結果打的太急，正好給了對方吸血鬼在龍坑處發揮的機會。ＬＯＴ上單血池一交，一個Ｒ下來，奧特曼的血條上演了瞬間消失術，當場去世。

眼見著打不了，Killer 指揮撤退，龍被 ＬＯＴ 接手。

擁有龍 Buff 的 ＬＯＴ 直接反拔了 ＴＧ 所有外塔。吸血鬼發育起來之後，ＴＧ 幾乎無人可以抵擋。

解說語氣沉重：「ＴＧ目前完全解決不了這個吸血鬼，它只要往人群一站，誰都不敢靠近。」

「這時候只能選擇抱團了，團戰前先解決掉吸血鬼，不然ＴＧ打再多輸出也是白搭。」

比賽被拖進大後期，ＴＧ英雄屬性乏力，實在是解決不掉這個吸血鬼。

ＴＧ在大優勢的情況下被ＬＯＴ翻盤。

紅水晶炸裂之前，ＬＯＴ全隊狠狠出了一口惡氣，五個人齊齊亮出隊標。

後半場直到遊戲結束，現場觀眾被打的鴉雀無聲。

剛剛解說隨口的一句話，結果一語成讖。誰也想不到，關鍵局上ＴＧ輸給了ＬＭＳ的四號種子隊。

一整局比賽下來，國內論壇和社群都炸了，粉絲心情從最開始的風輕雲淡到中期的緊張再到後期氣的吐血。

『好傢伙，真有你的Van！這一局真就完美詮釋了什麼叫帶崩三路，全場Sorry。』

『我心態真的血媽炸裂，如果我有罪，法律會制裁我，而不是讓我在這裡看ＴＧ的比賽找氣受！』

『ＴＧ真的全員腦癱，ＬＰＬ二號種子隊輸給ＬＭＳ墊底的？』

『ＹＬＤ和ＴＧ居然輸給這種隊？坐什麼飛機，直接從巴黎游泳回來吧，路線都幫你們規劃好了。』

『ＹＬＤ本來就是四號種子隊，田忌賽馬懂不懂？輸了ＬＭＳ的一號種子隊也沒什麼好說的，倒是ＴＧ，春季賽亞軍，結果打四號種子沒打過，就離譜。』

『太可笑了，TG這個亮標隊不就是喜歡亮標嗎？？只會對OG亮？打內戰我重拳出擊，打外戰我膽小成白癡。這次國際賽被LMS五個人亮了，爽嗎爽嗎？』

由於TG輸給了LOT，導致LPL和LMS的比分持平二比二，需要再打一局加賽。基本沒有多餘的選擇，兩個賽區都派出了實力最強的一號種子。OG打完第一局之後，又在第五局重返賽場。

後臺休息室裡，LPL各家戰隊的隊員、教練、分析師都在一起。

看著推門進來的TG眾人，先是靜了一秒，面面相覷。

Killer臉色灰暗，知道有人看著他。他感覺自己這輩子都沒這麼抬不起頭過。默默地走到一張椅子前坐下。

大家都沒指責什麼，WR的中單走過去，拍了拍奧特曼的肩，安慰道：「沒事，哥們，輸一局沒什麼，這不是OG頂上了，問題不大，下一局肯定贏。」

奧特曼也挺不好意思的，抬起臉，苦笑了一下，「抱歉啊。」

「有什麼抱歉的，你們昨天不也贏了。」WR中單很能理解，「畢竟第一次打這種國際賽，失誤也是正常的。」

氣氛緩和了一下，陸陸續續有人湊上去安慰TG的幾個人，讓他們放鬆心態。

第五場加賽即將開始，所有人都屏住呼吸，圍坐在電視機前，看著前場的比賽轉播，等待著最後一場決勝局的到來。

此時各大直播平臺的留言也熱鬧了起來：

『多虧了還有OG第五局能救TG一條狗命，不然LPL要是淘汰賽就輸了，TG揹大鍋！』

『Conquer 真的是個孤兒 AD，早點滾吧，毒瘤！』

『厲害啊TG！輸的漂亮！』

『唉，算了算了，後天還要打LCK，先別罵了。不是還有OG墊底，說實話看到TG輸的時候心都碎了，還好有人擦屁股。OG等會要是贏了，建議今晚TG全隊給OG的人磕幾個頭。』

投影裡，OG贏下第一波小團戰，余戈直接收下兩個人頭。休息室裡一片歡呼。

剛剛凝滯的氣氛終於輕鬆了些許。余諾心底也鬆了口氣，下意識想去看陳逾征。結果找了一圈，都沒看到他的身影。

余諾問身邊的向佳佳：「陳逾征呢？」

向佳佳專注地看著比賽，茫然四顧：「不知道啊……。」

又問了幾個人，都說不知道。向佳佳隨口猜測：「可能跑去哪裡搞自閉了吧。」

看了十幾分鐘的比賽，余諾放心不下，趁著沒人注意，推開休息室的門出去。

拿起手機傳則訊息給陳逾征：『你在哪？』

等了一會，他回覆：『抽菸。』

余諾：『在哪？』

他沒回。

余諾心底有點擔憂，去周圍找了找，上上下下地跑了幾個地方，最後在消防通道發現了陳逾征。

他坐在樓梯轉角，指尖星火明滅。

余諾腳步停了停，過去，試探地開口喊了一聲：「陳逾征？」

他沒應聲。

余諾走過去，雙手抱著膝蓋，在他身邊蹲下：「你沒事吧？」

陳逾征懶懶道：「我能有什麼事？」還是往常那樣吊兒郎當的語氣和姿態。

這裡燈光昏暗，余諾看了他的側臉一眼。看出他現在不想說話，余諾沒再出聲，也沒走。她不知道怎麼安慰人，就默默蹲在他的身後，這樣安靜地陪著他。

直到腳都蹲得發麻了。

陳逾征滅了菸，輕輕瞥她，「守著我幹什麼，怕我自殺啊？」

余諾抿了抿唇，起身，在他旁邊坐下，轉過頭：「沒有……」

遠處比賽和觀眾的歡呼的聲音傳來，遙遠地好像有點不真切。陳逾征靜了一下，突然問：「妳失望嗎？」

「啊？」余諾愣了一下，「什麼？」

他自嘲一笑，「沒什麼。」

余諾忽然想起，上次春決完，他們輸給OG，陳逾征喝醉後，好像也問了她一模一樣的話……

余諾醞釀了一下子，右手悄悄伸進口袋，摸到一個東西，「我本來想給你一個東西，忘記給了。」

「什麼？」

余諾聲音很小：「之前在成都，我去了寺廟，然後……那天我許了兩個願望。」

陳逾征盯著她，沒出聲。

余諾握緊了手上的護身符，停了一下，繼續說下去：「第一個，希望家裡人健健康康，願我哥所願皆成。」

他問：「還有一個呢？」

余諾鼓起勇氣，把手上的護身符遞過去，「就是這個。」

陳逾征垂下眼，看著她掌心裡的紅黃色荷包。

她看著他，一字一頓：「我希望，有一天，你，還有奧特曼、Killer、湯瑪斯、Van，你們能被所有人看到。」

陳逾征沉默了。

「雖然今天比賽輸了，但我不失望。陳逾征，我記得你準決賽說過的話。」余諾認認真真，眼裡沒有安慰，只有信任，「你說你會贏下所有人，那時候我就覺得，你以後一定能做到的。」

昏暗的樓道裡，兩人的距離近得呼吸可聞。

余諾的聲音輕柔堅定，每一個字卻重重的，全部敲在了陳逾征耳裡、心裡。

「有一天，Conquer 一定會被所有人記住。」

第九章　被所有人記住

ＯＧ跟對方的頭號種子隊加賽一場，淘汰賽持續了五個小時，最終，ＬＰＬ以三勝兩敗的戰績擊敗ＬＭＳ，殺進決賽。

當解說喊出比賽結束那一刻，後臺休息室裡一掃剛剛的沉悶，ＯＧ的領隊喊了一聲，其餘人也自發地鼓起掌，一片歡呼，連向佳佳都忍不住跳了起來。

等前面打完比賽的ＯＧ回來，有幾家自媒體來休息室，準備賽後採訪。齊亞男找一下陳逾征，發現他不在，問小應：「陳逾征人呢？」

小應也找了一圈：「不知道什麼時候走了。」

齊亞男：「算了，讓 Killer 和奧特曼去採訪吧。」

各個戰隊挑了兩個選手，和教練一起在採訪席上坐成一排。

採訪開始前，工作人員把麥克風遞到他們面前的長桌上。教練拍了拍奧特曼的背，壓低了聲音：「把頭給我抬起來，知道丟人就下次好好打。」

比賽結束後，晚上十點，TG發表了一篇文章。

@TG電子競技俱樂部V：

『很抱歉輸掉了今天的比賽，讓大家失望了。非常對不起為我們加油的粉絲們，接下來的決賽我們一定會努力的。』

文章發出去之後，其他三家戰隊，包括OG，都在這篇文章底下替他們加油。

前幾樓下來，除了一些解說，還有粉絲和路人恨鐵不成鋼的留言：

『如果後天跟LCK打還這麼爛，TG你給我記住，千里馬常有，你媽不會再有。』

『雖然你比賽輸的很醜，但你道歉的速度是真的快。』

『不想看道歉，只想你們爭口氣。』

『春季賽輸給OG都沒覺得這麼丟人過，多虧了別人幫你打了第五局，不然你們在巴黎就直接原地解散吧。』

『後天也不求你們能贏了，別輸得太丟人就行了。』

『唉……Conquer雖然厲害，但是他打法是不是太激進了？感覺很容易一頭熱，敢抓敢死，不過也能理解，雖然有天賦，但新人沒大賽經驗。賽後好好看回放，打好接下來的比賽吧，別給LPL賽區丟人了。』

此時，飯店裡。

教練領隊和戰術分析師幫他們進行複盤，從BP開始，臨時架起的小白板上寫滿了今天TG和LOT那場比賽裡失誤的地方和細節，「我們戰隊的風格喜歡打架，但要記住，愛打架不等於無腦莽撞，並且你們缺點很明顯，地圖資源不愛控，出現失誤的時候弄不明白怎麼應對，導致對方把優勢越擴越大。」

房間裡靜悄悄的，氣氛略顯沉重，沒有一個人說話。

複盤到到 Van 失誤後，奧特曼和陳逾征下路被零換二抓死的那一波。

教練點名他們：「我知道你們著急，但是落後的時候最忌諱急著找別人打架，越打越上頭，越上頭比賽走的越遠。當其他路出現問題，你們就要格外小心，意識強一點，尤其是還是優勢路的時候，能退就退。打比賽該縮的時候就縮，不要總想著還能操作一下，最後能打贏才是最重要的。」

奧特曼低下頭，「對不起，是我太弱了。」

教練：「這是團隊遊戲，不是個人問題。而且你的實力其實能發揮的更好，不要總是這麼沒自信。」

Van 也反省了一下：「我不該強行越塔的，當時和 LOT 打的太放鬆了，是我的問題。」

陳逾征沉默。

教練嘆口氣：「今天輸了也未嘗不是一件好事，就當給你們一個教訓吧。我很早就告訴過你們，任何國際賽上的對手都很強，不能輕敵，不能放鬆警惕。今天輸給 LOT，就當為你們的傲慢上了一課。」

整場複盤完，教練看了一下時間：「好了，你們先去訓練吧，找找狀態，離後天的決賽也不遠了，時間抓緊。對了，Conquer 你單獨留一下。」

等所有人走出小房間，教練走到陳逾征身邊坐下，「怎麼，又不講話了？」

當初就是教練把陳逾征挖來TG打職業，對他有知遇之恩。

陳逾征低聲道：「今天是我的問題。」

「不止你有問題，全隊都有問題。Conquer，我知道你自信，你也確實是我帶過最有靈氣的選手，不論是操作還是風格上，我看得出來你是個好苗子。」

「但是有時候，自信過頭了不是一件好事，你要清楚，LPL有天賦的新人每年都有，但是有的人像流星掠過，最後泯然於眾。有的站到了巔峰。」

「每一個成功的選手，他們都能在戰隊最困難的時候，一個人扛著隊伍往前走，而你，現在還遠遠達不到這個標準。」

看著陳逾征，教練說：「你知道我為什麼要單獨留你嗎？因為你現在是TG隊內默認的隊長，我不能當面批評你，我要讓你的隊友全身心信任你，無論是賽場上，還是賽場下。而你，要在這種壓力下快速成長，直到成為了能扛著隊伍往前走的人，才不會辜負他們對你的信任，懂嗎？」

教練拍了拍陳逾征的肩膀：「萬丈高樓平地起，我知道你卯足了勁想拿冠軍，但是現在還不是時候。你以後不會比別人差的，我相信我看人的眼光。」

「好了，沒事了。」教練站起身，「你要是心情不好，出去走一圈散散心，走完就回來訓練。」

和向佳佳回到房間，余諾在手機上和付以冬聊一下天。國內外有時差，付以冬問她怎麼還沒睡。

余諾：『有點睡不著。』

付以冬：『因為今天TG輸了？』

余諾：『有一點這個原因，但也不全是……』

付以冬：『妳跟妳那個弟弟怎麼樣了，有進展嗎？』

余諾回想一下這兩天發生的事，回覆付以冬：『好像有一點進展了。』

付以冬鼓勵她：『可以啊，打算什麼時候表白？』

余諾老老實實地回：『暫時還沒這個打算，再等等吧，我有點不敢。』

還在等付以冬的訊息，聊天畫面的左上角出現了一個紅點。她滑動一下，發現是陳逾征傳來的訊息。

Conquer：『睡了沒？』

余諾：『還沒。』

Conquer：『下來，陪我走走。』

余諾看了看時間，打了一行字又刪了，問他：『現在嗎？』

Conquer：『飯店門口等妳。』

余諾起身下床，拿起手機，披了件外套。

正在拿ipad看劇的向佳佳注意到她，問了一句：「諾諾，這麼晚了妳還要出去啊？」

余諾正在穿鞋，抬頭回答她：「嗯。」

「要我陪妳嗎？一個人多不安全呀。」

她穿好鞋站起來，「不用了，我馬上就回來，應該只在飯店附近走走。」

向佳佳走到窗邊，拉開窗簾往外瞅了瞅，轉頭跟余諾說：「外面好像有點下雨了，妳帶把傘吧。」

余諾：「好。」

坐電梯到一樓。

余諾下來得匆忙，隨手拿了一件寬鬆的外套披著，裡面只有一件睡覺穿的白棉裙。到了大廳才發現溫度有些低，她走到門口，用目光搜尋著陳逾征。

一下就在來往的人群裡發現了他。

陳逾征微微垂著頭，站在大堂旁邊的拱廊旁。飯店裝飾的燈很有法式風情，灰色和金色為主，明亮又璀璨，映照著他的側臉，顯得很清俊。

陳逾征身上隨便套了一件海藍色的T恤，深色的牛仔褲，白色板鞋。他身旁有株人高的綠色植物，襯得皮膚很白

賽場之外，余諾見他穿最多的就是隊服，或者是短袖T恤。

她忍不住多看了兩眼。

陳逾征這麼穿，還挺有少年氣的，跟她們學校的男生差不多……不過轉念一想，他的年紀本來就很小。

聽到腳步聲，陳逾征抬起眼皮，倦怠地掃了她一眼。

余諾走過去，「怎麼了？你們沒訓練了嗎？」

「等一下。」

余諾點點頭，跟著陳逾征往外走，問：「那我們去幹什麼？」

「走走。」

她哦了一聲，主動把傘遞出去：「外面下雨了，我帶了一把傘下來。」

陳逾征站在臺階上，撐開傘，轉頭。看她一動也不動，他說：「過來。」

傘是臨時帶的遮陽傘，面積有點小，兩個人撐得很勉強。余諾不得不跟他靠近，但肩膀又時不時碰撞到。她悄悄往旁邊退開。

陳逾征沒說什麼，把傘往她這邊傾斜了一點。

沉默著走了一段路，余諾發現他舉著傘的那隻手臂袖口到肩處全部都被雨水打濕了，深深的藍色暈染開來。

余諾忍不住出聲提醒：「陳逾征，傘你自己也要多撐點，後天就要比賽了，別感冒了。」

陳逾征：「過來一點。」

余諾躊躇一下，腳步挪了一下，聽話地靠近他。

凌晨的氣溫有些低，她哈出一口氣，面前霧濛濛的。余諾見他一直不說話，只能主動找話題：「你的心情還好嗎？」

陳逾征：「差不多。」

余諾也跟著沉默了，想不出該說什麼，說多了其實也沒用。

這種時候只能靠陳逾征自己調整。職業選手就是這樣，比賽有輸有贏，不可能一直一帆風順，有低谷有巔峰，謾罵和鮮花都是伴隨一路的。

漸漸地，雨下的有點大了，離飯店已經走了一段距離。

他們隨便找了個路邊小店的紅色的遮雨棚，站在下面，等著雨勢變小。

有股涼氣順著小腿往上鑽，余諾忍不住哆嗦了一下。把手插到口袋裡取暖。

她剛想開口問他要不要回去，就聽到陳逾征說：「今天那句話，再跟我說一遍。」

余諾沒反應過來，「什麼話？」

他提示她：「Conquer 有一天……」

余諾恍然大悟，連忙打斷他：「你不用說了，我知道是哪句了。」

他話止住。余諾憋了一下，到底還是不好意思說出來，問：「為什麼要我再講一遍？」

陳逾征表情淡淡的：「我想聽。」

「……」她咬了一下唇，「好吧，那我……我醞釀一下。」

陳逾征看著余諾，右手摸出手機，按下錄音鍵，靜靜等著她。

在巴黎濃重的夜幕下，下雨的路邊，水珠從棚頂砸在腳邊，開出一朵透明的水花。

余諾仰起頭，語速放慢，一個字一個字的，把下午的話跟他又說了一遍。

說完，又等了一下，見陳逾征沒反應，余諾小心翼翼地問：「可以了嗎？」

「可以了。」

余諾點點頭。

她琢磨了一下，總覺得有些奇怪，還是忍不住問了一句：「你要我說這個幹什麼？」

陳逾征把手機放進口袋：「不是說了嗎，我想聽。」

余諾：「……」

她有點不好意思，心裡又控制不住地泛出喜悅的小浪花。

躲了一陣子雨，看著時間也不早了，雨好像也小了一點，余諾說：「我們回去嗎？」

陳逾征：「走吧。」

他們沿著原路返回，陳逾征忽然問：「剛剛那句話，妳跟妳哥也說過吧。」

「什麼？」余諾想了一下，「那個……沒有。」

看著他的表情，她解釋：「我哥他……他平時不會在我面前說他比賽的事情，我也不敢提。我哥他性格比較要強，被網路上的人罵了，或者被領隊罵了，都從來不說，也不喜歡別人安慰他。」

陳逾征噢了一聲，「這樣嗎？」

「是的。」

「我跟他不同。」

余諾沒懂：「嗯？」

「我還挺脆弱的。」陳逾征神色正經，挑了挑眉，「我就喜歡被人安慰。」

余諾：「……」

「妳有事沒事，可以多安慰我兩句。」

余諾一時間居然有點分不出陳逾征是真的被打擊了，還是在跟她開玩笑。不過看他神色正經，好像也不是在逗她……

余諾默默地走了一陣子，腦子裡回想了一些雞湯，編排好措辭，開口喊他：「陳逾征。」

他「嗯」了一聲。

她滿臉嚴肅的神情：「其實你還小，又剛剛打職業，失敗一次沒什麼的。我哥他當時也跟你差不多的年紀，也是熬了很多年，後來過了幾年才拿到冠軍。反正……成功總是沒那麼容易的。」

她絮絮叨叨地說了半天，陳逾征忽然打斷她：「我很小嗎？」

余諾頓了一下，沒深想，回答他的問題：「你比我哥小。」

陳逾征若有所思地「喔」了一聲，瞇了瞇眼：「妳怎麼知道？」

余諾沒明白過來他的意思，困惑：「不然呢，他都二十多了。」

「男人小不小跟年齡有什麼關係？」

「……」反應過來後，意識到他在開黃腔，余諾哽了一下，表情瞬變，從脖子到臉，蹭一下紅了個透。

陳逾征喊了兩聲「姐姐」，她悶悶地往前走，不肯再開口說話了。

陳逾征咳嗽了一聲，「跟妳開個玩笑。」

余諾不吭聲。

他摸了摸鼻子，「不好笑就算了。」

「……」余諾氣鼓鼓的，無言瞪了他一眼。

陳逾征認真地保證：「以後不開了。」

兩人都安靜了。陳逾征看著余諾的表情，輕笑了一聲，喊她：「姐姐。」

余諾氣消了一點，聲音悶悶的：「幹什麼？」

「你哥花了多久拿到冠軍啊？」

話題忽然一下跳到這個，有點嚴肅，又有點沉重。余諾不好再生氣了，回答他：「三年。」

陳逾征：「拿了什麼冠軍？」

余諾看了他一眼，「就是LPL的冠軍，還有MSI的。」

陳逾征點了點頭，沒再說什麼。

雨水濺到小腿上，余諾垂著頭，盯著腳下的路走神了一下：「你問這個幹什麼？」

陳逾征慵懶地說：「我不用三年。」

余諾腳步停了停，「嗯？」

這個異國他鄉的陌生城市裡，一場雨好像洗淨了一切喧囂，連風聲都寧靜了下來。透過紛紛揚揚的雨幕，陳逾眼睛盯著遠處街角的某家小餐館的燈火。

余諾像著魔了一樣，望著他清俊的側臉。

他開口，轉眼，跟她對上，「我不用三年。」

「妳哥拿過的冠軍，我也會拿到。」

飯店裡，阿文急急忙忙地推開門，拉住經過的Roy，「完了完了，Fish在哪？他在哪！他在哪！快告訴我！出大事了！」

Roy看他著急，滿頭的黃毛都快炸了，一頭霧水，往裡面指了指，「他正在看今天比賽呢，什麼事啊這麼急？」

阿文嘖了一聲，：「來不及了，等一下跟你說。」

還沒見到人，阿文就先喊了起來：「余神！大事不好了余神！」

他喘了口氣：「Will剛剛跟我說了一件事。」

余戈被吵得皺了皺眉，窩在椅子裡看賽後複盤，隨口道：「什麼？」

阿文扒拉了一下他：「這件事真的很嚴肅，你先停一下你手裡的事。」

余戈眼也不抬：「閒的沒事去多打兩把Rank，別在這裡煩我。」

阿文聲音拔高：「我真的有事！」

余戈不耐煩：「說。」

「你看著我。」

余戈忍耐了一下，視線往上抬，「Will跟你說什麼了。」

阿文表情有點凝重，眼裡略帶同情：「他說，他看到余諾了。」

余戈波瀾不驚：「然後呢。」

「然後……」阿文停了一下，「她跟一個男人單獨出去了，兩人還撐了同一把傘。」

「……」他拿起旁邊的手機，唰地一下從椅子裡站起來，準備打余諾電話，「她跟誰？」

看余戈火山爆發前的陰沉的表情，阿文聲音不自覺弱了一下，「就是……那個。」

「哪個？」

「該如何是好。」阿文沉默一記，「Fish，你要被 Conquer 偷家了。」

走到飯店門口，余諾才發現手機有幾通未接來電，全是余戈打來的。余諾看了身旁的人一眼，心有點虛，想著等一下回到房間了，再傳訊息回他。

就在這時，手機一震，余戈傳了訊息給她：『在哪？跟誰在一起，為什麼不接電話？』

余諾沉思一下，回：『剛剛洗完澡，我跟佳佳在一起看劇，就是我室友，我們準備吃點宵夜。』

余諾從小就不擅長撒謊，尤其是對余戈。

傳完這則訊息，騙人的罪惡感馬湧上來。她有點良心不安，緊張地等著他下一則訊息。

余戈：『妳室友是變性了？』

余諾：『什麼？』

余諾看訊息的時候一驚，抬頭四處找了找。十公尺外的地方，余戈冷笑著，一隻手拿著手機，站在他們身後。

余諾嚇了一跳，一下子呆在原地。

陳逾征看她停住腳步，側頭：「怎麼了？」

余諾欲哭無淚，跟他說：「那個，你先回去吧。」

「妳不回？」

她訥訥道：「我……我哥來了。」

陳逾征順著她的視線，也跟著回頭望了一眼，慢吞吞地說：「我過去跟他打個招呼？」

「不用不用。」余諾連忙拒絕，「你先回去吧。」

陳逾征盯著她憂慮的表情，嗤笑了一下，喊：「愛吃魚。」

余諾眼睛從余戈身上慌忙移回來：「啊……什麼？」

「妳和我偷情被發現了？」

余諾被他沒節操的用詞弄得哽了一下，「我們這……應該不叫偷情吧？」

「那妳怕什麼？」陳逾征漫不經心看了一眼余戈，「我有這麼見不得人？」

余戈站在遠處，聽不清他們在說什麼，見余諾拖拖拉拉，遲遲不過來，耐心耗盡了，又打了個電話給她。

這次余諾不敢不接，惶恐地「喂」了一聲，「哥。」

『妳還站在那拖拖拉拉什麼？要我過去請妳？』

余諾：「……」

她看了陳逾征一眼，他這架勢好像跟余戈杠上了，就跟她耗在這裡，一點都沒有要先走的意思。

她壓低聲音：「再等一下下，我馬上就過去。」

余諾掛了電話，也顧不上陳逾征了，跟他說：「你先回去訓練吧，我哥找我好像有點事，我先走了。」

剛想走，手臂被人抓住，陳逾征語氣隨意：「走什麼啊？我又不急，跟妳一起啊，正好跟妳哥打個招呼。」

她急得額頭冒汗：「真的不用了。」

又看了余諾幾秒，陳逾征鬆開她，「好吧，我先走了。」

余諾也不知道是做賊心虛，還是說謊被當場拆穿，總之不太敢跟余戈對視。

她跑到他跟前，結結巴巴問了一句：「哥，你怎麼在這裡？」

「怎麼，打擾到妳跟妳的變性人室友看劇了？」

「沒有……」余諾咬了下唇，被他諷刺了也不敢做聲，「我……我……」

我了個半天也沒我出個下文。

余戈看了陳逾征的背影兩三秒，「妳跟他去幹什麼了？」

「沒幹什麼，我們只是出去走了走。」

余戈氣笑了：「走走？」

就在這時，外面一道雷劈下來，轟轟隆隆，雨聲有如實質，嘩嘩砸到地面上。余諾心虛不已，徒勞地補救了一下：「剛剛雨還沒有這麼大的……。」

余戈調整了一下呼吸，看著她被打濕的裙襬：「趕緊回房間洗澡。」

余諾應了一聲，心裡有點愧疚：「哥，我是不是耽誤你時間了，你也快點回去訓練吧。」

余戈平復了火氣，耐著性子跟她說：「以後少跟變性人待在一起，知道嗎？」

「……」余諾被他刻薄到無語。

時間過得很快，只有一天的時間給四個戰隊訓練和調整狀態。和韓國殊死一戰就在明天，到了最關鍵的時刻，LPL所有戰隊，包括主持人、解說、各家粉絲，所有人的頭像都換成了一模一樣的洲際賽圖示給他們應援。

官方歷年來一共舉辦了三屆洲際賽，當時第一屆洲際賽開始時，除了MSI，LPL在其餘國際賽上基本是顆粒無收，每每決賽遇上韓國隊伍，屢戰屢敗，LCK可以說是LPL命中的宿敵。

整個賽區都消沉了很久，直到LPL拿下第一屆洲際賽冠軍後，結束了韓國在世界賽上的長久統治，以至於兩位解說激動地淚灑解說臺。

比賽前夜，不少粉絲提心吊膽地睡不著覺。

決賽日的規則跟淘汰一樣，一共四局，誰先贏滿三局誰獲勝，如果平局則加賽一場。

決賽日那天，余諾跟著TG眾人早早來到後臺休息室，推門進去，教練和分析師在角落開會，WR和YLD的人小聲交談著，而OG的隊員都沉默著，各自坐在椅子上，沒說話。察覺了氣氛不太對，余諾問旁邊的向佳佳：「怎麼了？」

向佳佳：「我也不知道，我去問問。」過了一下，向佳佳回來，壓低聲音：「完了，好像是OG的中單出了點問題。」

「Roy？」余諾有點驚訝，「他怎麼了？」

「他好像昨天訓練的時候不知道怎麼暈倒了，昨天半夜跑去醫院吊點滴，現在OG沒辦法，可能要讓他們的替補中單頂上。」這個突發狀況誰都沒預料到，眼看著比賽迫在眉睫，LPL之前的戰術布置也被打亂。

本來比賽前的打算是決賽讓OG首發，去拿個開門紅。現在OG在主力隊員缺失的情況下，戰力肯定是不能跟LCK一號種子隊硬碰硬了。Roy不能上場，OG只能派中單替補上，第一場如果上，很大機率會對上韓國的一號種子隊，輸了的話後面幾場就很難打了。

LPL的教練組思量再三，決定派出TG第一個上場。

——在小組賽的時候，只有OG和TG贏下過韓國隊。齊亞男把這個消息告訴TG眾人的時候，Killer驚訝了，一下從沙發上站起來：「什麼？讓我們第一個上？」

教練沉聲道：「不知道韓國隊第一場會派誰，你們不用管這麼多，上場之後盡力就行。」

奧特曼也有點焦慮：「如果是一號種子隊，我們打不過怎麼辦？」

前天輸給LMS的四號種子隊，極大地打擊了他們的自信，到現在都沒調整過來。教練深知哀兵必敗的道理，幫他們調整心態：「你們輸不是因為你們實力不如誰，是因為你們輕視了對手。」

湯瑪斯無所謂：「我們上就我們上吧，反正一直都沒人看好我們，我們更要爭口氣，給LPL在決賽贏一局下來。」

賽前大家都做好了要面對韓國一號種子隊的心理準備，結果上場前，場控那邊傳來消息：韓國隊第一場也派出了二號種子隊YU，剛好是上一次小組賽敗給TG的隊伍。

極大地減輕了TG眾人的心理負擔。

第一局開始。

選人階段，教練這兩天特地研究過YU，大概瞭解他們選手的英雄池。最後幾選裡，搖擺了一下中上的B／P，完美 Counter 對面兩條線。

比賽一開始，預料到對方可能換線，Killer 和湯瑪斯也不按常理出牌，果斷地交換了路線，對方果然中套。

五分鐘的時候，中上野發生火拚，Killer 直接收穫三殺。由於英雄克制，擁有推線的主動權，湯瑪斯和 Killer 完美發育，導致比賽一連串的蝴蝶效應，YU的野區澈底淪陷。

TG天胡開局，進行到二十多分鐘，在土龍團決了勝負，把YU的人團滅，拿下第一場的比賽勝利。

後臺休息室裡，所有人為TG提起的心都鬆了一下。

YLD的教練笑：「TG可以啊，幫LPL把開門紅拿下來了。」

奧特曼消沉了許久，比賽結束後，感覺自己重獲新生，不停在陳逾征耳邊興奮地嘰嘰喳喳。回到後臺，甚至還跑過去擁抱了一下WR的中單，「哥們！我們贏了，使命完成了，接下來就看你們了。」

WR中單：「可以的曼曼，今天表現不錯，晚上回去讓領隊幫你加雞腿。」

奧特曼不好意思撓了撓頭：「都是我們隊的上中 Carry，感覺還沒開始認真呢遊戲就結束了。」

第一局結束後，TG其餘幾個隊員坐在椅子上，等待著下一場比賽的開始。

Killer湊過去，跟湯瑪斯說：「唉，這種不用被別人拯救的感覺真好，上一次看OG打XD，好怕他們輸了，我們要被罵死。」

湯瑪斯感同身受，長舒一口氣：「今天還好贏了。」

TG先下一城後，壓力就到了WR身上。韓國隊輸了一場，肯定要拿出TOP的戰隊出來追一下比分。

他們即將面對韓國的最強戰力PPE，LPL教練組也提前做好了心理準備。

WR和上場之後，整體實力和PPE的還是有很明顯差距。兩個隊伍幾乎沒有正面打過架，PPE拿出韓國傳統的運營跟WR打，節奏很讓人窒息。

而LPL這邊大多數的戰隊風格，包括WR，都是喜歡打架建立優勢，一旦對方避戰運營就開始熄火，這方面總是玩不過別人。

直到大龍刷新，兩方才爆發了第一波小團戰，WR被擊殺掉兩人，PPE直接拿下大龍速推。

第三局，YLD以同樣的方式輸給了韓國的三號種子隊。

比分來到一比二，賽點已經被LCK率先握在手上，LPL被逼到了懸崖邊上。Roy身體虛弱上不了場，看著隊友凝重的表情，也很自責：「是我拖累你們了。」

OG在缺失一名主力隊員的情況下上場，要打的這場比賽卻必須要贏，已經沒退路了。

主教練來到OG身邊：「你們打的是LCK四號種子隊，好好發揮，有希望贏的。」

替補的小中單緊張地不停在旁邊喝水。

余戈看了眼他：「沒什麼的，你等一下選個肉，聽我指揮，穩贏。」余戈是OG多年的老隊長，一旦說出這種話，就有種奇異的力量，能讓人安下心。

賽點局的熱身快完了，阿文從位子起身，拍了拍小中單的肩膀：「聽余神的，你線上穩住不崩潰，後期我們絕對能打。」

第四局。

替補中單選了一個加里奧，全場當著工具人，哪裡需要哪裡飛。雖然前期被壓的有點慘，但是好歹也撐住了，OG其他幾路打出優勢，但中期團戰有幾波失誤，經濟一度落後到兩千。

好在整體隊伍頑強，余戈一手大後期的女警發育起來，六件套在手後，把前期劣勢打了回來，險勝對方四號種子隊。

二比二平，來到加賽局。

OG贏下第四局後，教練組又喜又憂，喜的是OG為LPL保留了最後的希望，憂的是，最後一局決勝局該派誰上。

毫無疑問，LCK肯定要派出一號種子PPE。

要知道PPE洲際賽以來，無論是小組賽還是淘汰賽甚至今天的決賽都未嚐一敗。就算是狀態正常，主力隊員全在的OG，都只有五成把握能贏下PPE。其他戰隊更不用說了，勝率更小。

LPL的休息室裡，場面一度陷入僵局。

OG剛剛險勝對方四號種子，差點就輸了，這個狀態去打PPE是肯定不行，剩下只能在TG、YLD、和WR裡選。

而WR剛剛已經和PPE交手過一局，硬實力上的差距也很明顯，而YLD和TG都沒有大賽經驗。還有十分鐘的商量時間，各家教練都在溝通，要不要先在隊內投個票決定。

陳逾征忽然說：「讓我們上。」

所有人的議論聲止住，就連齊亞男都驚了一下。

一室沉默，陳逾征抬眼，跟教練說：「讓我們上，我們能贏。」

教練表情很凝重，沒說話。

思索了一下子，主教練又確認了一遍：「你們考慮好了嗎？」

TG幾個人面面相覷一眼，又看著陳逾征。幾個大男孩都安靜了。

主教練：「我們不強求，可以大家互相投票，你們看自己的狀態。」

Killer 深吸一口氣說：「上，我們上！去他媽的 LCK！」緊接著，其他幾個人也跟著表態，Van說：「我沒問題。」

奧特曼：「我們試一試吧。」

湯瑪斯點點頭：「我也可以。」主教練問其他戰隊：「你們還有誰有想法嗎？」

無人應聲。

YLD和WR的選手對視幾眼，都搖了搖頭。余戈的表情也難得有些沉重：「你們想好了？」

Killer 難得地開了句玩笑：「沒什麼啊，這不是剛好嗎，我們報恩的時候到了，前天你們幫我們多打了一局回來，今天我們也幫你們再打一局。」

短暫的休息時間過去，到了和LCK決一死戰的時刻。所有人都沉默著，目送著TG五個人走出休息室。

他們還年輕，是今年出道的新人，職業生涯才剛剛開始。一旦今天和PPE的決賽局輸了，面對的輿論將不堪設想。

LPL的集體榮譽如果輸在他們手裡，國內粉絲的謾罵甚至有可能毀了他們日後的職業生涯，YLD不敢，WR不行，OG不能。

只有TG，一聲不吭，卻在最後的時刻，把這個重擔背負到自己身上。

經過十幾分鐘的休息，兩邊終於到了決定派誰上的時候。韓國隊派出了一號種子隊PPE，而LPL這邊……

粉絲屏息等待，當名單出現時，所有人都倒抽了一口涼氣：

TOP：Thomas

JUG：Van

MID：Killer

ADC：Conquer

SUP：Ultraman

現場一片譁然，包括正在觀看直播的國內粉絲們，也萬萬沒料到是這種情況。

『TG？我沒看錯吧？』

『怎麼是TG？天啊！』

『說實話，不太看好TG，感覺剛剛那一場贏了韓國隊，運氣大於實力。』

『不知道教練組在想什麼……我覺得上WR都比上TG好……畢竟TG真的有點不穩，前天輸給LMS四號種子還歷歷在目（不過WR剛剛輸了，應該也不會上了）。』

『作為TG的粉絲，我現在真的真的太激動了，速效救心丸準備好了！』

『最後一場比賽了，輸了就沒了！LPL衝啊！TG衝啊！一定要捍衛我們LPL第一賽區的尊嚴！』

洲際賽最後的決賽開始。

Ban／Pick階段結束，教練下臺前在耳麥裡跟他們講了最後一句話：「打出氣勢來就行了，不管是贏還是輸，都不要想最後的結果。比賽開始後，想著怎麼打好就行了。」

教練拍了拍每一個人的肩，慢慢走上舞臺中心，跟對方的教練握手。

現場觀眾傳來隱隱的呼聲，Van甚至聽出是在叫TG的名字，他鼻頭一酸：「完了，好想哭，這是第一次吧，我們隊居然也有被觀眾喊出名字的一天。」

湯瑪斯：「想到了S7的主題曲的歌詞，三千熱血灑盡，世人皆喚你名，兄弟們，今天這場值了。」

Killer側頭看了他們一眼：「沒什麼好怕的，不就是韓國隊嗎，我們都贏了兩場了，一個小時後就是第三場！」

教練下臺，看著遊戲開始前的載入畫面，奧特曼忽然說：「陳逾征，我想把冠軍留在LPL。」

耳機隔絕了場外大部分的喧囂，奧特曼的話一出來，全隊都安靜了。

陳逾征把耳麥拉遠一點，喝了口水。

沉默了一下，遊戲畫面的房間隊伍裡，陳逾征手放在鍵盤上，打了一句話給他們

——『I will conquer everyone。』

遊戲開始倒數計時，解說臺上。

三個解說分析了一下兩邊的BP，均皓緊張地手掌心冒汗：「如果今天這場比賽TG能贏下PPE，LPL賽區就是當之無愧的第一賽區，洲際賽獎盃也是對我們最大的肯定。」

小梨接話：「春季賽的時候我看過LCK的聯賽，PPE實力確實很強，創下了小組賽一戰不敗的記錄，不過在MSI的時候還是倒在了OG的腳下。說明他們也不是不能戰勝的。」

「TG雖然是新隊伍，但是之前決賽的時候，我們都看得出TG這個隊伍身上的韌性和血性，雖然心中還是有點擔憂，但是我相信他們一定能再次創造奇跡。」

遊戲載入完畢，正式進入比賽畫面。

湯瑪斯覺得自己精神壓力從來沒這麼大過，背負著無數人的希冀坐在這裡，一旦輸了，後果不

敢想像。他買著裝備，嘆了口氣：「唉，對面可是PPE，我們怎麼才能贏啊？」

Van專注地看著眼前的電腦螢幕：「敢拚才會贏，正常打，不要太激動就行了。」

Killer開了句玩笑：「LPL大哥不行了，我們不能倒。Conquer不都說了嗎，讓我們今天等他Carry。」

Van從下半野區開打。幫他打完後，奧特曼跟著陳逾征上線，對面下路雙人組很是放鬆，甚至停在原地，跟他們尬舞互動了一波。

比賽下方的小鏡頭裡，他高度集中精神力，嘴裡不停說著話，指揮奧特曼上前交技能。

下路對線，他們控了一下兵線，直接搶到二級，對面AD磕出了一個血瓶。Van遊蕩去中路，說了一句：「Conquer，有情況喊我，這一局給你當波狗。」

奧特曼：「沒事，我還有吞，放心吧。」

陳逾征：「不用管我，你們上中野隨便玩，對面抓不死我。」

整場比賽過程很煎熬，十分鐘的節點，對面就四包二下路，瘋狂軍訓下路雙人組。

奧特曼被擊殺，陳逾征逃回塔下，Killer有點急，喊道：「我馬上靠過來了，有大招，Conquer你再撐一下。」

陳逾征絲血逃到了二塔，原地回城。

第十八分鐘，TG中野聯動，去上路把PPE的上單Gank了幾波，拿下一塔。

而PPE拿到峽谷先鋒，也換掉了TG的中塔，此時雙方經濟持平。

二十五分鐘，Killer在中路又被抓死，

ＰＰＥ眾人順勢拿下第四條土龍，把ＴＧ的所有外塔拔乾淨。解說吸了口氣，聲音都變了：「完了，現在形勢很不妙啊，野區已經淪陷了。ＴＧ要小心，不能被抓死，現在被抓死大龍一掉，水晶要是沒了，等超級兵過來，他們完全守不住。」

失去了大半個地圖視野的ＴＧ，依舊打的很頑強，把高地守住了兩波，硬是和ＰＰＥ打了一波零換三，沒有讓ＰＰＥ推上高地塔，與此同時，ＴＧ幾個Ｃ位原本落後的裝備也漸漸成型。

苦戰了四十分鐘，河道處的視野基本都被清乾淨，Killer 和陳逾征兩人找到機會，跑去偷遠古龍。

解說屏住呼吸，「他們打得很快，馬上就要有了。」

導播兩邊切鏡頭，解說聲音提高：「ＰＰＥ已經意識到ＴＧ有人在打遠古龍，他們已經開始往大龍坑處靠了。」

湯瑪斯為了拖延時間，也顧不上了，直接開了個大招衝進人堆裡送死。最後一滴血耗盡之前，按出了金身扛傷害。

大龍的血量只差一點，ＰＰＥ眾人一邊打著龍，等著湯瑪斯金身時間結束。

解說：「Van 也趕到了，Conquer 和 Killer 也從家裡出來了，Van 這是要孤身去搶龍嗎，ＴＧ這波偷了遠古龍，其實沒必要再去搶大龍，這不划算啊！跟他們打團戰就行了！」話音剛落，遊戲螢幕顯示，紅色軍團已經擊殺了巨龍！

解說可惜地大叫起來：「啊——完了，龍沒搶到，湯瑪斯也陣亡了。」局勢一下子變得危險起來。不只場上的人緊張，場外解說以及觀眾的心全部被提起來。

眼見著PPE幾人打完大龍集中，幾個虛弱掛在Van身上，Van閃現出了龍坑，PPE幾個人往旁邊靠攏。陳逾征和Killer也到達戰場，場面一度混亂，所有英雄技能齊放，遊戲螢幕裡各種炫彩的光效閃開，讓人眼花繚亂。

奧特曼為了保陳逾征，幾乎一瞬間就直接陣亡在人堆裡。雙方技能互換下來，TG的幾個人死的死殘的殘，奧特曼急的都快哭了：「不行了不行了，我死了，要撤了。」

「不用撤。」陳逾征緊握滑鼠，點了幾個河道口的果子吃回血量，提高聲音，跟Killer說：「能打，過來。」

事已至此，身後也沒退路了，Killer深吸一口氣：「打得過嗎？」

「我還沒死，稍微往後拉一下。」陳逾征語速極快，報出對方狀態：「對面中單和AD都沒閃，打野空藍了。」

「等一下先打前排，找佐伊位置！」陳逾征計算了一下傷害量，等大招的技能轉好，說：「你先往後退，我CD馬上好。」

五、四、三、二、一——

陳逾征大喊了一聲：「上。」

剛剛打完大龍和TG的一波交戰，PPE的狀態也不太好，打算從上路抱團溜走回家整理裝備，Killer就等陳逾征一聲指令，閃現上去嘲諷到四個人，陳逾征緊隨其後，閃現進場，一套技能，兩發暴擊，直接秒掉對方AD。

隊內語音直接炸開了：

「我靠，Conquer 你這是什麼傷害？」

「可以打可以打，繼續追，PPE 幾個人沒狀態了，別讓他們回家。」

「厲害，殺哥征哥，永遠的神！」

整個過程就在十幾秒內發生，這波二對五直接把解說人都看傻了，遲鈍了幾秒之後驚叫：「太不可思議了，Conquer 居然活下來了，他還沒死！TG 的雙 C 操作起來了！Killer 閃現嘲諷到了四個人，PPE 陣型被打散了，Conquer 還在輸出！他們已經殺瘋了，PPE 打野被秒了！」

不止解說，現場所有觀眾的熱情都被點燃，全都忍不住，從位子上站起來舉臂歡呼。

陳逾征和 Killer 兩人身上沐浴著黃金龍血，堵在龍坑處上方的草叢口，三進三出，把 PPE 全員留下，兩人一左一右，神擋殺神，佛擋殺佛。

——『TG Conquer has slain PEE kuila！』

解說聲音已經接近嘶啞狀態：「這就是我們 LPL 的雙 C，臨危不亂，勇往直前！這就是年輕人，一個字，狂！他們可能會魯莽犯下錯誤，但是永遠也不會因為懼怕而退縮！」

這個場景太過於驚心動魄，均皓縱情吶喊：「太狠了，Kuila 也倒了！PPE 全都得死！一個也不留！」

另一個女解說高興地甚至話都說不完整了：「沒了，PPE 已經沒了，他們最快的復活還有四十多秒，已經來不及了。」

大殺四方滅了對方四個人之後，Killer 和陳逾征沒有選擇回家。官方轉播裡，他們身邊圍滿了小兵，以勢不可擋的姿態一路衝上 PPE 的老家。

剛從家裡復活的湯瑪斯也亮起TP，傳送到對方基地門口。

奧特曼和Van瘋狂當著泉水指揮官：「直接下路一波，一波，點塔，先點塔，對方只有一個輔助還活著，別管了，就點塔，不要管。」

「TG All in了，拆拆拆，推了！」陳逾征率著TG眾人拆塔那一刻，萬千粉絲淚目。後臺休息室裡，TG的領隊已經從椅子上跳了起來，舉臂歡呼：「拿下了，NICE！」

教練無奈，被他熊抱住。

余諾有點沒回過神，癡癡地盯著電視，還沉浸在剛剛那場跌宕起伏的比賽裡，最後那場團戰，陳逾征和Killer在絕境之中活下來，頑強地衝上去二打五，眼眶都不自覺濕潤了。

千言萬語化成一句話，解說雙手舉過頭頂，激情澎湃的高喊聲傳來：「我們！是冠軍！」

有工作人員來找，YLD、OG、WR的隊員陸陸續續站起來，穿上隊服，推開休息室的門。TG打贏了，意味著他們等一下也要上臺，一起捧起獎盃。前場掌聲雷動。

TG的五個人已經走到舞臺中央，看著面前的銀色獎盃，誰都沒有動。看著看著，Van一個大男人都快激動哭了，抬起衣袖抹眼角。

奧特曼雙手背在身後：「陳逾征，我們把冠軍留在LPL了。」

陳逾征瞧著他那個呆樣，嗤笑一聲，比賽後整個人也鬆懈下來，還是那副不可一世的樣子：「這麼多攝影機拍呢，能不能別哭了。」

奧特曼有點驚恐地摸了摸自己的臉：「啊？我哭了嗎？」他們轉過頭，其餘三支隊伍排著隊上臺。

WR的中單在掌聲和歡呼裡衝過來，一把抱住奧特曼：「曼曼！厲害啊，你們真的厲害，後臺把我看得太激動了。」

奧特曼有點羞澀：「都是隊友強。」

等人全部到齊後，舞臺上方灑下亮晶晶的碎屑，現場的噴氣和彩帶齊放。陳逾征微微抬眼，望著天上。

主持人笑著站在一旁：「你們現在可以領獎杯了。」

四個隊伍每個隊伍選出一個人，輪到TG時，大家把陳逾征推了上去。圍在獎盃旁邊，很默契的，OG的人沒動，WR的人也沒動，YLD的人看著陳逾征。

陳逾征擺了擺頭：「一起啊。」四個人把獎盃舉起來，身後十幾個選手和教練齊齊鼓掌。臺下的浪潮一波接著一波，在場所有LPL的粉絲都在吶喊著TG的名字。

領完獎盃，現場有粉絲遲遲不肯走，目送著四支隊伍從側方下臺。

一到後臺，無數攝影機湧了上來，就像迎接凱旋而歸的英雄一樣，把TG眾人團團圍住。

奧特曼看著這個架勢很是惶恐，嘴角笑容靦腆，偷偷跟Killer說：「殺哥，我這不是在做夢吧。」

Killer被人擠的轉來轉去，一臉夢幻：「誰知道呢，我感覺我也在做夢……」

在此之前的比賽，無論TG是贏是輸，基本上都沒人願意關注。一路過來，所有觀眾的掌聲和鮮花都不願意吝嗇給這支正在崛起的新軍。而就在今天，和PPE的一場比賽後，世界的焦點終於聚焦於他們身上，國內無數網站和論壇都炸了，LPL賽區的英雄聯盟官方帳號激情發文：『We are Champion！』

和PPE終極對決的最後一波團戰，陳逾征和Killer在上路草叢裡的極限二對五成為了焦點。那幾十秒操作的GIF被截出來，直接衝上了熱門話題第一。

『十年寒窗無人問，一舉成名天下知，Thorn Game這支橫空出世的隊伍，在這個四十分鐘的對決裡，點燃了LPL最後的信仰，創造奇跡，破滅了PPE的傳說，帶領整個LPL登上巔峰，驚豔了整個世界。』

隨後，英雄聯盟官方也發了文：

『#LOL洲際賽#

經過五局鏖戰，LPL賽區三比二戰勝LCK，衛冕成功，四支隊伍把冠軍留在了LPL，把獎盃留在了LPL！恭喜@OG電子競技俱樂部@TG電子競技俱樂部@WR電子競技俱樂部@YLD電子競技娛樂部。』

雖然@了四家戰隊，但留言區已經為TG淪陷了：

『TG太猛了，太猛了，Conquer和Killer又秀又能打，最後一波把LCK頭號種子隊直接幹翻了！』

『假如真的有神，Conquer就是今晚的神！』

『真誠建議你這個@順序再改改，把我們大哥TG放在第一位。』

『都排隊跟TG道歉！對不起我先說了！之前罵過你們，是我有眼無珠，砰砰砰，給爹爹們磕頭了！』

『恭喜PPE成為名場面的最強背景板！』

『PPE的下路開場還尬舞，誰知道三十分鐘之後頭都被打爆了呢？』

『比賽開始前還有人罵TG？一場比賽打了多少人的臉，他們回國之後機場接機的粉絲鼓掌十分鐘迎接說的過去嗎？』

『我的TG終於開始發光了，終於等到這一天，打了很多字，都沒辦法表達心中的激動。TG就是最厲害的！』

國內時間凌晨一點，陳逾征官方帳號和熱門話題的粉絲每秒都在以驚人的速度漲粉。話題熱度甚至已經超過某些三、四線的明星，衝進了前幾十名，有些看完比賽激動地沒睡覺的老粉都驚了，小主持人紛紛發文：

『怎麼回事，怎麼突然來了這麼多人？我眼瞎了？』

『征，你終於要紅了嗎？媽媽等到花都謝了，終於要等來這一天了。』

『天……這是什麼情況？』

『歡迎新來的小夥伴，記得看一下置頂文哦！』

新來的粉自覺報到：

『不懂就問，這裡是Conquer的熱門話題嗎？我宣布，我今天就是他老婆了，誰也不能跟我搶！』

『老公，你介意我是男的嗎？』

『Conquer 十年老粉，不請自來。』

『為什麼有人遊戲打得這麼好，還長的這麼帥，我以前怎麼沒注意到嗚嗚嗚嗚嗚，我的天！』

『他的名字叫，陳、逾、征。我記住了。』

贏下比賽，又在媒體室接受完採訪，LPL主辦方特地包下了一間餐廳為他們辦慶功宴。

這場聚會持續了兩、三個小時，TG這桌尤其熱鬧，過來敬酒的人不斷。

Killer 喝吐了兩次，其餘幾個人也喝得滿臉通紅。

齊亞男看著眼前興奮的一群大男孩，清了清嗓子：「好了，今天比賽贏了大家都高興，我也不多說什麼，不過只允許你們開心一天，從明天開始還是要好好訓練，以後還要走的路還長著呢。」

奧特曼灌了一口酒，顛顛倒倒地說著：「我要記住這種拿冠軍的感覺，臺下有人喊我們名字的感覺太美好了，我以後也要拿好多好多冠軍。好多好多，要好多好多粉絲。」他的話讓在場幾個人忍俊不禁，笑完，又覺得有些心酸。這五個少年的夢想，他們的努力，在今天的決賽過後，終於被人肯定了。

余諾深知自己酒量不好，怕又出上次醉酒的醜，她也從心底替他們感到高興，不好意思說出太肉麻的話來恭喜，就小抿了幾口啤酒意思意思。

一頓飯下來，TG幾個人全都喝到意識不清，吐的吐，趴的趴。陳逾征也趴在桌上，雙眼緊閉，蹙著眉頭忍耐著酒的後勁。余諾就坐在旁邊看著他。

今天比賽結束後，陳逾征成了焦點，一路過來都被各種人包圍著採訪。余諾被無數的人群擠開，她不敢上前，只能在角落默默看著他。她忽然有點慶幸。

旁邊人都沒注意，他毫無知覺，就這樣安安靜靜在她旁邊。

沒有長槍短炮，沒有攝影機，沒有燈光，她能光明正大地看著他。

呼吸慢慢變緩，她認真地看著他俊秀的眉眼。陳逾征半張臉都藏在陰影裡，鼻尖之下，嘴唇嫣紅，很柔軟的感覺。余諾盯著出神了一下，忽然升起一個荒謬的念頭。她迅速清醒，在心裡唾棄自己幾秒。

本該醉迷糊的人笑了笑，余諾還在發呆，聽到陳逾征的聲音：「姐姐，看夠了嗎？」

余諾渾身一抖，被嚇了一跳。他依舊閉著眼，睫毛微微顫了兩下。說完剛剛那句話，就沒了別的動靜。

余諾身體僵硬住，一時窘迫，甚至懷疑自己是不是出現了幻聽。

「沒看夠可以多看一下。」

「……」她慢了半拍，反應過來：「你沒醉嗎？」

「醉了。」

她無奈道，確認了一下：「到底醉了沒？」

陳逾征把眼睛睜開，懶懶道：「妳覺得呢。」

余諾跟他尷尬對視，臉都有些紅了，說：「我覺得你醉了。」

他「嗯」了一聲，眼神清明，順著她的話說：「我醉了。」

余諾抓起桌上的水杯，喝了一口，掩飾自己的窘迫，「算了，我知道你沒醉，別裝了……」

陳逾征微微坐起來一點，換了個舒服的姿勢，單手支著頭，打量她幾秒，拖長了音調：「不裝怎麼騙妳偷看我？」

「——嘔！」旁邊的奧特曼彎腰，捂住嘴，一副要吐出來的樣子。

余諾轉過頭，問：「你沒事吧？想吐嗎？」

「我真的，不行了……」奧特曼又嘔了一下。

余諾遞了杯水過去，擔憂地詢問：「你要不去廁所吐？」

奧特曼擺擺手，一本正經地跟余諾說：「沒事，我只是被Conquer剛剛那句話油到了，一時間有些反胃。」

余諾：「……」

陳逾征額角跳了跳，嘴角原本的笑意消散。奧特曼胡亂嚷嚷：「征，你才十九歲，十九歲的少年怎麼會這麼油？今天飯桌上最油的菜都不及你萬分之一，石油商怎麼沒發現你這個寶藏呢？」

余諾：「……」

陳逾征平靜地跟余諾說：「妳先走，我來幫他醒酒。」

奧特曼表情僵了一下，酒被嚇醒大半，忙拉住余諾：「姐姐，別走，走了我小命不保。」

陳逾征挺溫和地問：「你叫她什麼？」

奧特曼抖了一下，他求助地看了余諾一眼，「諾姐，救我。」

余諾遲疑地問：「我救你什麼？」

遠處，向佳佳喊了一聲：「諾諾，過來幫我扶一下 Killer，他太重了。」

余諾看他們都還好，不需要她管的樣子，就跑去幫向佳佳的忙了。

等她走後，陳逾征視線悠悠，轉到奧特曼身上，「你把剛剛的話再說一遍？」

「怎麼了，不就是說你油……那你本來就挺……」奧特曼嘟囔了一句，「撩姐姐也不是這樣撩的，改天我傳授你一點經驗。」

陳逾征冷笑：「你叫她什麼？」

「姐姐啊……」

陳逾征點點頭，拿起手機，解鎖，手指在鍵盤上慢慢按著。

奧特曼問：「你要幹什麼？」

「傳訊息給你那個小什麼東西。」奧特曼大驚，撲上去想搶他手機：「有話好好說，你為什麼要傳訊息給小酥酥！你要跟她說什麼？」

陳逾征手一抬，不給他碰，淡淡拋出一句：「說說你的撩妹經驗。」

奧特曼有些委屈，「我不是跟著你喊的嗎？我也才二十，這不是比余諾小嗎，喊個姐姐怎麼了？」

陳逾征依舊冷漠，無動於衷地繼續打字。

奧特曼絕望地看了余諾的背影一眼，立刻肅然地彎腰，在陳逾征面前鞠了一個九十度的躬，「對不起，征哥，我剛剛喝糊塗了，您大人有大量，原諒曼曼這一次。曼曼知道了，這是您的情趣，姐姐只有您能喊，我以後再也不喊了。」

陳逾征停下動作，把手機按了一下，關上螢幕。

Killer 喝多了，一直拉著向佳佳的手不放，嘴裡糊塗地念叨著，誰上前碰他，他都一把揮開。

向佳佳被他壓的不行，「大哥，你怎麼跟一頭熊一樣，快把我勒死了。」

Killer：「佳，怎麼連妳也嫌棄我？嗚嗚嗚……」

向佳佳小身子都要被壓垮了，哭笑不得：「你好重啊。」

余諾看情形上前，幫忙扶了一下，手又被 Killer 打開，「不準妳碰我，我還是個黃花大閨男呢……」

Killer 發酒瘋的樣子，讓余諾忽然想起了上次。陳逾征也喝成了這樣，她扶的也很吃力。不過他比 Killer 規矩多了……但是也是喜歡說胡話。

Van 酒量最好，等後勁過去了，人就清醒了，本來打算過來幫忙。看了一下情況，也沒上去，站在一旁笑。

向佳佳急了：「你們別光顧著看熱鬧啊。」

Van 攤了攤手，「Killer 只要妳扶，我們有什麼辦法？」

湯瑪斯低聲說：「這個 Killer 太絕了，我看他根本沒醉，就是想趁機調戲女孩子。」

一場慶功宴最後把大家喝得一團亂，凌晨三、四點才回到飯店。

余諾精疲力盡，癱在沙發上，半天都不想動彈。

等著向佳佳洗澡的時候，又滑了一下社群，洲際賽的熱度還是很高，有好幾個相關的關鍵字都掛在熱搜上面。

她隨便打開幾個看了看，滑下來，全都在說陳逾征。她也不知道為什麼，挺為他高興的。心情和當初看到余戈拿冠軍差不多。

余諾又專心致志地看了一陣子，向佳佳從浴室出來，喊了她一聲，「我洗好了，諾諾妳去吧。」

余諾放下手機：「好。」

比完賽，幾個戰隊又在巴黎多留了幾天休整。兩日後，從巴黎起飛的飛機抵達浦東機場，戰隊的巴士已經提早等在外面。

他們十幾個隊員還穿著洲際賽的出征外套，一行人浩浩蕩蕩取完行李，走到出口處。OG和TG的人一露面，圍在接機口的各家女粉絲紛紛尖叫。

排山倒海來的歡呼，路人被吵得差點把耳朵捂住。這次跟上次出國前的情形又改變了，雖然OG和余戈的粉絲依舊占大多數，但是這次明顯有另一道聲音分庭抗禮。

喊TG各個隊員的女粉絲熱情十足，並且口號很多：「TG、TG天下第一，TG、TG永遠無敵！」

Killer 舉手跟她們示意了一下。

陳逾征戴著棒球帽和口罩，拖著行李箱，懶洋洋的垂著眼皮，跟奧特曼說話。

熟悉的大聲公又出現了：「陳逾征！陳逾征！看這裡！」

依然是那幾聲暴躁的吼叫：「陳逾征！聽不到嗎？聾了是嗎？」

陳逾征抬眼望去。

大聲公的小團體散開，扯出一塊長長的，紅色打底的喜慶橫幅：『讓全世界聽到我的聲音，記住我的 ID——TG.Conquer。』

大聲公十分欣慰：「征啊，你終於出息了，你紅了，你終於要紅了，媽媽等這一天等的好苦！看到了嗎？這盛世如你所願，媽媽給你的場面你還滿意嗎？」

陳逾征：「……」

看著眼前十分具有衝擊力的場面，Killer 有點呆滯，湯瑪斯一時間也有點被這個橫幅尷尬到，跟身邊的人討論：「怎麼現在都玩這麼尷尬的東西……太離譜了。」

其他人都在憋笑。為了保持形象，大家都繃著一張臉，裝作風輕雲淡的樣子。直到上了巴士，TG幾個人再也忍不住，紛紛噴笑出聲：「陳逾征，你的粉絲怎麼回事？太搞笑了，師承相聲大師吧？」

Killer 幽幽道：「征啊，這盛世如你所願，你粉絲給你的場面，你可還滿意？」

奧特曼「噗」了一聲，笑得腰都快直不起來了，猛捶椅子。

陳逾征戴上耳機，在座位上坐下，沒理會他們的調侃，側眼看了余諾一眼。

她也在跟著笑，見他瞥過來，余諾立刻止住笑。

他們隔著一個走道，陳逾征慢吞吞地問：「這麼好笑啊？」

余諾憋了一下，說了實話：「確實，挺好笑的……」

陳逾征：「……」

時間已經進入六月份，上海的天也慢慢熱了起來。

徐依童在聊天軟體上再三轟炸，陳逾征抽空，回家陪了一下父母。當初他決定去打職業，遭到家裡人反對，母親倒是沒說什麼，倒是陳父比較氣。

不過家裡話語權都在虞亦雲手裡，陳父氣過了也拿他沒什麼辦法。這次陳逾征上了好幾次熱搜，家裡給他的臉色終於是好了點。飯桌上，虞亦雲眼淚都快落下來了，嬌滴滴地說：「哎呀，征征，你比賽好辛苦哦，你看看你都瘦成什麼樣了？」

陳逾征不怎麼在意：「我這哪裡瘦了，現在帥哥胖了沒市場，女孩子都喜歡瘦一點的。」

陳柏長看不慣他這個不正經的樣子，罵道：「跟你媽好好說話！」

虞亦雲瞪了他一眼，「你能不能別這麼凶？兒子好不容易回一趟家，你天天在這裡大吼大叫，要發脾氣出去發！」

「……」陳柏長被她凶的氣勢一下就弱了，「妳就是從小把他寵壞了，在外面無法無天……」

虞亦雲滿臉都是自豪：「前幾天熱搜，好多誇我們家征征的呢，我兒子太有出息了。這幾天打牌，祖珍她們還特地問了征征，說要把姪女介紹給他。」

陳逾征拒絕：「不用了。」

虞亦雲：「你這個年紀，就應該多認識幾個女孩，媽媽十九歲的時候，都換了好幾個男朋友啦。」

「……」陳柏長忍不住反駁了老婆一句：「他現在正是拚搏的時候，談什麼戀愛？妳別跟他說這些。」

虞亦雲不服氣：「那你高三不也在追我嗎？你高三都不好好學習，只想著跟我談戀愛，你憑什麼說你兒子？」反擊完他，虞亦雲又轉頭，囑咐陳逾征：「不過，那時候我嫌你爸爸太呆板了，成績好長得帥也沒用。他追我，我都懶得多看他一眼。你千萬不要跟你爸一樣，很不招女孩喜歡的。改天媽媽介紹漂亮的女孩子給你，雖然打職業很辛苦，但是適當放鬆也是好的呀。」

陳逾征吃著飯，「妳別幫我介紹了。」

虞亦雲不解：「為什麼？」

他隨口道：「有喜歡的人了。」

虞亦雲急忙問：「多大了，好看嗎？什麼時候帶給媽媽見見？」

陳逾征停了停，「追到了再說。」

虞亦雲雙手撐著臉，滿臉洋溢著幸福：「真好，兒子真棒，事業、愛情兩手抓。」

陳柏長：「……」

吃完飯，陳逾征上樓換了身衣服，拿著車鑰匙下來。

虞亦雲坐在沙發上吃西瓜，電視機裡播放著偶像劇，她問一句：「小征你又要去哪啊？不陪媽媽了嗎？」

陳逾征在玄關處換鞋，說：「妳叫妳朋友陪妳吧，我找計高卓有點事。」

「你要去找小卓？」虞亦雲又往嘴裡送了一個西瓜，含含糊糊地道，「好久沒見到他了，有空讓他來家裡玩。」

歡迎光臨的聲音響了一下，有人掀開門簾進來。

計高卓還在忙手裡的事，抬頭掃了一眼：「喲，今天颳了什麼風，把大少爺您吹來了？」

陳逾征甩了甩手上的車鑰匙，打量一下店內擺設，找了個位子坐下：「別跟我閒扯，今天來有正事。」

計高桌「噗哧」一笑，「就你還有什麼正事？說來聽聽。」

店內小妹妹好奇地看了眼陳逾征，問：「老闆，這是你朋友呀？」

計高桌應了一聲，「我們是竹馬，穿尿布的時候就混在一起了。」

陳逾征被他噁心到了：「你能不能別這麼親暱，挺變態的。」

許高桌笑：「你這張嘴就沒一句能聽的。」

小妹妹去倒了杯水，又切了一份水果出來，眨巴著大眼睛，小聲說：「老闆，你朋友也好帥，跟你一樣。」

「妳知道他外號叫什麼嗎？陳花草。」

陳逾征抬腳踹了他一下。

小妹妹有些發楞：「陳花草？這是什麼意思。」

「陳逾征花花校草，簡稱陳花草。」許高卓嘆了聲，「他以前可是我們學校出了名的渣男，不知道碎了多少女孩的心。妳萬萬不要被他迷惑了。」

聞言，陳逾征看了他一眼：「你是不是有病？我這個外號怎麼來的，你心裡沒點數？」

小妹妹好奇：「怎麼來的。」

許高桌跟她解釋了一番。

他們從小學認識，臭味相投混在一起。年少輕狂的時候，什麼混帳事都幹過，翹課打架，挑釁高年級學長，校內校外把妹。

不過把妹這個事，陳逾征興趣不大，混跡最多的地方就是網咖。許高桌本著不能浪費了他一張帥臉的心理，每次把校外的妹妹或者低年級的學妹，都習慣性打著陳逾征的名號去加好友。

久而久之，就傳出來了四中的校草陳逾征就是個不折不扣的渣男，一星期換一個女友。小妹妹嘴角抿了一點笑：「老闆，你好損。」

許高卓擦了擦手，站起來，「行了，你今天找我什麼事？」

「來找你刺青啊。」

計高卓疑惑：「之前讓你刺青，光顧光顧我生意，不是還嫌煩？」

陳逾征哦了一聲，「之前沒什麼特別想刺的。」

「現在有了？」陳逾征把手機丟過去，「這個。」

計高卓拿起來，看了看，露出一個古怪的笑：「行啊，你玩得夠花的啊。」

「這個能刺？」

「能啊。」計高卓拍了拍胸脯，「你兄弟手藝楊浦區稱第二，沒人敢說第一。」

陳逾征懶得聽他吹牛，問：「刺哪裡比較明顯？」

計高卓認真回答他：「刺臉上比較明顯。」

陳逾征：「……」

計高卓戴上口罩，坐在椅子上，幫他畫好初始線條，拉了一下刺青機的線，「阿征，準備好了嗎？我要開始了哦。」

陳逾征躺在床上，被強光刺的眼睛瞇了一下，「給我輕一點。」

「你一個男的還怕疼？」

刺啦刺啦的機器聲音響在耳邊，陳逾征皺了皺眉，忍不住起身，看了一眼，「這東西，痛不痛啊？」

「第一次見大老爺們刺青還怕痛的，你也不嫌丟人。」

刺青時間大概有幾個小時，中間休息了一下，計高卓倒了兩杯水過來，「欸，你說刺這個幹什麼，以後後悔了洗都難洗，你這種衝動的年輕人我見太多了。」

陳逾征立起一條腿，正在傳訊息。

計高卓把他手機抽走，「跟誰聊天呢，這麼專心？」

陳逾征懶得動，任他翻著自己手機。

「愛吃魚？這備註怎麼這麼怪。」計高卓往上滑了滑聊天記錄，陰陽怪氣地念出來，『姐姐，刺青好痛？』

他差點吐了，把手機摔回陳逾征身上：「我真是眼瞎了，女孩子家都沒你這麼嬌氣，征，能不能別矯情了？」

陳逾征把手機拿回來，余諾剛好回了：『啊？你怎麼突然跑去刺青了？』

Conquer：『慶祝。』

余諾：『刺完了記得別沾水，小心感染。』

Conquer：『不問我刺了什麼嗎？』

余諾順著他，問了一句：『你刺了什麼？』

陳逾征把刺到一半的圖案拍下來，傳給她。

那頭，余諾研究了一下，也沒看出來是什麼，但是還是違心地誇了一句：『嗯……看起來挺有藝術感的。』

還有半個月才是夏季賽開幕式，TG全隊放了三天的假，紛紛回基地直播。

之前因為要準備洲際賽，大家專心訓練，擱了很久，現在月底各個都化為貓頭鷹，瘋狂地熬夜直播補時間。陳逾征一開播，就被無數的大小禮物塞滿，飛機和火箭輪著來，熱度一下躥到了LOL區前幾。

一、兩個小時過去，遊戲都打了好幾局，粉絲熱情依然不減。

陳逾抬起手臂，擋住鏡頭，撥弄了一下小窗口，「抽根菸。」

雖然他動作很快，還是有眼尖的粉絲發現了他的新刺青，留言歡快地問：

『哥，你好騷啊，居然跑去刺青了？』

『什麼什麼刺青，我怎麼沒看見？』

『陳逾征，不愧是你，沒讓媽媽失望，非主流本人了。』

陳逾征抽了一下菸，看了留言一眼，也沒否認：「對啊，前兩天去刺青了。」

『老公刺了什麼？讓我看看！（跳高）。』

『我剛剛沒看清，只看見了一條線！』

『老公好帥，刺青更帥了！一點也不非主流！明明就很man！』

陳逾征不怎麼正經，漫不經心地跟她們插科打諢：「注意點啊，別亂喊老公，要負法律責任的。」

此話一出，留言全是：

『我願意我願意！我願意負法律責任，嗚嗚嗚嗚！』

『老公老公老公老公，我每天都喊八百遍，老公老公你看到了嗎？』

『大聲叫一下，老公我可以！老公我願意！』

無數個老公中間夾雜著愛心飄過。

陳逾征樂了一聲：「別喊了，喊了我也不是你們的老公。」

『？？？？？？？？？？？？？？？』

『人言否？女友粉哭了。』

『陳逾征，我恨你像塊石頭！』

『Conquer你飄了？居然敢這麼對老婆粉說話，媽媽不允許，快點道歉！』

抽完一根菸，英雄聯盟排位畫面準備就緒，陳逾征關掉留言，隨口道：「有老闆送禮物幫我謝一下，我玩遊戲了。」

網路熱門話題更新了剛剛陳逾征在直播裡說的話。

除此之外，還有一些粉絲好奇，陳逾征到底跑去刺了什麼東西。

有人特地翻出剛剛的直播片段。

陳逾征那幾秒抬手的片段被截出來，放大，有幾張很清晰，甚至能分辨出隱約的圖案。

不過確實是像剛剛刺沒多久，黑色線條周圍的皮膚還紅腫著。

不是字母也不是他的ＩＤ，而是一個很奇怪的圖案，曲線不像曲線，直線也不太像直線，一段一段起起伏伏長短不一的線段拚湊在一起。就這麼順著小臂內側一路到手腕。

一些老粉回答好奇的新粉：『你永遠也猜不出陳逾征心裡在想什麼，我們早已經習慣了他的風格。』

有過刺青經驗的粉絲發現不對勁，說了一句：『如果我沒判斷錯，這個應該是聲紋吧？』

底下回覆：『聲紋是什麼？』

『就是錄音的刺青。』

半個小時候，貼文主回來了：『我下載了一個Skin Motion，試了一下，居然真的把它掃出來了，竟然是個女孩子的聲音……』

粉絲紛紛炸鍋了，問：『她說什麼了？』

又是十幾分鐘過去，貼文主揭曉最後的謎底：『我聽了三、四遍，其實有點不清楚，如果沒有翻譯錯的話，應該是這樣。』

她把這句話貼在留言區。

——『有一天，Conquer一定會被所有人記住』。

——未完待續——

高寶書版集團
gobooks.com.tw

YH 086
是心跳說謊（上）

作　　者　唧唧的貓
特約編輯　蔡宜庭
責任編輯　吳培禎
封面設計　鄭婷之
內頁排版　賴姵均
企　　劃　何嘉雯

發 行 人　朱凱蕾
出　　版　英屬維京群島商高寶國際有限公司台灣分公司
　　　　　Global Group Holdings, Ltd.
地　　址　台北市內湖區洲子街88號3樓
網　　址　gobooks.com.tw
電　　話　(02) 27992788
電　　郵　readers@gobooks.com.tw（讀者服務部）
傳　　真　出版部(02) 27990909　行銷部 (02) 27993088
郵政劃撥　19394552
戶　　名　英屬維京群島商高寶國際有限公司台灣分公司
發　　行　英屬維京群島商高寶國際有限公司台灣分公司
初　　版　2022年 5 月

本著作物《是心跳說謊》，作者：唧唧的貓，由北京晉江原創網絡科技有限公司授權出版。

國家圖書館出版品預行編目(CIP)資料

是心跳說謊/唧唧的貓著. -- 初版. -- 臺北市：英屬維京群島商高寶國際有限公司臺灣分公司, 2022.05
　冊；　公分. --

ISBN 978-986-506-426-6(上冊：平裝). --
ISBN 978-986-506-427-3(下冊：平裝). --
ISBN 978-986-506-428-0(全套：平裝)

857.7　　111006939